L'Auberge de l'Éventre-Loup

Du même auteur aux éditions De Borée

La Bastide rouge
La Colombière
La Dame de la Callune

TERRE DE POCHE
45, rue du Clos-Four – 63056 Clermont-Ferrand cedex 2

Roger Royer

L'Auberge de l'Éventre-Loup

de Borée
Terre de Poche

I

Quel est le problème de Vlaniac ?

— Ah, les vaches, les vaches, les vaches ! Y m'les feront toutes, ces salauds ! Jeff Sagnal gueulait, seul, dans la cuisine de son auberge en gesticulant et les vaches avaient bon dos. Il avait été réveillé par les grognements et la bagarre de sangliers qui souvent venaient rôder et dévaster son verger quelles que fussent les précautions prises. Y aurait-il eu un mur de pierres sèches d'un mètre qu'il eût fallu qu'il fût bien construit. Cela dit, dans le périmètre de la propriété, ce matériau, abondant par ailleurs, manquait. Ici, à Vlaniac, les clôtures étaient de piquets de châtaignier reliés de barbelés, parfois d'*écoins*[1] de pin pour les petits clos. De la rigolade pour un sanglier décidé à passer de l'autre côté, pour qui les pierres de faîtage de certains murs, pesant

1. Écoin : *première planche très irrégulière sciée avec l'aubier.*

plus de trente kilos et posées à sec, étaient virées d'un coup de groin. Que faire sinon leur envoyer du plomb ? Mais c'était formellement interdit. La chasse était encore très réglementée. La guerre n'était terminée que depuis à peine plus d'un an. Reddition du IIIe Reich le 7 mai 1945 à 2h41 du matin. Jeff avait fait remarquer que cette heure plus que matinale ne faciliterait pas la commémoration à l'heure précise où eut lieu l'événement. Néanmoins, sauf que, guerre terminée, les armes n'aboyaient plus sur le territoire, tout ou presque, pour le quotidien, y ressemblait encore : manque général de produits manufacturés de base, restrictions alimentaires comprises. En campagne, cette pénurie était supportable sauf que les envies deviennent irrépressibles, au-delà des besoins ordinaires, lorsqu'on manque. C'était hors l'habillement, le matériel ménager ou agricole, la tyrannie du café. Ici, l'orge y palliait, voire les glands, que l'on avait torréfiés, à l'horrible goût âpre. Pour une poignée des précieuses graines, que n'aurait-on pas fait ? Pour le sucre, on s'adaptait avec le miel et les fruits. Le reste, produit dans les fermes, avait permis de vivre durant les années brunes sans trop de mal et même d'approvisionner les habitants des villes. Ceux qui avaient assez de force pour grimper dans les collines et jusque sur les plateaux, à pied ou à vélo, venant du Puy pour la plupart.

Ils essayaient de venir au plus près par le train lorsqu'il accordait. C'était prendre des risques car les patrouilles de gendarmes dans les gares étaient fréquentes.

Le fol enthousiasme de la Libération passé laissait place au sein de la population de Vlaniac à des sentiments mitigés. Quelques pensées flottaient non exemptes de scories résultant des aléas de la guerre et des soubresauts dramatiques de l'épuration.

Vlaniac était un petit bourg sur les contreforts d'une butte rocheuse entre Margeride et Gévaudan, région d'une grande diversité entre âpreté des plateaux et douceur des vallons que les sangliers occupaient sans vergogne. La gendarmerie, avec le brigadier Lauzier, avait l'aubergiste Sagnal à l'œil car il lui arrivait de tirer des cochons sauvages certaines nuits d'énervement. Il faut dire que les dégâts pouvaient, sans être irréversibles, être assez conséquents. Pour le jardin, hors la razzia, c'était moins grave, mais pour ses pommiers c'était catastrophique si, reniflant des bestioles, ils venaient fouiller à leur pied jusqu'à les dessoucher, leur puissance est exceptionnelle. À cela, aux grands froids, s'ajoutaient les chevreuils qui rongeaient les écorces des arbres fruitiers jusqu'à l'aubier. Sagnal entourait les troncs de grillage, mais c'était un travail fastidieux.

Il était sûr de faire l'objet de dénonciation, car là où était sise la gendarmerie du canton, les coups de douze ne risquaient pas d'être perçus. Qui, mystère ? Pas les chasseurs en tout cas, eux, il arrivait qu'ils lui donnassent un coup de main, en douce, pour dépecer un gros mâle et Jeff leur distribuait la bidoche, n'en conservant qu'un morceau pour lui. En retour, les chasseurs le débarrassaient de la peau et de la carcasse, lui laissant la tête qu'il allait enterrer dans la forêt hors de ses limites de propriété, alors qu'elle eût été vendable en trophée. Qu'une perquisition inopinée découvrît une peau entière encore fraîche lui eût occasionné des embrouilles avec la maréchaussée. Il ne servait jamais dans le restaurant de son auberge de cette viande de braconnage, sauf à être en confiance. Les civets qu'il cuisinait et conservait en bocaux de verre stérilisés étaient faits avec les bêtes abattues en chasse, ce qui était tout juste toléré, mais bien malin celui qui aurait pu deviner ce qu'il y avait dans les bocaux.

Le chef de brigade Lauzier, Jeff ne pouvait pas l'encadrer. Un dur à cuire. « Un salaud », qu'il disait, insulte disproportionnée, mais il faut avouer que durant la guerre il avait été raide dans ses guêtres, surtout contre le marché noir. Il appliquait les ordres sans regarder à qui il avait affaire, réquisitionnait les maigres provisions de pauvres gens qui avaient fait quelquefois vingt kilomètres de nuit à vélo, d'autres à pied dans l'espoir de rapporter de quoi améliorer un peu l'ordinaire. Les topinambours et rutabagas, ça va un moment. Heureusement, Lauzier ne patrouillait pas toutes les nuits, ça laissait des trous dans les mailles du filet. Cependant, il est bon de rendre à César ce qui lui appartient, il arrivait qu'il fermât les yeux ou au moins un sur deux, laissant passer une partie des vivres, quelques kilos de patates, un peu de beurre et d'œufs, comme s'il ne les avait pas vus, histoire de ne pas trop déglinguer la morale ou d'éviter de prendre des risques, car dans ce genre de réquisition on ne sait pas trop sur qui on tombe. La frustration devient alors si grande, l'injustice et le désespoir si profonds, que d'un réflexe de survie peut jaillir une arme.

Jeff n'avait jamais aimé ces militaires chargés d'imposer la paix sociale, enfin même toutes les sortes de paix. C'est Lauzier qui disait ça. « Toutes sortes de paix. » Personne n'avait eu l'audace de demander à quelles diversités de paix il pensait. Cela dit, ce n'était peut-être pas tout à fait une ânerie. En de multiples circonstances, on peut être en paix ici et en même temps en guerre ailleurs. Attention à celui qui se serait mis en travers de la bonne route en balançant des questions hors de ses compétences. Sa coupe de cheveux ultra-réglementaire l'avait fait surnommer par dérision « Rasdpoils ». Au même niveau que les *Sus crofa*[1], Jeff ne supportait pas les bleus. Qu'ils l'aient dans le viseur au point d'être un peu trop souvent sur ses terres l'excédait. Lauzier ne l'aimait pas non plus, il n'avait jamais digéré qu'il fût exempté du service armé pour insuffisance rénale. Il y voyait un passe-droit, presque une lâcheté. Le handicap était véritable mais Sagnal était d'apparence trop robuste pour qu'on le plaigne. Son père était lozérien et il en avait la stature trapue, un cou épais, une tête carrée barrée de longues rides qui lui creusaient des joues jamais trop bien rasées.

Mais que cherchait Lauzier le fouille-merde ? Il se trouvait que les terres des Sagnal et l'auberge, portées nommément sur le cadastre sous le nom de « domaine du Bois du loup », baignaient dans une ambiance légèrement sulfureuse. De longtemps sous le sceau d'une rumeur indéfinie. Était-ce simplement le fait de l'appellation des lieux qui dramatisait tout ? « Le Bois du loup », ça laissait imaginer une sauvagerie animale, une cruauté qui après tout aurait bien pu se retourner contre l'homme et de là à penser qu'il s'en fût inspiré… Il se disait que dans le temps on pouvait y avoir assassiné. Le populaire a vite fait de retourner les histoires dans le sens qui l'accorde. Qui plus est, l'auberge était en lisière de ces fameux

---

1. Sus crofa : *sanglier.*

bois, dans un lieu magnifique l'été, mais il faut le reconnaître pouvant être triste, sinon lugubre l'hiver. S'y ajoutait que le pas était vite franchi par certains, histoire de pimenter la vie du village. Qui a tué un loup pourra tuer autre chose. Il faut être juste, c'était un ou deux esprits fêlés ou provocateurs et, si c'était repris par des gens normaux, ça prenait la forme d'une galéjade. « Alors, Jeff, t'as assassiné qui c'te nuit ? » Mais ce soupçon avait été épinglé sur la propriété depuis longtemps et Adrien Sagnal, l'ancêtre, en avait hérité sans le vouloir. À l'époque, entre mi et fin du XIXe siècle, les temps étaient troublés et tout ce qui n'apparaissait pas franc comme l'or était suspect. Avec ça, y était liée une histoire invraisemblable. Les faits n'avaient jamais été prouvés. Ça remontait aux dames Morel, des sœurs qui louèrent la bâtisse au propriétaire d'origine, le comte d'Uzière, pour y ouvrir l'auberge. Une affaire horrible qui fit qu'à leur mort personne n'osa prendre la suite et qu'il fallut que de l'eau passât sous les ponts.

L'auberge, construite pour être un relais de chasse des comtes d'Uzière, avec son large et haut portail, pouvait jadis absorber dans sa cour intérieure les attelages de leurs invités. Gravé sur son fronton : *1625.* Quant aux dames Morel, elles tinrent l'auberge sous le nom de *Relais de poste* de 1842 à 1860. À l'époque, Vlaniac n'était qu'un lieu-dit, un hameau dans un coin désolé aux limites du Gévaudan et de la Margeride.

En 1898, Adrien Sagnal, faisant fi de ces bruits, acheta le domaine à la famille Uzière.

L'architecture soignée se distinguait de l'habitat commun du bourg, faisant partie des fleurons de Vlaniac avec l'église romane possédant une abside peinte de fresques magnifiques. Hélas, l'évêché du Puy n'ayant aucun subside pour l'entretien, elles étaient rongées à la base des murs par l'humidité. Il y avait aussi le moulin Richaud, du nom du premier propriétaire, celui qui l'avait fait construire en 1825, un rescapé de la défaite napoléonienne de Leipzig de 1813 où il s'était montré d'une vaillance inouïe à la tête d'une escouade de lanciers anéantie par la mitraille, en pure perte, plus exactement anéantie. Richaud Désiré était lieutenant-colonel d'Empire. Rentré entier des dernières campagnes napoléoniennes et bien que roturier, il épousa la fameuse comtesse qui, outre le relais de chasse, possédait des terres sur la commune de Vlaniac et un capital qu'il avait mis à profit.

Les moulins étaient sa passion, ceux tirant leur force d'un bief. La Vierre qui passait en contrebas de l'auberge s'y était prêtée. Le moulin était la part historique de Vlaniac et il fonctionna jusqu'en 1875, puis fut vendu et quasiment abandonné de 1902 à 1919, où personne n'y vint. Ce fut l'année où des Parisiens l'achetèrent, une tocade, pour y venir trois fois l'an. Construction robuste, il résista au temps. Jeff aimait s'y promener les soirs d'été, seul ou avec Germaine, sa mère. Enfant, malgré l'interdiction maternelle, il y jouait avec les garnements du bourg, eux aussi échappant à la vigilance de leur mère. Cela imprima dans son jeune esprit l'envie d'être meunier. Maintenant, frustré que ces engrenages, ces courroies, ces meules n'officient plus, il évitait que ne se formât en lui le besoin de l'acheter.

Pourtant, dans ses rêves, il s'y voyait travailler dans la permanente et impalpable voltige des poussières de fleur de farine, dans les ronflements, les cliquetis, les heurts et autres grincements de cette grosse mécanique de bois et de pierres figurant un gigantesque système horloger. Il y avait même comme un échappement qui déclenchait les allers et retours de la trémie. S'il ne l'avait jamais vu fonctionner, il imaginait. Dans les battements de ce gros cœur, une forme de poésie était bien présente.

*

* *

Les pensées de Sagnal étaient encore boulonnées vers ces cinq années d'occupation. Ici, s'il arrivait que les Boches traversassent le village, ils n'y stationnèrent pas. Quelquefois un véhicule s'arrêtait à l'auberge. Le maire avait reçu par deux fois la visite du commandant chleuh du secteur. L'occupation physique se résumait ainsi à la plus simple expression. Mais la pression morale de la botte était permanente dans les esprits. L'impression terrible de n'être plus chez soi, tout juste toléré, qu'il puisse être exigé par la force ennemie une justification de tel ou tel comportement des plus banals qui pouvait, sans l'être, passer pour provocation, l'instigation à une forme de révolte, fût-elle morale. Il fallait en permanence se tenir sur ses gardes. La peur entretenue par une tension invisible puisque l'on ne croisait pas l'occupant chaque jour. Dans le département, sporadiquement des opérations furent entreprises contre les résistants, avec en cas de grabuge la menace de prises d'otages. C'était peut-être plus pénible dans les villes occupées, encore que la fragilité du bourg générât une crainte plus vive. On peut se planquer plus aisément dans un habitat dense que dans une poignée de maisons et de fermes que l'on peut cerner avec deux *command-cars,* une automitrailleuse ou une poignée de fantassins. Non loin, le mont Mouchet avait glorieusement illustré les actions des résistants. L'endroit en compta 2 715 et jusqu'à 2 955. Les Allemands qui ne pouvaient tolérer ce point de fixation et cette zone de parachutage tentèrent de les déloger dans une première attaque le 2 juin 1944 avec 1 500 hommes, puis la vaste attaque des 10 et 11 juin où une division fut engagée avec armement lourd et blindés. Lourdes pertes parmi les maquisards et exaction de la Wehrmacht contre les civils tués ou fusillés, et incendie de maisons et de fermes : Clavières, Ruynes, Pinols, entre autres. Pour Sagnal, comme tous les témoins de ces sauvageries, oublier était impossible, mais il fallait en sortir.

Maintenant que les Fritz s'étaient rendu compte, en y étant un peu aidés, qu'ils n'avaient pas été invités, la population, ayant retrouvé cette liberté de penser et d'agir à sa guise, pouvait faire renaître Vlaniac. Comme ailleurs sur le territoire, fini les angoisses, une nouvelle vie s'offrait à tous. Il n'était plus convenable de traîner de vieilles rancœurs, d'anciennes histoires. Il fallait extirper ces épines, crever les abcès et nettoyer les plaies. Pour ce faire, il eût suffi de jeter virtuellement quelques pelletées de terre sur ces affaires défuntes, mais contre toute logique, au village de Vlaniac, on préféra ne pas enterrer les « cadavres » trop vite. Cela n'avait rien à voir avec l'épuration des collabos, non, c'était la mauvaise popote municipale, les reproches faits aux uns et aux autres pour des riens, mais que la guerre avait exacerbés. Paradoxalement, si les Vlaniacois restaient soudés et solidaires face à l'occupant, entre eux ils s'agaçaient.

Volonté de souffrir encore un peu, masochisme ou besoin de relaver le linge afin qu'il puisse être repassé et rangé bien propre dans la grande armoire du temps sans arrière-pensées ?

Il était clair que certaines lessives n'avaient pas été faites ou qu'elles étaient ressorties des baquets encore *aquarries*[1]. Les petits comptes à régler subsistaient ici et là car, durant ces cinq longues années, on avait mis beaucoup de choses sous l'éteignoir.

Resurgissaient une amertume, de petites jalousies, et plus gravement la lutte intestine sur les options politiques délicates durant la période brune où il était risqué d'exposer ses vues. Hors Vlaniac et les petits bourgs, la situation intérieure du pays avait été plus grave et aurait pu, figure métaphorique, se présenter sous l'aspect d'une gare de triage avec quatre directions possibles : la collaboration affichée, la collaboration de circonstance ou forcée, la voie du Maréchal, la Résistance. Il demeurait un creuset où macéraient de gré ou de force ceux qui n'étaient d'aucune façon dans l'une de ces quatre positions énoncées. Le plus souvent, des braves gens perdus, assommés par la défaite, oppressés par la botte nazie et qui avaient décidé d'essayer de survivre en évitant les coups. Qu'aurait-on pu leur reprocher ? Leur peur ? Les enjeux étaient trop démesurés pour que les péquins ordinaires puissent espérer voir

1. Aquarri *(régionalisme) : mal lavé.*

une lumière poindre au bout du tunnel. Dans un sermon, le curé, en prenant un risque, avait dit en chaire : « Mes chers frères, nous sommes entre le bois et l'écorce. » Incitait-il à faire un choix, lequel ? Que signifiait le bois, que signifiait l'écorce ? D'un côté le nazisme, de l'autre le bolchevisme ? Paradoxe pour un curé : lui était pour les rouges.

Maintenant, la paix des armes était acquise, mais la paix des cœurs pas encore. Quant aux âmes, le curé ne se serait pas risqué à un pronostic. Étrangement, il avait constaté une forte baisse des confessions. Sûrement priait-on davantage durant les hostilités. Venaient encore les enfants du catéchisme, mais les femmes traînaient les pieds. Quant aux hommes !

On n'avait jamais fait la queue devant le confessionnal, mais une paroissienne chassait l'autre dans un ballet feutré durant la journée des femmes. Ce va-et-vient devint de plus en plus clairsemé. Était-ce d'avoir trop à dire, maintenant que l'on pouvait ? Que l'on se reprochât sans vouloir l'admettre n'avoir pas été toujours clairs dans nos pensées et qu'une confession tronquée eût été pire que de ne rien avouer ? Culpabiliser était un non-sens, ils avaient tous payé de quelque bord qu'ils fussent. Il est malaisé de comparer les souffrances des civils et des militaires, mais bien que dans un registre différent elles se valaient. Pour les civils, hors les résistants, nulle défense possible autre que de subir dans l'attente, de maudire les Boches en courbant l'échine. Les soldats, eux, avaient l'ennemi en face, leurs armes répondaient aux leurs. Humiliation et terreur d'un côté, horreur des combats, peur de la mort de l'autre.

Nul n'aurait supposé Vlaniac peiner à s'extraire de ce maelström. En surface, le bourg offrait l'image de tous les villages de France d'après la Libération. Le couvercle boche ôté, les miasmes évacués, ça aurait dû sentir bon le propre comme une belle lessive mise au pré. En ce début d'année 1946, au printemps, Charles Trenet ratissait large avec *Y a d'la joie, Un rien me fait chanter* et *Fleur bleue*, et puis Chevalier avec *C'est une fleur de Paris*. Pour le coup, les TSF s'en donnaient à cœur joie et, la douceur du temps ouvrant les fenêtres, on pouvait suivre en marchant de maison en maison la chanson en entier. Avec Ray Ventura, c'était du beurre ou de la confiture sur une tartine de pain redevenu blanc.

Tout aurait dû porter à l'optimisme, mais on freinait craignant que le futur déçoive.

Il eût fallu que les Vlaniacois puissent comparer. Comment s'en sortaient les bourgs voisins ? Hésitaient-ils eux aussi à y croire ou se jetaient-ils dans le bain avec enthousiasme ? Certes, Vlaniac finirait bien par y aller, mais quel dommage de perdre du temps.

Jeff Sagnal regardait le village de loin. Il tenait son auberge ouverte et travaillait tant bien que mal avec le passage des représentants de commerce, quelques ouvriers, des forestiers et de temps à autre des gens en balade. Depuis la mort de sa mère, il y vivait seul bien que des femmes eussent été partantes. Mais l'âpreté de son caractère, qui en fait n'était rien d'autre qu'une trop grande pudeur, avait découragé celles qui tentèrent le coup. Un soir, une gentille effrontée pensa forcer le passage en osant une manœuvre audacieuse. Dans un moment de chaude complicité, elle avait pensé que… découvrant d'une façon inopinée sa poitrine qu'elle avait fort appétissante Sagnal craquerait. Il lui avait dit : « Couvre-toi, tu vas prendre froid. » C'était dit sans morgue. Il avait remonté son corsage sur ses épaules en s'excusant : « Dommage, je suis trop rance pour toi. » Honteuse et dépitée, elle s'était jetée sur lui en pleurant toutes les larmes de son corps. Ils restèrent amis un temps puis elle quitta le bourg. Elle avait un beau prénom : Véronique.

Il ne s'en ouvrit qu'à un ami, un chemineau, l'Octave, en mettant un index sur ses lèvres. « C'est entre nous. » Il venait de temps à autre passer deux ou trois nuits. Il lui donnait un coup de main pour des travaux d'entretien. Octave était un pauvre type « guenilleux », qui grappillait de temps à autre un travail ici ou là et venait écluser quelques verres d'alcool maison. Là-dessus, Jeff n'était pas avare. Faut dire qu'il distillait les excédents de pommes et de poire et *faisait pisser*[1] la gnôle très au-delà de sa consommation personnelle.

Quelques arpents de vigne en coteaux pas trop mal exposés lui donnaient un vin un peu raide auquel il fallait être habitué. Mais une fois le palais « fait », ça allait. L'eau-de-vie par contre était bonne et le Jeff la testait parfois au sortir de l'alambic, en faisant bruyamment claquer sa langue au palais. La première giclée à plus de quatre-vingts degrés, il fallait y aller doucement, un fond de dé à coudre pour savoir si la brûlure qui emportait la bouche était juste, mais le plus souvent il passait son petit doigt sous le robinet.

Vlaniac était à dix-huit kilomètres de Saugues et à quatre de Gaillac. Les militaires venaient de là, la gendarmerie de Vlaniac avait été fermée juste avant la guerre, transposée dans le bourg voisin qui avait pris de l'importance grâce à une usine de petite mécanique. Leurs apparitions au cours des rondes de surveillance étaient toujours mal perçues par les habitants qui regrettaient leur propre brigade. Le chemineau, cet Octave, disait : « Voueille ! Je préfère mes puces à celles des autres. » C'était une façon de voir optimiste

1. Faire pisser : *distiller l'alcool généreusement.*

car qu'elles n'aient aucun sentiment, qu'elles ne s'attachent pas, sautant d'un appât sur l'autre, n'empêchaient pas qu'elles mordent.

Pour les gendarmes, ce n'était pas qu'ils fussent tellement plus mal aimés que les autres, mais, au moins, ceux de l'ancienne brigade, les habitants s'y étaient habitués. Lorsqu'on croise le brigadier chaque jour à la boulangerie, qu'on le veuille ou non, cela crée des liens. Peu à peu, la brigade avait été démantelée par des mises à la retraite successives et non remplacées. Venant de Mende, Lauzier avait pris ses fonctions en 1942 avec une nouvelle équipe, ne conservant qu'un ancien.

Les Vlaniacois avaient vu les nouveaux comme des intrus, une invasion, et de l'invasion ils en avaient jusque-là, comme tout le pays. De ce côté-là, tout le monde était encore à vif.

Les inspections de routine étaient irrégulières. Y avait-il là, dans l'esprit du brigadier Lauzier, une volonté de surprendre ? Mais surprendre quoi ? Cela déclenchait une réaction inquiète hors de propos. « V'là les bleus qu'arrivent ! » criaient les gamins, et ça courait de maison en maison. Les gosses étaient le meilleur vecteur. C'était un jeu pour eux. On aurait pu faire un rapprochement certes exagéré avec ces scènes de film western américain où un groupe de cavaliers mexicains dégringole d'une colline avec des cris sauvages. Les femmes raflent les gosses par une aile et rentrent en verrouillant leurs portes. Les hommes restent dans une encoignure de mur, prêts à intervenir en cas de violence.

Une Juvaquatre fourgonnette sortie neuve des chaînes de Boulogne-Billancourt en 1938 remplaçait les canassons et, lorsqu'elle s'arrêtait au milieu de la place après avoir ahané dans la côte, il y avait un léger arrêt sur image, puis la vie reprenait en l'ignorant.

Lebreton, le maire, était en désaccord avec ses administrés sur ce point. Il fallait que la force républicaine soit respectée. « Putain de caractère de nous autres ! » gueulait-il, sachant mieux que quiconque, responsabilité oblige, que jamais rien n'allait si on avait le malheur de déranger les habitudes ou les intérêts de ses compatriotes.

Il était clair que personne n'était ravi de voir la maréchaussée investir les lieux à l'improviste. Cela pouvait signifier que les habitants eussent à se reprocher quelques petites choses, mais aussi l'inverse, la vexation de gens vertueux. Bref, on ne les aimait pas, et il suffisait d'écouter les vieux qui, eux, ne fuyaient pas. « Bon Dieu, on aurait mieux fait d'garder les nôtres ! » Mais l'administration n'aurait pas accordé le moindre intérêt à ce désir. Ils ricanaient en se torchant les moustaches d'un geste immémorial, le regard juste sous le rebord du feutre, ou en embuscade sous le béret.

Cette Juvaquatre fourgonnette faisait un boucan du diable. Elle avait souffert des tribulations de la guerre et aurait dû être à la retraite. Réquisitionnée, avait-elle contre son gré servi l'envahisseur pour des déplacements d'intendance ? Une peinture hâtive pouvait bien avoir recouvert l'infâme emblème, cette croix qui crucifiait les Français à sa simple vue.

Mais le parc automobile français avait terriblement souffert, dommages de guerre et manque de production, il avait été réduit de soixante-dix pour cent pour les véhicules utilitaires. Histoire de les titiller, Lucien, un ancien garde-barrière, ne les loupait pas lorsqu'il les voyait passer devant chez lui. Il leur gueulait, hilare, diverses insanités du genre : « Hé, la gendarmerie, vous l'avez pas encore coulée, cette bielle ! Tirez pas peine, on trouvera bien un tombereau à fumier pour vous ramener. » Les bleus faisaient la gueule, mais c'était pas tout à fait une insulte, presque pour rendre service, ils ne pouvaient pas verbaliser pour ça. Qui plus est, le Lucien avait combattu en 1941 dans la Somme avec le commandant Larrieu, devenu le patron du secteur militaire. Aller contre eût été mettre les pieds dans un marécage, du genre qui ne laisse pas deviner si le pas suivant ne vous engloutira pas dans un affaissement du sol subaquatique invisible, ne laissant que le képi flotter en surface. La guerre rapprocha souvent les individus de rang social ou culturel différent en forgeant des amitiés indissolubles. Prendre ça pour généralité eût été utopique, mais il se trouve que ces deux-là savaient ce qu'était le mot « camarade », mot enfermé dans la doctrine communiste, mais encore accessible à tous. Sur le front, c'était un mot d'une violence sentimentale inouïe. C'était le ressort qui faisait bondir un gars d'un trou contre les ordres reçus pour récupérer sous le feu d'une arme automatique le copain qui avait été fauché. Le commandant Larrieu et Lucien auraient été de ceux-là et c'étaient des fidèles.

Mais quelques habitants fayotaient, surtout « le Dingue », de son patronyme, Paul Rigoulet, ou le fou de la basse terre. Il faisait peur, pour tout dire, avec son œil de verre qui semblait regarder ailleurs. Mais jusqu'à ce jour aucune action violente n'était attachée à sa personne. Rigoulet était le seul à accueillir les bleus chez lui pour leur offrir un coup à boire. Il se laissait cuisiner : « Alors Paul, ça va dans l'coin ? T'as vu quoi, ces temps ? » Lui, il brodait sur des choses imaginaires et sans conséquence, sans qu'aucun nom ne fût prononcé. Pas si fou que ça pour laisser traîner une accusation même en sous-entendus sur quelqu'un du bourg. « J'sais pas trop, faut voir, des fois que, on peut pas y dire. » Cependant, les gendarmes glanaient des bribes d'informations sur la mauvaise conduite de certains due à l'alcool, aux femmes, au bétail, aux terres, aux clôtures, à la source ou au *bachat*[1], où elle coulait pour abreuver un troupeau de brebis, le seul qui restait encore au bourg, et deux ou trois paires de vaches appartenant à un vieux garçon, le Sylvestre. Sur chacun de ces sujets, il ne pouvait trouver à redire. Il n'y avait que dans le cas d'une bagarre entre paysans ayant pu mal tourner qu'il laissait deviner un nom aux bleus. Il disait : « Savez bien, çui qu'est vers le pont, l'autre qu'est vers la Boussoule », un lieu-dit connu de tous, non loin d'une décharge publique. Automatiquement, les noms venaient aux gendarmes. Ils les prononçaient et lui branlait de la tête. Dingue ? C'était à voir, mais un sacré loustic, le Rigoulet. Côté gendarmes, rien à reprocher, ils étaient dans leur rôle.

Vlaniac, aux confins des plateaux de la Margeride, égrainait ses maisons au flanc d'une butte rocheuse couronnée par des vestiges féodaux, château duquel on avait puisé durant quatre siècles sans vergogne, comme une carrière. Aucune des maisons du bourg qui ne lui fût redevable d'un emprunt. Quelques pierres, des linteaux, lorsqu'elles n'en étaient pas entièrement bâties. Des restes de meneaux sculptés apparaissaient sur des murs comme de vulgaires matériaux de construction. Le donjon et un chicot d'enceinte

1. Bachat : *réservoir pour abreuver le bétail.*

crénelée faisaient illusion, laissant imaginer des assaillants avec lances et arbalètes s'y précipiter. Bien qu'interdit, c'était là que s'affrontaient les gosses en deux, voire trois bandes rivales. Velléités chevaleresques, chevaux virtuels et épées de bois. La guerre en somme, pour changer.

L'église était comme de juste sur la place, la mairie à Vlaniac-le-Bas. Une sorte de séparation, pas forcément volontaire, mais qui comptait. Le curé en tirait satisfaction, étant le seul à pouvoir rassembler une bonne partie du village au moins une fois la semaine, alors que le maire ne disposait dans le maigre patrimoine municipal que d'une pièce à l'étage de la maison du peuple recevant les réunions du conseil et les cérémonies de mariage. Avec ça, quel prétexte aurait-il pu invoquer pour réunir la population une fois par semaine ? Sur ce plan-là, Albert Lebreton était battu. La rue centrale grimpait en quelques virages jusqu'à la place, seul refuge pour ceux et celles qui souffraient de la raideur de la pente, où étaient disposés quatre bancs que les vieux squattaient l'été à longueur de journée sous un énorme tilleul. Les commerces alimentaires étaient là. S'y ajoutaient une mercerie et une sorte de négoce à tout vendre : cartouches, appâts de pêche, petit outillage, mais qui tirait une légitime fierté d'une plaque en fer émaillé « PTT ». Un contrat avec l'organisme national des communications. Une boîte bleue y était boulonnée avec sa bouche horizontale qu'un rabat mobile protégeait. Des chiffres, émaillés sur des disques qu'il fallait régler de l'intérieur, précisaient l'heure des levées. Un préposé de Gaillac venait la relever deux fois la semaine en apportant le courrier. Aussi bavard qu'une tombe, il avait été baptisé « Motus » par le curé. Rien de très original dans tout ça, un prototype de cet habitat campagnard, une description qui en eût satisfait beaucoup.

Vlaniac, la paix revenue, était un bourg qui eût pu ronronner après les émotions de la Libération et les festivités qui suivirent que l'on fit durer pour être bien sûrs que personne ne rêvait.

Les banderoles tricolores, oriflammes et drapeaux restèrent en place plus de trois mois jusqu'à ce que les intempéries eussent rendu ces glorieux symboles un peu minables, un outrage à la République. Personne ne voulant les décrocher, restaient des guenilles flasques jusqu'en haut du mât de cocagne planté pour la circonstance au centre du petit foirail, placette entourée de barrières de fer où autrefois on attachait les bêtes. C'était Gustave Maréchal qui avait accroché l'emblème républicain dès la reddition des Boches, mais la volonté qu'il développa pour monter au mât comme un singe n'y était plus. C'était à l'image d'un amoureux fou qui eût fait vingt kilomètres dans une tempête de neige à vélo pour rejoindre sa belle. Puis, une fois l'aiguillon de l'amour émoussé, ce courage l'aurait abandonné. Mais Maréchal était un genre de fier-à-bras et aucune de ses bravades n'avait de suite, qu'elle fût provoquée par une louable ou une détestable idée. Un instable, un cavaleur, qui cependant tenait sa place avec constance au bistrot, malheureusement fermé depuis peu.

Bref, après l'asservissement ennemi, une poussée d'urticaire, une démangeaison collective déclencha une furieuse envie de se gratter. Cela revenait à dire qu'on allait pouvoir dénoncer tout ce qui ne pouvait l'être sous la férule nazie. Rien de comparable avec l'épuration « Dieu soit loué », expression commune que bannissait le curé, y substituant « Dieu merci » car il déclarait : « Dieu n'est pas plus à louer qu'à vendre. » Il avait cette petite originalité de dire les choses à sa façon, que ce soit pour le laïc ou le religieux, quitte à écorner sa signification première. Il se plaisait ainsi à embrouiller le maire avec des formules bizarres, quelquefois sans queue ni tête. Albert Lebreton, n'ayant pas sa culture, se gardait de contester pour ne pas apparaître idiot, ce qu'il n'était pas, malin, oui. Il se contentait de hocher la tête en ruminant de quelle façon il pourrait l'avoir, imaginant l'engager dans des calculs compliqués de surface sur un problème de parcelle aux contours bizarres qu'il eût fallu découper en rectangles, triangles, jusqu'à un quart de sphère sur une partie jouxtant la courbe d'un chemin vicinal. Il était allé jusqu'à son certificat d'études, fort en arithmétique et même plus en calcul mental.

Au reste, adapté à Vlaniac, le terme d'épuration où l'on pataugerait encore en cette année 1946 eût été d'une violence inappropriée. C'était le résultat trouble des séquelles de la guerre, des souffrances d'intendance où le patriotisme n'avait rien à voir, qui n'avait pas de liens affirmés avec les peurs, la liberté confisquée et la confrontation administrative suspicieuse avec l'occupant. Cela dit, le régime imposé par une troupe étrangère sur le sol national n'ayant jamais été aussi dur, duré aussi longtemps sur l'ensemble du pays, détraqua la vie ordinaire, à l'instar de l'orage qui perturbe les lignes électriques ou brouille les ondes radio.

En même temps, on avait fini par ne plus être trop sûr de rien, de ce que l'on voyait, de ce que l'on entendait, de ce que l'on imaginait. L'approximation de la transmission du bouche-à-oreille peut avoir des effets dévastateurs. Les campagnes ne s'en tiraient pas trop mal, mais ailleurs le tri terrible du bon grain et de l'ivraie qui fut fait parmi les citoyens en était la triste illustration. Combien de gens avaient payé pour une supposition ? – Des fois que… et si… ça pourrait bien se faire… Le moindre fait apparaissant anormal condamnait avec des conséquences diverses. Une sale histoire traînait sans que l'on sache d'où elle venait exactement. Dans un gros bourg des monts du Cantal, début 1945, avait été abattu un homme car personne ne comprenait qu'il aille trop souvent en ville à vélo sans nécessités apparentes. Il fut épié. Il ne pouvait s'agir que d'une traîtrise car il prenait des précautions de Sioux pour déjouer toute filature, forgeant le doute. Il ne laissait jamais son vélo dans le même endroit. À quelques semaines de la Libération, quelques hurluberlus excités, résistants de la quatrième heure, désireux de montrer leur vaillance, l'assassinèrent glorieusement en embuscade. On ne sut jamais qui avait fait le coup. En fait, il ne s'agissait que d'une banale affaire sentimentale, plus brutalement de cul. Le type avait une maîtresse et tenait à sa réputation.

Mais des faits infiniment plus ténus forçaient l'imagination. Que des odeurs de café s'évadassent trop souvent d'une maison était une question dans la période d'extrême pénurie. Pourquoi eux avaient-ils du café et pas moi ? Quelle combine avaient-ils trouvée ? Tout devenait vite suspect. Cela pouvait paraître ridicule, en fait ça l'était, mais dans le si petit rassemblement humain de Vlaniac, sans être cul et chemise, les gens se connaissaient trop et la rumeur enflait très vite s'il se découvrait une chose généralement bénigne, ignorée jusque-là. Il était globalement admis comme anormal que l'on ne sût pas tout.

Si les Vlaniacois pouvaient désormais gueuler contre les Boches à s'en faire péter les cordes vocales, ils y regardaient à deux fois pour leur environnement, leur ménage, les voisins et tout ce qui concernait la vie sociale. Alors ils brassaient leurs rancœurs à l'intérieur, ne laissant échapper que des bribes pouvant prêter à confusion. Rien n'était plus pernicieux, entretenant un foyer malsain combattu par certains, alimenté par d'autres. Il fallait éviter de prêter le flanc et Sagnal se souvenait de sa mère qui, recevant un petit cadeau d'un de ses fournisseurs sous forme de café notamment, se gardait bien d'en offrir dans son commerce.

La quantité étant réduite à une demi-livre tout au plus, elle n'aurait à l'évidence pu régaler que peu de monde, mais... que l'on sache qu'à *L'Éventre-Loup* le café coulait à flots et c'eût été sa perdition.

Ces rumeurs de rumeurs non identifiées qui planaient ici et ailleurs, ce bourdonnement malsain était comme dire avec un sous-entendu : « Oh ! Alors lui, vous savez... » Comprend qui veut et ce qu'il veut. Pas forcément malveillant, inconséquent, c'était un jeu inventé dans une volonté collective, empêchant les bourgs reculés de sombrer dans un mol oubli au fond d'une province marquée par l'âpreté. Envie et jalousie, des sentiments toujours virulents partagés par certains et faisant tache d'huile.

L'idéal eût été de ne pas se laisser entraîner dans ce tourbillon, mais les observateurs ayant une influence raisonnable n'étaient pas légion. On pouvait y compter le maire et son adjoint, le curé, Jeff Sagnal, deux ou trois paysans ayant la tête sur les épaules. Il n'y avait pas de bourgeois à Vlaniac. Les commerçants, à la rigueur, pouvaient en être ; le boulanger, le boucher, le mercier PTT à tout faire restaient dans un prudent *no man's land.*

Hors de cette élite, sans finasser, on pouvait dire que les habitants entretenaient ces flammes avec le partage classique selon l'incontournable cinquante-cinquante, à peu de chose près. Si ce feu-là était étouffé par endroits, il était alimenté ailleurs juste pour qu'il ne crève pas, qu'il y subsistât quelques braises vengeresses, qu'une légère fumée en émanât pour témoignage. À l'opposé de l'embrasement, genre feu de la Saint-Jean, vif, clair, joyeux, ces volutes ténues étaient évocatrices d'un mystère. Tel le filet bleuté devant lequel psalmodient les sorciers africains ou d'Amérique latine précolombienne, ou encore des ethnies des hauts plateaux tibétains. S'imaginent-ils que le résultat de cette carbonisation va directement chatouiller les narines des dieux en emportant leurs prières, demandes de bienfaits et de justice.

*

*   *

Jeff s'appelait en fait André. André Sagnal. D'où venait cette usurpation ? Jeff, c'était le diminutif de Joseph. Il est vrai que Jeff suggère plutôt un caractère aventurier. Était-ce le côté aventure qui lui avait manqué à l'adolescence sous le joug maternel ?

Il s'était autobaptisé. Avec Jeff, on peut rouler un peu des épaules, alors qu'avec André ? Enfin, c'était ainsi dans sa tête, car s'il fallait lister les « André » qui eurent une vie agitée, dangereuse, glorieuse même, on n'en aurait pas fini.

Paradoxalement, peu de conflits vraiment ouverts à Vlaniac, exclusion faite de l'antagonisme entre le boulanger et l'aubergiste, une histoire récente. Le rationnement étant toujours en vigueur, il arrivait que le boulanger ne livrât plus l'auberge sans la contrepartie en tickets de pain. Ils s'étaient brouillés. Jeff avait recommencé à pétrir et à cuire, s'arrangeant par des trocs divers à trouver de la farine. Illégalement, le vin et l'alcool y entraient pour bonne part et parfois les morceaux de sanglier. À propos de tout, Sagnal disait souvent « Faut faire avec ce qu'on a. » Incontournable, laissant à penser que l'on pouvait s'octroyer certaines petites libertés contre lesquelles la justice ne se serait pas usé les dents.

Bref, tout ça mijotait dans la petite gamelle vlaniacoise, sans déborder, sans brûler, le bouillon restant à hauteur constante à l'instar de ces lacs sans réel approvisionnement de surface autres que les ruissellements, maintenant un niveau constant par des sources souterraines régulières. On eût recherché ces veines d'eau en pure perte. Où sourdaient-elles ? Pareil pour les rumeurs sur *L'Éventre-Loup.*

Mais elles ne dataient pas d'hier, avaient en quelque sorte leurs lettres de noblesse acquises au cours des siècles. Il avait pu se passer tellement de choses depuis le XVIe siècle dans ces lieux encore sauvages que l'ancien relais de chasse des comtes d'Uzière, puis le relais de poste ne pouvait être blanc. *A contrario*, la sacro-sainte amnistie historique faisait apparaître son passé comme faisant partie du patrimoine. Ne retient-on pas souvent des grands hommes disparus que les phases glorieuses de leur vie ? Que quelques événements à caractère sulfureux surnageassent et les entachassent ne les desservait pas.

L'enseigne posée par le grand-père Sagnal avait ajouté un trouble supplémentaire. Il s'inspira du nom de la propriété « le Bois du loup » pour la transformer en « Éventre-Loup ». C'était original mais la sauvagerie sous-tendue n'avait rien de bien encourageant pour le voyageur de passage. Pourtant, la vieille bâtisse un peu austère était intérieurement agréable. Cela dit, Jeff aurait supprimé l'interprétation cruelle sans la promesse faite à sa mère de ne jamais déboulonner l'enseigne de tôle, écusson galbé en forme de court bouclier où était peint en lettres rouges de style médiéval : *Auberge de l'Éventre-Loup.*

Elle-même en avait fait serment au père. C'est lui qui l'avait fait forger.

À Vlaniac, l'auberge n'était pas la seule à posséder ces protections d'ouverture, essentiellement basses, les bien nommés « éventre-loups ». Mais c'étaient de loin les plus belles. Un vrai travail médiéval réalisé dans un fer plat de trois doigts de large, de sept à huit millimètres d'épaisseur. Portée au rouge, une forte hachette permettait de tailler sur les côtés, dans le métal malléable, en ouvrant sur six à sept centimètres de grosses ébarbures déchirées, recourbées et très acérées. En alternance, le métal s'ouvrait d'un côté et de l'autre. Scellée dans la pierre, cette défense était infaillible. Mais la protection contre le *Canis lupus* étant devenue obsolète, elle pouvait encore démontrer son utilité contre les hommes. L'auberge en était pourvue sur tout le rez-de-chaussée ainsi qu'une petite ouverture en pignon, interdisant l'accès au séchoir à jambons, saucissons et manteau de lard pouvant être convoités.

Ceux qui s'y arrêtaient, refoulant l'inquiétude que pouvait faire naître son appellation, se trouvaient bien accueillis, dans un intérieur campagnard à souhait, avec peut-être un peu trop de trophées de chasse et d'armes blanches entrecroisées et autres fusils en râtelier. Ainsi, *L'Éventre-Loup* reprenait une allure défensive intéressante. Jusqu'à la fin du XVIIIe siècle, voire quelques décennies en amont, les rôdeurs étaient la préoccupation des demeures isolées, des fermes. La crainte était encore diffuse et les défenses barbelées de cette ferraille meurtrière faisaient renaître cette peur moyenâgeuse, même si les voyageurs l'évoquaient bravement avec un sourire. Cependant, une fois les clients habitués à ce caractère austère, le contraste avec la mère de Jeff, Germaine, petite femme ronde et avenante, était rassurant, moralement confortable. La grande période de l'auberge menée par les Sagnal avait duré de 1900 à 1936. Après, les événements politiques puis guerriers cassèrent l'embellie.

Dans toutes les affaires mal ficelées, il fallait bien un petit bout de terre où jeter les graines pour qu'elles prissent racine. Bien que le côté canaille n'eût pas déplu à la population. Le caractère d'auberge, d'hôtel en quelque sorte, aurait pu ensemencer dans ce sens. Un lieu de plaisir, rendez-vous tranquille de préférence adultère, aurait fait bavarder les vieilles qui auraient étouffé des rires derrière leurs mains et qui n'eussent pas manqué de gonfler des histoires salaces glanées on n'aurait su dire où, inventées pour beaucoup. Mais on reste dans le vraisemblable, non ! Pas de dames spécialisées non plus, montées de la ville pour satisfaire quelques exigences extra-républicaines. Dommage, c'eût été plus simple. Pas de trafic ou d'escroquerie non plus, le reste suffit dès qu'il atteint le dessous de la ceinture, n'étant après tout que l'expression de la nature et facilement pardonné. L'élasticité morale hexagonale sur le sujet n'est plus à démontrer.

« Rasdpoils » n'aimait rien de moins que les situations bâtardes. Le commandant de la petite brigade de Gaillac en avait des démangeaisons et son caractère délicat s'en trouvait gâté. C'était contre nature, car l'homme était pragmatique et se laissait rarement déborder par les ragots. « Des faits, des faits », lançait-il à certains de ses subordonnés tendant à prendre toutes les rumeurs pour argent comptant. Cependant, il notait tout scrupuleusement dans un petit carnet à la couverture cartonnée noire recouverte de moleskine brillante fermé par un élastique. Y était logé un petit crayon à papier qu'il portait à ses lèvres pour humidifier la mine de graphite. Ainsi eût-il été en mesure de retrouver des faits divers insignifiants sur plusieurs années. La personnalité de Lauzier était déroutante, complexe, et il l'entretenait avec duplicité, comptant sur son physique pour décontenancer l'adversaire car il était grand et sec, loin de l'acabit local, plutôt tassé et épais.

Sans suspicion grave, élucider ces petites affaires en menant de véritables enquêtes eût été impossible. Il eût fallu une intervention officielle et les prétextes manquaient. Jamais la hiérarchie de Lauzier n'aurait validé cette requête sans motif sérieux ou plaintes dûment enregistrées et répétitives. Et puis qui n'y trouvait son compte ? En premier, le chef de la brigade qui pouvait faire preuve de sagacité sans que cela ne dérive vers l'excès de zèle. En deux, les habitants qui voyaient là un dérivatif à la monotonie de leur vie. En trois, le curé Edmond Duchagrin, le mal nommé, car l'homme était plutôt d'une nature enjouée. Laduche, comme l'appelaient irrévérencieusement les gosses du catéchisme, était bonne pâte, mais avait sur la politique des idées dont il ne démordait pas. Laduche était rouge ou pas loin de l'être. Il laissait cependant un léger espace entre les doctrines qu'il supportait, celle de l'Église et celle du parti, bien que sa conviction fût faite : « Les deux sont compatibles. » En quatre, c'eût pu être le maire, élu depuis trois mandats successifs sans le vouloir vraiment, porté, aucun mot n'eût mieux convenu, par les administrés de Vlaniac, trop heureux d'avoir trouvé quelqu'un qui assurât la charge. Mais il tenait à sa neutralité. Curieusement, tout attaché qu'il fût à la laïcité républicaine, il ne cachait pas sa sympathie pour l'Église. Lebreton était le contraire de Duchagrin, bien qu'ils fissent faire tous deux, nécessité oblige, le grand écart à leurs convictions. Cela dit, il n'y avait pas de guerre ouverte, seules quelques incompréhensions dérangeantes dans leurs rapports de responsables communaux. Que le maire défendît l'Église, que Duchagrin encensât, c'était le moins pour un curé, une République rougissante faisait jaillir quelques étincelles. Ils y voyaient, faisant abstraction de leur propre ambiguïté, l'empiétement de leur espace officiel.

André Sagnal, *alias* Jeff, était contrarié par l'affaire avec le boulanger. Là, pas de mystère : leur désaccord était connu. Bachelard n'était pas un type compliqué, mais bizarre dans ses réactions. C'était une grande gueule. Il n'aurait pas finassé en cas de conflit, quel que soit le motif, il aurait foncé tête baissée. Durant l'occupation chleuhe, il avait assuré l'approvisionnement de l'auberge autant que celui de ses clients et le sien propre, sans *barguigner*[1] en cas de défaut de tickets. Il lui arrivait en allant chasser de s'arrêter boire un coup chez Sagnal. C'est après que tout se compliqua du jour au lendemain. Pourquoi ? Dans les villages, il y a toujours au moins un antagonisme, plus ou moins virulent, plus ou moins justifié, entre personnes ou familles, un mal souvent enkysté depuis plusieurs générations, un état latent pouvant se réveiller. Était-ce le cas ? Bachelard avait-il tiré de ses archives familiales une affaire mettant en cause les Sagnal ou s'était-il laissé aller à un mouvement d'humeur qui le culpabilisait au point de

1. Sans barguigner : *sans hésiter.*

ne pouvoir revenir dessus ? Jeff n'était pas rancunier, l'affront avait été dur à digérer, mais, bien qu'il l'ait traité de gros con, il pouvait faire un pas dans sa direction.

Vlaniac n'avait pas de femme sur le devant de la scène. Elles restaient toutes en retrait. Ce n'était pas une domination délibérée de la part des hommes, c'était comme ça depuis toujours et elles auraient vu d'un mauvais œil que l'une d'entre elles s'affranchisse de cette tradition, de ce pacte. Certes, les vieilles *clabaudaient*[1] entre elles, mais ça ne sortait pas du cercle et personne du reste ne demandait leur avis. Cette indifférence les renforçait dans une attitude de comploteuses permanentes. Mais sous l'Occupation certaines des femmes du bourg avaient participé activement à la Résistance à leur manière. Partout, sur le territoire, il y avait eu des porteuses de messages, agents de liaison, voire de pianistes[2], ou des missions de captage des messages de parachutage avec le fameux boîtier « biscuit », le MRC1. Edmond Duchagrin avait été un des pivots de la Résistance locale. Il soutenait les communistes dans cette lutte de libération, eux et tous les autres, car la solidarité jouait à fond. Lorsque certains résistants venaient au village le dimanche sous couvert de la messe,

1. Clabauder : *tenir des conversations médisantes.*

2. *Pianiste : opérateur radio.*

ils s'inséraient parmi les fidèles sans qu'un regard fût porté sur eux. La méfiance était de rigueur, car un traître pouvait se dissimuler et aurait vite compris que l'intérêt porté sur ces hommes n'était pas naturel.

Au bourg, si chacun se connaissait, au sein de l'église on ne s'occupait que de soi. Si la situation l'exigeait, sur un léger regard du curé en direction d'un responsable, il venait communier. Duchagrin, en se penchant davantage pour donner l'hostie, en profitait pour murmurer une consigne dans les paroles évangéliques convenues qu'il distillait. Jamais il ne les rencontrait dans le presbytère ou ailleurs, c'était une question de survie. Que le curé les ignorât était le signe qu'il n'y avait pas d'alarme avec les Boches. Duchagrin recevait les informations, voire les ordres, par le livreur de farine, Pierre Montel, qui les recevait lui-même d'un lunetier.

Malgré quelques chaudes alertes et la tragédie du mont Mouchet, le réseau survécut jusqu'à la Libération. Jamais Duchagrin ne commit d'erreur. Pas question d'organiser une attaque d'un détachement ennemi à proximité du bourg. Les opérations de sabotage qui étaient leur lot devaient avoir lieu loin de Vlaniac. Il leur arrivait de faire de longues distances, choisissant pour agir un endroit neutre ne pouvant compromettre aucun autre lieu habité qui pût subir des représailles.

Le risque étant grand que des résistants fussent trop souvent à la messe, Duchagrin avait institué un code pratique et efficace pour prévenir d'une agitation chleuhe inhabituelle pouvant les concerner. Il décalait les aiguilles de l'horloge d'une heure, ce qui signifiait : « Prudence, opération boche probable, tirez-vous. » Ce signal pouvait être repéré de loin, des divers repaires sur les hauteurs où se trouvaient les patriotes. D'autres codes quelquefois bizarres avaient été inventés par d'autres cellules pour des situations différentes. Cela aurait pu être une femme avec un chapeau vert ou rouge, ou autres objets vestimentaires, s'attardant devant la vitrine d'une boutique désignée, couleur ayant une signification précise. Le curé, bon pâtre, ne faisait prendre aucun risque à ses brebis et les changements d'heure, heureusement peu fréquents, ne perturbaient pas le quotidien d'une population qui n'avait pas l'œil rivé sur le sablier.

Ça, c'était fini, cependant on était encore si près de la guerre que tout ce qui concernait la vie courante en était imprégné. Était-ce de là que venaient ces émanations qui empuantissaient le bourg ? Était-ce l'intrusion de la paix qui créait un vide, un désœuvrement qu'il fallait combler par n'importe quoi ? La paix pourtant si désirée bouleversait les habitudes forgées dans l'occupation, faisant disparaître les repères de survie qui n'étaient plus de mise, entretenus pourtant durant cinq ans. Le curé ressassait inlassablement le problème et, dans l'un de ses sermons d'après la reddition ennemie, il avait clamé avec une éloquence de tribun :

— Mes chers frères et sœurs, nous sommes sortis d'une cage. La liberté risque de nous enivrer, prenons garde. Plus de barreaux, l'espace devant chacun de nous. Il faut nous habituer. La liesse nous a submergés et maintenant, où progressivement tout s'apaise, nous attend l'incertitude. Comment les acteurs du drame que nous avons vécu, ceux qui ont donné de leur force pour que nous émergions à l'air libre, comment vont-ils se réinsérer dans une vie civile normale ? Ils ont eu leur heure de gloire et vont retomber dans un presque anonymat car l'héroïsme est périssable. Ne nous y trompons pas, ceux qui ont le plus donné seront ceux qui demanderont le moins. Ceux qui s'interrogent trop n'auront pas de réponse. Certes, nous ne souhaitons pas tout oublier, mais restons vigilants, pour éviter des dérives préjudiciables à tous. Et puis de grands événements nous attendent, soyons prêts.

Il y en avait pour chacun pour peu que l'on réfléchisse. De quels grands événements parlait le curé ? Avait-il en tête ce à quoi permettait de penser la montée de la doctrine communiste s'appuyant sur le comportement glorieux de ses partisans dans la lutte et l'appui populaire ? Songeait-il à la prise en main du bolchevisme que dans son humanisme généreux, peut-être naïf, il voyait comme un salut ? La dernière phrase avait jeté le trouble parmi les fidèles. Ils tournaient la tête vers leurs voisins, quêtant d'un œil interrogatif voire inquiet s'ils avaient compris la même chose qu'eux, rien en fait. L'ambiguïté politico-religieuse du curé plongea Vlaniac dans l'expectative. Albert Lebreton, fusionnel dans la relation qu'il entretenait entre la politique gaullienne et le prestigieux personnage qui la menait, aurait voulu répliquer. Il était resté fidèle bien que la démission du Général en janvier l'eût déçu. La chaire, qui offrait une tribune de choix à Duchagrin, lui manquait. Il ne pouvait haranguer la foule debout sur une estrade ou en empruntant un tonneau à Jeff Sagnal. Il ne savait pas faire. Il n'était pas un tribun. Qui plus est, de Gaulle démissionnaire du GPRF le 20 janvier 1946 le privait de levier, sinon il aurait retourné cette foutue phrase, assurant que les futurs événements seraient l'œuvre du Général. Dur pour le curé de reprendre la main. Le maire évoquant de Gaulle, Laduche ne pouvait brandir Karl Marx, Lénine ou Staline que dans un cercle restreint. Cela aurait choqué, suggérant une subordination avec l'étranger pour bon nombre de Vlaniacois. Quant à Dieu le Père, il fallait ne s'en servir qu'avec réserve. Dans les hautes sphères de la spiritualité, le Fils eût été plus accessible, le Christ mort crucifié, un partisan en fait, faisait le poids. C'était complexe, se vautrer dans le mysticisme était délicat et dévoiler une tendance « rosissante » dangereux. Quoi que l'on dise ou fasse, il persistait encore du saint Thomas dans chacun.

Jeff avait entendu le sermon du curé et ces lourdes perspectives politiques lui passaient par-dessus la tête. L'avant-dernière phrase n'avait rien éveillé en lui, pourtant « éviter des dérives préjudiciables à tous » pouvait le concerner comme d'autres, ayant un rapport avec l'humeur parfois chicanière des villageois.

Duchagrin avait cherché une métaphore pour alléger la situation. Il aimait ça, les métaphores. Il est vrai que souvent les images qui en découlaient pouvaient donner un accès plus facile au commun des mortels sur certaines choses abstraites. Il avait eu une idée bizarre, se voulant poétique, et, malgré leurs rapports grinçants, il s'était laissé aller en sortie de messe à une confidence envers le maire : « Vous savez, je vois ces problèmes comme une rivière à sec qui inonderait ses berges. Le bruit de l'orage, la tempête dans un ciel d'azur, en fait rien n'existe. »

Que voulait dire le curé ? C'était du n'importe quoi, une spéculation d'ordre métaphysique assez compliquée, incompréhensible pour un rationnel comme Lebreton. Ni chair ni poisson, et pour y trouver du goût il eût fallu beaucoup mâcher. Était-ce intentionnel pour acculer d'un coup d'épaule culturel son adversaire dans les cordes ou plutôt pure divagation, le plaisir de dire n'importe quoi avec assez d'aplomb pour s'attacher le respect des ignorants ? Lebreton, qui remplaçait son manque de culture par le bon sens paysan, avait tourné ça dans sa tête et, pragmatique, avait répondu : « C'est ridicule », et ça l'était. Laduche s'était fait torcher le nez.

Jusqu'à ce jour, Sagnal avait fait le gros dos, ne gueulant que contre la maréchaussée lorsque Rasdpoils venait fouiner et, faux-cul comme pas un, poser des questions sans queue ni tête ou faisant mine de s'intéresser à ses vignes. C'est ce qu'il avait fait la veille :

— Alors Jeff, ça marche ?

— Quoi ? Ça marche quoi ?

— Ben, on sait pas, nous, hein ! L'commerce tiens, vous avez reçu du monde ces temps ? Voyons voir votre livre qu'on jette un coup d'œil… Oh ! Vous savez, pour la forme…

Jeff s'exécuta de mauvaise grâce.

— V'là, tout y est.

— Tout ? fit le commandant de la brigade, l'air vaguement suspicieux. Tiens, vous avez eu personne depuis la semaine dernière.

— À dormir, non. Des représentants à l'auberge.

— Bien sûr, ceux-là vous les notez pas, hein ?

— Manquerait plus que ça.
— Oui, naturellement, mais ça pourrait être intéressant. Bon allez, on y va.

II

Dégrippage

Dans cette nébuleuse où se bousculaient pêle-mêle sentiments patriotiques, préservation d'intérêts, volonté de justice, justification de ses actes, troubles de vengeance inavouée, désir de paix, sauvegarde morale, Vlaniac se débattait. Le bourg était-il une exception ? Duchagrin et Lebreton se posaient la question. Laduche qui aimait mettre le maire en difficulté face à des mots qu'il ignorait lui avait dit : « Est-ce congruent ? » Autant dire : cette situation correspond-elle à quelque chose souhaité par la population ? Ce n'était pas chrétien, il l'éclaira. Ils convinrent que non, que l'on mijotait dans un mauvais bouillon. Leur réflexion les porta vers des rives inexplorées. Ne s'agirait-il pas d'un manque ? Que pouvait-il bien manquer aux Vlaniacois ? Certes, la pénurie de certaines denrées alimentaires et produits divers était patente. Y avait-il une lacune dans la gestion de la commune ? Était-ce une déficience d'ordre spirituel ?

Ils conclurent, les femmes semblant plus chagrines que les hommes, qu'ils pouvaient manquer d'enthousiasme dans leur devoir. Le mal venant de là, la chose serait délicate à traiter. Le maire tourna sa langue autour d'une blague salace, mais s'abstint. Ce qui les poussait dans cette voie était qu'il n'y avait eu qu'un seul mariage depuis 1944, et encore, une simple régularisation. Quant aux baptêmes ? Laduche n'y croyait pas, si les jeunes traînaient les pieds c'était pour d'autres raisons. Ils abandonnèrent. Cette réunion municipale bicéphale, la première, eut au moins un effet salutaire. Lebreton avait demandé au curé de venir chez lui en toute discrétion. Refuser eût été porter un sale coup à une entente de circonstance, mais une entente tout de même. Le curé était donc venu.

Ayant épuisé les hypothèses, le maire tira une bouteille. Laduche ne crachait pas dessus. Ils eurent vite fait de l'écluser et le premier magistrat communal en ouvrit une seconde sans opposition. Les tensions se défirent. Les deux hommes finirent par se tutoyer avec un léger empâtement de leur diction.

— Écoute, Edmond, c'est pas pour dire… mais y en a qu'un qui picole au village en dehors de chez lui.

— Ah ! C'est qui ?

— Toi, pardi. J'te regarde à la messe, t'arrêtes pas bien vite ton enfant de chœur quand il verse la burette d'blanc, hein ?

— J'voudrais t'y voir quand t'as l'hostie collée au palais. Une fois, la rasade était trop juste et je l'ai gardée jusqu'à l'*Ite missa est*, et en sacristie il a fallu que j'y mette les doigts. T'rends compte ?

— Qu't'y mettes le doigt ?

Lebreton eut une autre blague sur le bord des lèvres, mais se ravisa. Il se leva en bousculant la table. Il vacilla, préserva son équilibre en posant ses deux mains sur le plateau.

— Non, Edmond, c'qui manque depuis que le Fernand Besle a levé les fers, c'est le bistrot. Le confessionnal, ça suffit pas, sans vouloir te vexer, hein.

Les yeux de Laduche papillonnèrent. Il fit un effort.

— T'as p'ête bien raison. Faut voir. On pourrait ouvrir un café paroissial.

— Ah non, communal, mais on mettra un criçufix au-d'ssus du comptoir si tu veux.

— Crucifix, pas criçufix, Albert.

— Oui, d'accord, faut qu'les hommes s'défoulent. Là, ils croient qu'y sont tout seuls à r'muer les tombereaux d'conneries qui nous sont tombées dessus d'puis 40 et les femmes qu'en rajoutent. C'est pas les dernières à mettre de l'huile sur le feu. Faut qu'y *lèvent la benne*[1], voilà. Qu'ils boivent une chopine de temps à autre entre copains, tapent le carton.

— Mais les femmes ont sacrément payé aussi, Albert. Ça, faut pas l'oublier.

— Oui, mais on voit pas les choses pareil. C'était p'ête même plus dur pour elles mais pas pareil, voilà c'que j'en dis. Nous, on voit que les grosses choses et elles les petites en plus, tout c'qui leur a compliqué la vie d'tous les jours. Elles ruminent encore ça avec la rancune et j'te le dis, moi, avec ça, Simone m'agace. J'dis pas qu'y faut oublier la guerre, c'est impossible. Pour moi, les Boches resteront les Boches. Les nouvelles générations y verront c'qu'y faut faire. Mais faut tirer un trait sur les bricoles.

— Les bricoles ?

— Oui, tu sais bien. Ton voisin semble avoir du café à gogo alors que toi en triant les grains dans le mélange d'orge tu arrives à te faire une tasse par mois. Pareil pour l'huile, le sucre et tout le reste. Par force, tu le soupçonnes. Il a une petite combine, mais il se prive peut-être sur le tabac ou le chocolat et refourgue ses tickets en échange et toi tu le sais pas, alors ça devient un vrai salaud, et tu vois le pire.

---

1. Lever la benne : *abandonner ses soucis.*

— Ah ! Le café, le café… elles n'arrêtent pas de parler de ça, même en confession.

Duchagrin passa un doigt derrière son col. Il était un peu congestionné. Le maire cassa le côté pénible de son raisonnement, se marra avant de le questionner :

— Tu peux t'confesser tout seul, Edmond ?

— Non, mais j'demande pardon à Dieu chaque jour.

— Et… y t'pardonne ?

— J'sais pas.

— Alors à quoi ça sert ?

Il ricana un peu bêtement à cause de l'alcool. Il bascula la seconde bouteille goulot en bas, elle était vide.

Cette fraternisation ne parvint pas jusqu'aux oreilles des paroissiens. L'idée était lancée, il fallait un bistrot à Vlaniac. Plus vite dit que fait.

L'auberge Sagnal était trop loin du bourg. Un bistrot, faut qu'on puisse y entrer à tout bout de champ, même si on n'en a pas envie. La patente du Fernand Besle était-elle encore valable ?

Il s'en ouvrit au curé. Si elle était perdue, ça serait dur de la ravoir en ce moment où l'administration avait d'autres chats à fouetter. Duchagrin lui conseilla d'aller à la sous-préfecture pour s'en assurer.

Tout ce qui entourait Vlaniac était très terre à terre sur le plan culturel. Duchagrin avait des lettres. Le grand séminaire ne lui avait pas seulement inculqué la théologie, doctrine religieuse et dogme, mais il n'avait personne avec qui parler littérature. Il aimait la poésie. En opposition au romantisme qui occupait une part de son esprit, il s'était investi dans la lutte sourde de la Résistance. Mais depuis la capitulation allemande, plus rien. Cela expliquait peut-être que, n'étant pas un poivrot, il avait liquidé ces deux bouteilles de vin avec son ennemi fraternel, histoire de combler ce vide culturel. Une de ses paroissiennes, la Pauline, aurait pu, mais c'était la plus « bondieuseries » de ses bigotes. Impossible qu'elle fît une phrase sans interpeller Dieu, Jésus ou la Vierge Marie à la clé, et saint Marcellin qu'elle aimait entre tous, une dévotion immodérée qu'il ne s'expliquait pas. Elle était cernée de tous côtés par le divin, dommage, il la savait cultivée. Il aurait pu dire : « Après le travail, je ne parle plus boulot. » En vérité, il n'osait pas faire le premier pas, engager la conversation sur Baudelaire dont il aimait la poésie, savoir si elle avait un avis sur la tragique destinée de l'homme, sa vision mystique de l'univers. C'était son confesseur et directeur de conscience au grand séminaire qui lui avait inculqué l'amour de ce poète et aussi de Diderot. C'était loin. Heureusement, il avait droit à un rafraîchissement cérébral grâce aux enfants. Il disait ça, Laduche, le « rafraîchissement ». Ça lui apportait beaucoup et il attendait avec impatience, le jeudi, leurs cris, leurs bousculades impatientes, leurs piétinements dans le couloir, il avait un sentiment paternel pour ces gosses, compensant leur turbulence par leur ingénuité. Jusqu'à quand ? Sans qu'il se l'avouât, fonder une famille ne lui aurait pas déplu. Il n'y pensait plus, mais le ver avait été dans le fruit entre ses trente et trente-cinq ans. Au grand séminaire, il aurait pu nouer une relation. Du sérieux, pas le genre de fredaines que se permettaient des camarades séminaristes. La jeune fille rencontrée dans un parc de la ville avait tout ce qu'il fallait pour le faire douter de son engagement sacerdotal. Le physique n'y était pas étranger, un curé ou futur curé n'en est pas moins homme. L'abstinence était une forme de privation qui faisait force, ça il l'avait accepté.

Elle était assise dans l'herbe et lisait. C'était en juillet. Elle avait choisi l'ombre d'un chêne pédonculé et, au travers des branches, le soleil faisait des taches mouvantes sur son visage, sa poitrine. Edmond s'était posé sur un banc. Après un salut de tête courtois, il ouvrit un livre. « Vous aimez aussi Baudelaire ? » fit une petite voix fleurie. Il leva le nez et le sourire qu'elle lui adressa le crucifia. « Je lis le même. » Et elle montra la couverture de son livre. À la décharge électrique du sourire suivit l'étincelle culturelle. Tout le bataclan sentimentalo-chimico-physiologique se mit en branle. Son cerveau ne parvenait plus à écoper les vagues successives qui le submergeaient. Dans un instant de lucidité, il se demanda s'il allait s'y noyer. Il se leva, prétexta avoir un cours et s'éclipsa. « Lorsqu'il fait beau, je suis ici presque chaque jour entre midi et 14 heures, lança-t-elle. Mais je travaille chez la modiste, Mme Béatrice Douplat, rue Remplot. À bientôt peut-être. » Il bredouilla.

Souvenir comme une pierre tombale sur laquelle était gravé *Regrets éternels*. Il ne reniait pas cette faiblesse que Dieu avait bien voulu lui accorder.

Sagnal aurait pu être un interlocuteur intéressant. Sa mère l'avait tenu aux études jusqu'à la seconde, au lycée. Et puis elle avait eu besoin de lui à l'auberge. Il l'aimait trop pour refuser.

Cela étant, il avait continué de s'instruire. Dès que le travail lui laissait un peu de temps, il lisait beaucoup, aimait les grands classiques de la littérature et pouvait soutenir une conversation d'un bon niveau. Là, il croisait une route déserte comme Laduche. Finiraient-ils par se rencontrer ? Qui plus est, il était incollable sur les moulins à aubes et connaissait tout du moulin du colonel Richaud et eût été capable de le faire fonctionner. À condition d'avoir les sous, l'aurait-il acheté s'il avait été à vendre ? Duchagrin sentait bien qu'il s'en faudrait de peu. Et là ce n'eût pas été comme les Parisiens, par vulgaire tocade.

Jusqu'ici le curé n'avait pas fréquenté le maire de façon assidue. Ça pourrait changer. Hélas, dépasser les échanges sur la vie communale et la politique était difficile. Albert eût vite été en difficulté. Mais il n'était pas mécontent de s'en être ainsi rapproché. Il était d'accord avec lui sans restriction sur ce bistrot dont la fermeture laissait un espace vide dommageable dans le bourg. Lui n'y aurait pas pensé. Il partageait au moins ça.

Il se reprocha d'être trop radin. Pourquoi ne l'inviterait-il pas avec son épouse à l'*Auberge de l'Éventre-Loup* ? Bien que de la quête dominicale ne lui restât pas grand-chose après avoir payé les cierges, le vin et l'encens, les hosties, il compta sur la générosité de Sagnal pour limiter la note. Encore heureux que le chauffage de l'église, uniquement les jours de grand froid, fût assuré par chaque fidèle. Des bûches qu'ils apportaient et déposaient au pied du grand poêle de tôle et de fonte. Il en restait pour celui de la cure. Il ne dépensait rien pour lui hors d'un ressemelage annuel complet de ses brodequins et un peu de petit linge et sa pitance. Il n'était pas un anachorète et accueillait avec reconnaissance les dons des fermières, œufs et fromage, parfois un demi-lapin ou un pigeon. Le vœu d'abstinence ne concernait pas son estomac. L'ancienne tradition d'inviter le curé à la table familiale avait hélas disparu bien avant 1914. C'était surtout le fait de la bourgeoisie ou d'un petit titre de noblesse.

À quoi eût ressemblé que Dieu exigeât de ses serviteurs la privation des biens terrestres qu'il était censé avoir créés.

La réflexion du maire n'était pas stupide, il était fort possible que le bistrot soit une diversion, une manière d'évacuer les dernières traces amorales et traumatisantes de l'invasion chleuhe. C'était bien leur faute si on avait manqué de café et du reste. Il avait hâte que ces histoires qui empoisonnaient l'atmosphère de Vlaniac soient derrière lui. Des vraies âneries qui peuvent ravager un village. C'était pire qu'un « corbeau ». Là, ce n'était qu'un individu qui bavait sur les autres.

Il voyait en Vlaniac un être vivant qui pouvait être rayonnant de santé ou affaibli, agréable ou détestable, calme ou turbulent, confiant ou déprimé. Une mécanique compliquée similaire au corps humain avec son tissu et ses organes. Il absorbe, digère ou dégueule, peut être malade et en crever. Il en connaissait de ces hameaux qui pour des raisons diverses étaient morts d'ennui à petit feu, inexorablement abandonnés, peu à peu desséchés. Il n'aimait pas les traverser, avait l'impression que toutes ces maisons, chaque année plus délabrées, le suppliaient de ne pas partir. Il avait froid dans le dos en songeant que les âmes de ceux qui y vécurent étaient aux fenêtres, sur le devant des portes, et le regardaient passer avec sévérité. Pour rien au monde il serait entré dans l'église. Il était encore au séminaire, fragile dans son engagement spirituel. Il s'était dit : « Et si Dieu m'y attend ? Depuis ma naissance, il sait que je viens aujourd'hui. Il aurait déclaré : "Alors, c'est toi Edmond, tu en as mis du temps. Approche, il faut que je te parle." » Non, l'église ce n'était pas possible. À tout prendre, il serait plutôt allé flâner dans le cimetière, là, la messe était dite.

Un jour, en suivant un chemin envahi de fougères, d'églantiers et d'arbres déjà forts, il avait découvert quelques ruines, même pas un hameau, un lieu-dit qui ne figurait pas sur une carte routière. Des pans de murs avec parfois un bout de toiture, un vestige de fenêtre. Il avait vu, sur un alignement de poutres encore bonnes, un reste de plancher à l'étage. Étonnamment, sous une hotte de cheminée était un petit cubilot de fonte avec une gamelle indiquant un dernier repas avec, accroché au mur, une grosse louche de fer étamé. Le drame d'un départ précipité était là, sous ses yeux. Ça lui avait entamé l'âme. Dans quel état d'esprit se trouve-t-on lorsqu'il faut quitter sa maison, sachant n'y plus retourner ? La boule au ventre, prend-on encore la dérisoire précaution de tirer les volets, de fermer la porte à clé ? Cherche-t-on à emporter un souvenir ? Un morceau de ces pierres montées par un aïeul ? Y avait-il un résidu sec de soupe dans cette marmite ? Depuis combien de temps personne n'était monté jusqu'ici ? Existait-il encore des descendants pouvant revendiquer ces pierres et la terre qui les portait ? Il ne connaissait pas l'endroit bien qu'il ne fût qu'à une dizaine de kilomètres de son domicile. Combien de ces petits rassemblements humains étaient-ils sortis des mémoires ?

Arrivé sur un bout de placette, il avait cru entendre des bribes de vie, des heurts, un crissement de charroi, des voix, un rire de femme plein de gaieté. C'était sûrement le vent jouant avec une porte déglinguée, des volets oscillant sur des gonds rouillés. Dans ce cas-là, l'imagination en vadrouille vous fait vite apercevoir une forme humaine derrière l'angle d'un mur, une ombre, et si un animal, un simple lézard vert, fait tomber une petite pluie de gravats un frisson vous court le long du dos. On tourne brusquement la tête pour voir si ne s'est pas formé un petit attroupement d'esprits immatériels qui se balancent avec des airs un peu hallucinés, pénétrants comme une lame, sorte de reproche d'oser déranger leur communauté défunte. Il avait, en se retenant de courir, retrouvé la grand-route avec soulagement, honteux de cette trouille.

Vlaniac n'avait pas subi l'exode meurtrier. Ici et là une maison fermée, pas plus. Les enfants, successeurs des propriétaires, ne l'avaient pas totalement abandonné. Durant la guerre, ils y étaient revenus de temps à autre, espérant y vivre plus à l'aise pour l'alimentation et revenir plus tard en ville. Non, le bourg se tenait et il fallait en être orgueilleux, bannir cette flétrissure de l'esprit ou de l'âme, c'est selon, qui gâche le plaisir simple mais chaud des retrouvailles, fussent-elles intéressées et momentanées. Edmond, alors séminariste, avait eu l'idée d'un sermon dominical sur le sujet pour que les gens soient fiers.

Le maire s'activa davantage que ne l'aurait espéré le curé. La patente de l'ancien bistrot était encore valable. Curieusement, bien qu'il eût arrêté son activité depuis 1942, Besle payait encore. Comptait-il sortir de la maladie et reprendre son commerce ? La maison et le fonds appartenant à la commune faciliteraient les formalités.

Ce n'était pas un secret et le maire en parla à qui voulait l'entendre, pour se donner un peu d'importance. Que le commerce puisse être réouvert était une chose, mais qui avait-on sous la main pour le tenir ? À qui confier cette tâche qui, au moins dans un premier temps, ne pourrait pas être payée très cher. Le maire ne souhaitait pas qu'un étranger s'installât. Pour lui, un étranger était un homme qui n'était pas de la commune. Cela réduisait beaucoup les investigations.

L'insignifiance corporelle de Lebreton était trompeuse. Petit homme sec, s'il n'en imposait pas, ne s'en laissait pas conter. L'énergie ne lui manquait pas. Sa caractéristique était un profil tranchant, un grand nez légèrement bosselé et des yeux qui semblaient chercher en permanence où il se trouvait. Il était habillé les trois quarts de l'année comme un paysan, avec un pantalon de coutil gris l'été, de velours côtelé marron en hiver. Des brodequins et un chapeau de feutre marron qu'il quittait rarement.

Pas vraiment de ressemblance avec quelqu'un de connu, ce qui souvent favorise la perception d'un quidam anonyme. Alors que Laduche avait la rondeur d'Escartefigue dans la trilogie de Pagnol. Ne manquaient que la barbiche et naturellement la casquette de capitaine. Physiquement, tout opposait le maire au curé, ce qui renforçait leur différence politique.

Laduche et Lebreton posaient des jalons chacun dans leur coin pour trouver la perle, celui qui saurait officier derrière un comptoir avec la bonhomie nécessaire et l'autorité indispensable dans un débit de boissons. Un homme sympathique et costaud. C'était presque une course de vitesse entre eux. Il était manifeste que chacun eût aimé avoir un homme à lui dans la place, car tenir un bistrot donne des avantages dans une petite commune. Lucien, l'ex-garde-barrière, fut sollicité car il aurait eu le profil de l'emploi, mais, en retraite depuis 1938, il n'avait pas l'intention de se remettre à travailler. Depuis qu'il ne levait plus sa barrière, Geneviève, son épouse, laissait entendre avec un lourd sous-entendu qu'il y avait place à une double interprétation. Autant dire qu'il ne soulevait plus rien. Alors elle éclatait de rire tandis qu'il haussait les épaules. Était-il si fatigué que cela ou un peu fainéant sur les bords ? Il faut dire qu'une vie de garde-barrière ne forge pas un caractère d'acier, pourtant la responsabilité est là, faut fermer au bon moment, sinon...

Chou blanc pour Lucien. D'autres furent contactés, sans résultat. Le maire fit ouvrir le local, un nettoyage s'imposait. Sur la petite vitrine, il accrocha une ardoise d'écolier sur laquelle il écrivit : *Cherche employé*. C'est tout, en mettre une tartine n'eût rien changé. Il fallait attendre. Que l'ancien estaminet ouvrît ou s'y préparât fut bien accueilli. Gustave Maréchal se proposa, il fut recalé car il y avait un risque de « siphonnage » du stock. Il gueula qu'il n'y viendrait jamais boire un verre. Mauvaise humeur, ça passerait. Duchagrin éplucha le cheptel mâle du bourg : trop jeune, trop vieux, paysans occupés. Il élargit le périmètre des recherches jusqu'à frôler les limites communales. Il y alla même à bicyclette. La Libération imposait un coup de collier pour faire repartir la machine, le travail ne manquait pas, les bras oui. Les prisonniers étaient rentrés, et par un coup de chance personne à Vlaniac n'avait eu à déplorer de morts. Pas de honte à avoir, 14-18 avait pris son lot plus qu'ailleurs. Il y avait cependant un déficit humain dans les campagnes qui datait de la Grande Guerre où la désertification commença après que les mitrailleuses allemandes, les Maskingevaer Madsen calibre 7,92, en eurent tant fauché dans les assauts meurtriers. L'inverse était vrai avec l'Hotchkiss dont les troupes françaises furent équipées avec retard. À quoi pensaient les grands chefs, quelques-uns mis à part ? On lance des compagnies entières, des régiments entiers sous le feu ennemi comme si les Chleuhs n'avaient eu que des pétoires à un coup. Les lignes tombent les unes sur les autres, mais dès que des troupes fraîches montent au front on recommence. Entêtement insensé, la cote 202 ou 369, peu importe, doit être emportée à tout prix. On ne cherche pas une autre solution. Incompétence jusqu'à la folie.

La guerre autorise tout.

À Vlaniac, ce n'était pas encore très grave, mais chaque année des jeunes partaient. Ils trouvaient un travail à Saugues, au Puy ou ailleurs et, si ce n'était pas trop loin, ils revenaient en fin de semaine aider les vieux. Puis leurs absences s'étiraient. Ils revenaient de moins en moins, avec un prétexte, une excuse qui n'abusait personne. Ils finissaient presque par souhaiter que leurs vieux disparaissent puisque la bataille qu'ils tentaient encore de mener avec leurs maigres forces était perdue. Sûr malgré tout qu'ils garderaient le souvenir coupable du vieux couple parental encore vivant, devant leur porte, qu'eux venaient de franchir pour la dernière fois, le père, cassé, levait un bras et disait encore « À bientôt » et la mère trop triste pour parler, les mains sur son tablier noir où couraient de grosses veines bleues sous la finesse de la peau. Bien sûr, on dit que c'est la vie.

La mairie paya le renouvellement de la patente pour ne pas compromettre une éventuelle réouverture du bistrot Besle. Le curé prit le magistrat de court. Il squatta les lieux et y transféra des chaises de l'église pour que les femmes y apportent leur ouvrage de tricot et bavardent deux ou trois heures. Le maire dut faire face à une bronca lors d'une réunion du conseil municipal. Que Laduche, sans autorisation, s'arroge ce droit hérissait le poil de certains. Mais aller contre alors que leurs femmes en profitaient était un risque que beaucoup refusèrent de prendre. La paix des ménages prévalut sur la justice laïque et républicaine. Ils se défaussèrent sous des prétextes divers qui se résumèrent à un peu glorieux « faut voir ». Mais c'était une pierre dans le jardin du maire qui se promit de renvoyer la balle.

III

De l'air venu d'ailleurs

LE PRINTEMPS PASSA et ce fut le tour de l'été. Une détente était perceptible. Les visages étaient plus lisses. Les stigmates du doute s'effaçaient peu à peu. Il était temps de penser à soi et moins aux autres.

Ce fut le moment où une femme descendit du car, un jeudi, jour de marché. Le chauffeur monta sur l'impériale et descendit deux grosses valises en demandant un coup de main aux badauds. Avait-elle choisi ce jour pour qu'elle fût vue ou était-ce fortuit ? Toujours est-il qu'elle ne passa pas inaperçue. Le car parti, elle sembla s'orienter, avisa l'église et héla un des gamins qui s'intéressaient au spectacle :

— Dis donc, garçon, va me chercher le curé, tu auras une récompense.

— Laduche ? Oui, m'dame.

Duchagrin, ventre en avant, fendit l'attroupement provoqué par l'arrivée du car.

— Vous désirez me voir, madame ?

— Oui, voyez mon état, ces bagages, je ne peux porter tout cela à l'auberge et je ne sais même pas où elle est.

— La maison Sagnal ?

— C'est ça. Un ami me l'a recommandée.

— Il a bien fait. Bien, je ne vois qu'un homme avec un char à bras pour vous tirer d'affaire. L'auberge est hors le bourg. Oh, ça, vous y serez tranquille.

Le gamin attendit sa récompense, mais le curé lui mit le grappin dessus.

— Va trouver Gustave Maréchal, dis-lui qu'il vienne avec son char à bras, et tout de suite.

Le môme jeta un œil vers la femme et sa promesse, mais Duchagrin le rappela à l'ordre :

— Allez, file.

Le curé se trouva bien embarrassé aux côtés de la femme en point de mire de tous. Il ne savait pas quelle contenance prendre. Qu'elle fût vieille et moche lui eût facilité les choses. Non seulement ce n'était pas le cas, mais il y avait chez elle quelque chose d'interdit à fleur de peau. C'est l'expression qui lui vint à l'esprit. Parfois, Duchagrin privilégiait à la compréhension d'une phrase simple un ensemble de mots plaisants à prononcer. Peut-être une passion littéraire rentrée ? Il la regarda à la dérobée : beauté incontestable, hautaine, ce qu'il jugea n'être qu'un masque pour tenir les gens à distance, fardée sans excès, chapeautée avec grâce et portant des vêtements à la mode. Probablement du caractère. « Interdit à fleur de peau », ça sonnait bien. N'était-ce pas là le résumé de ce que représentait cette femme ? « Fleur de peau » pouvait laisser les pensées s'envoler, « interdit » ajoutait un gramme de mystère, une pincée de… Le curé ne trouva pas le mot *ad hoc*, Maréchal arriva.

— Madame va loger chez Sagnal, accompagne-la. Après, tu reviendras boire un coup au presbytère.

Maréchal lorgna l'inconnue avec appétit en déposant ses bagages sur le plateau de la carriole. Il exagéra sa puissance volontairement en enlevant les valises comme fétu. Autant faire comprendre à cette femme tombée du ciel qu'il n'était pas qu'un bœuf.

De cette rencontre inopinée Laduche ne retira rien qu'une vague interrogation. Cette femme ne pouvait pas avoir l'intention de s'installer pour longtemps à *L'Éventre-Loup*. Pour y faire quoi ? Oui, qu'elle eût besoin de repos était plausible. Celui qui l'avait renseignée devait être un représentant fréquentant les lieux de temps à autre, peut-être avait-il négocié un séjour d'une semaine avec Sagnal ? Duchagrin fut persuadé qu'il ne la reverrait pas. Il la salua avec un « Bon séjour » classique.

Entre les brancards, Maréchal bombait le torse. On eût dit qu'il rapportait chez lui une prise de guerre, un trophée. Impassible, sur le côté, la femme marchait avec aisance. Maréchal n'était pas idiot, cette femme était sûrement d'une pointure au-dessus de ses moyens, mais si cela se présentait, pourquoi ne tenterait-il pas sa chance ? Voilà ce qu'il brassait dans sa tête avec un sourire carnassier. En vingt minutes, ils furent devant l'auberge. Il déchargea les bagages.

— V'là, m'dame. Si vous avez besoin de moi, hein ! Vous me trouverez au village. J'suis Maréchal… Gustave pour les dames.

Il enveloppa d'une œillade. La dame resta neutre.

— Merci. Tenez, pour votre peine.

Attitude bourgeoise, détachée, qui n'incite pas à la familiarité. Elle glissa une pièce dans le creux de sa main en songeant qu'elle avait oublié de récompenser le gosse.

— Et tenez, ça, c'est pour le gosse. N'oubliez pas.

Jeff sortit.

— Madame Charlotte Valiev, je suppose ?

— Vous supposez bien.

— Vous aurez ma meilleure chambre, avec vue sur la vallée. C'est la 4, à l'étage. Allez-y, c'est ouvert.

— Bien. Il est presque midi, je pourrai déjeuner ?

— Naturellement. Il faudra que vous me remettiez un document attestant votre identité.

— Passeport, rectifia-t-elle.

Jeff se trimbala les bagages. Le curé n'avait pas apprécié leur poids, sinon il aurait penché pour un long séjour de la dame.

Lorsque la femme descendit, elle posa le document sur le petit comptoir.

— Passeport russe, mais je suis d'origine française. J'ai vécu quelque temps en Russie. Hasard de la vie.

— Vous êtes en règle, alors !

— Oui, à ceci près que j'aurais dû changer d'état civil à la mort de mon mari et reprendre mon nom de fille. Mais je crois qu'ici on aimera l'exotisme de Valiev. Une Russe, vous comprenez.

Jeff ne prit pas la peine d'ouvrir le document. Il le rangea dans un petit casier avec l'idée de le faire plus tard.

— Mon mari, Alexis Valiev, était pilote de chasse dans les rangs de l'armée soviétique durant la guerre.

— Ah, dites donc ! Que vous soyez ici en Gévaudan, c'est pas un pèlerinage ?

— Un mécanicien français qu'il avait connu en Libye est d'ici. Ça m'a donné l'idée, voilà.

Le « voilà » était clair, fin des confidences, enfin pour le moment. Jeff comprit qu'il ne fallait pas insister sur le sujet. Des forestiers entrèrent et s'installèrent à une table, selon une vieille habitude. Cela créa un brouhaha bienfaisant. Un gros rougeaud avisa la femme, interpella Jeff et après un léger sifflement : « Dis, d'où tu la sors ? » La gueule que fit Jeff fit comprendre au forestier qu'il avait intérêt à être plus poli. Pour se donner une contenance, le gros prit le pichet de vin et remplit les trois verres sans relever la tête. Jeff, fallait pas le chercher, il était connu pour ça. Un mot de trop, une attitude vulgaire, et boum ! Il avait horreur de la grossièreté et des blagues graveleuses. Il avait même remis le maire à sa place lors d'un repas de « classards ». Les vieux disaient en rigolant : « Le Jeff, si tu l'énerves, c'est une vraie machine à bosseler. » Pour qui avait connu son père, c'était le même, un peu moins violent cependant. Ceci étant, si un type se comportait mal et qu'il n'avait pas trop vite les nerfs en pelote, il apportait la note sans attendre la fin du repas. « Vous me payez ce que vous avez mangé et vous foutez le camp. On est d'accord ? » Ne pas l'être en étant dans son tort eût été risqué.

*

* *

Il ne fallut pas la semaine pour que le bourg fût au courant pour la Valiev. L'auberge vit des clients inhabituels durant quelques jours. On venait boire un coup, histoire, à défaut de voir la dame, d'en savoir davantage sur sa présence. Jeff ne fit pas mystère de son passé russe. Mais ne dit rien d'autre. C'était bien assez pour exciter la petite fourmilière vlaniacoise. Dès lors, on ne parla d'elle que sous ce vocable : « la Russe ». Les vieilles se demandaient comment, dans l'intime c'était fait une Russe et elles ricanaient avec des mines égrillardes. La chose était certaine, elles ne s'en confesseraient pas à Laduche.

Naturellement, une question se posa sur un sujet moins... précis. Que venait-elle faire ici, à Vlaniac ? Pour les autochtones, c'était aussi incompréhensible que d'aller pêcher le goujon dans un bénitier. Elle n'aurait pas été russe, oui, à la rigueur, mais là... Il s'échafauda les hypothèses les plus farfelues. D'abord, quel était son passé ? Qu'elle fût de mauvaise vie vint en tête. Une femme qui venait se mettre au vert quelque temps, envoyée par son souteneur ? Mais ceux qui l'avaient approchée le jour du marché étaient d'un avis contraire. Ils y voyaient tout l'inverse, une femme volontaire, de haute moralité. C'était le grand écart entre deux « qualités » extrêmes. Ainsi, les problèmes du bourg furent relégués à l'arrière-plan, car désormais la Russe prit toute la place. Une impatience grandit : quand la verrait-on ? Déjà plus de huit jours qu'elle avait posé ses valises à *L'Éventre-Loup*, c'était trop. Ne les mépriserait-elle pas, les ploucs de Vlaniac ? Ce fut une plaie ouverte dans la chair villageoise pourtant habituée aux duretés et aux excentricités de la vie.

Cette mauvaise impression fit jaillir l'idée qu'elle pouvait être descendante de la comtesse d'Uzière. Oui, bien sûr, pourquoi ne pas broder ? Cela étant, il fut acquis qu'elle devait avoir eu une vie romanesque, tourmentée, dangereuse. Et puis était-ce bien sa véritable identité ? Une telle femme pouvait être capable de toutes les mascarades. Le maire ne leva pas le petit doigt, il lui faudrait informer la gendarmerie qu'il hébergeait sur sa commune ce genre de visiteuse. Mais pourquoi alerter l'autorité si elle ne restait que quelques jours ? Moins on en dit, parfois, mieux on se porte. C'était la philosophie d'un vieux renard rompu aux complications administratives et militaires.

De son côté, le curé, qui glanait ici et là les sentiments de ses ouailles, révisait sa sympathie bolchevique. Il vit rouge, mais pas dans la complaisance. Serait-elle envoyée par le grand frère moscovite pour étudier le comportement et l'état du moral français, une espionne en quelque sorte ? Ça allait loin. La pellicule rouge, fraternelle internationale, se fissura laissant voir le tricolore. Il crut de son devoir d'informer Lebreton de sa suspicion. Il y alla sans préambule :

— Mata Hari, ça te dit quelque chose ?

Le maire n'était pas ignare, mais la question assenée était trop brutale.

— Mata Hari, Mata Hari, remâcha-t-il, ben…

Laduche expliqua ses vues.

— Tu crois ?

— J'en sais rien.

Le maire fit faire un quart de tour à son chapeau, le remit en place, signe de perplexité et aussi parfois d'exaspération, prémices d'une sourde colère.

— Écoute Edmond, si tu sais rien tu dis rien.

— J'peux tout d'même réfléchir, non ?

— Réfléchis, mais parle pas.

Il est vrai qu'un minimum de réflexion eût démoli cette hypothèse, car une espionne n'aurait jamais laissé entendre qu'elle avait des liens moscovites. Les vues bizarres du curé le troublèrent. Il prit la trouille et téléphona à la brigade.

Le brigadier Lauzier ne tarda pas à arriver. Enfin un peu de grain à moudre dans la désolation des montagnes de la Margeride. Il lui fallait prendre connaissance du document attestant de la qualité de cette femme, le confisquer un temps afin de traiter la chose avec sa hiérarchie. Pas question de brader une telle chance. Dans sa tête de militaire, un mot tenait une place démesurée : promotion. Y aurait-il dans cette région française, d'une part, « la bête de Gévaudan » et, de l'autre, une affaire à laquelle un nom prestigieux serait accolé, le sien ? De quoi vous redresser le poil.

Il ne s'embarrassa pas de finesse. L'affaire exigeait un peu de raideur.

— Salut Sagnal, elle est là ?

— Elle qui ?

— Ah ! Vous n'en avez pas qu'une ? Bon, allez, donnez-moi ses papiers.

— Je vous préviens, elle n'est pas là.

Sagnal, avec une lenteur exagérée, étira un bras derrière lui et retira le document de l'un des casiers qui garnissaient le mur.

— Et elle rentre à quelle heure, cette dame… comment… ah ! Valiev ?

— Elle a pas d'heure.

— Bizarre, non ? Passeport russe !

— Elle est venue pour se balader, alors elle se balade. Que voulez-vous qu'je vous dise…

— Vous n'avez rien remarqué ? Des visites ? Elle demande à téléphoner de votre poste ?

— Non.

Lauzier feuilleta le passeport, en retira une fiche cartonnée.

— Houla ! Double nationalité en plus. C'est rare avec les Rouski et le KGB. Je dois emporter ça, nous reviendrons. Signalez-moi toute anomalie.

KGB, non mais où allait-il chercher tout ça ? Sagnal chercha un mot qui convînt, trouva « délire ». Oui, Lauzier était en plein délire. Sagnal, qui n'aimait pas cette brutalité, prit le risque de se foutre de sa gueule en prenant un air innocent :

— Et si elle n'aime pas l'omelette aux cèpes, c'est grave ?

Pas question d'aider Rasdpoils qui ne lui demanda rien d'autre. Il ne lui dit rien du mari pilote de chasse chez les Russes et de ce camarade français mécano. Qu'il se démerde ! C'était son boulot, après tout. Mais il sentit que le coup de la double nationalité pouvait créer problème. Sans curiosité, la veille, il avait fini par ouvrir le passeport à la première page et n'avait pas vu le document inséré.

Mme Valiev était d'une grande discrétion. Bonjour-bonsoir, mais toujours un compliment pour sa cuisine pourtant assez basique. Du chou, des patates, du cochon, du lapin. Variée cependant dans la préparation. Elle appréciait que Jeff s'appliquât à calquer son comportement sur le sien, réservé.

Son arrivée avait bouleversé Vlaniac. Plus rien de ce qui avait existé n'existait. Pfuit… les rancœurs, les soupçons, envolés. Qu'ils soient tous contre ou pour la Russe semblait avoir un effet heureux. Qui plus est, août était tout ce qu'un mois d'août peut apporter de bien-être. Des après-midi avec une chaleur certes lénifiante mais juste ce qu'il faut pour qu'on se bouge encore avec plaisir, pas d'orages dévastateurs qui ravinent les jardins, anéantissent les cultures. Quelquefois une averse nocturne qui prenait bien garde de ne réveiller personne et qui apportait au matin des fragrances enivrantes de terre mouillée dans laquelle fouillaient les merles avec frénésie, odeurs de légumes lavés et de prairies reconnaissantes. Mais toujours aucune réponse aux questions posées. Les promenades des Vlaniacois s'amplifièrent côté *Auberge de l'Éventre-Loup* et ses alentours où on espérait qu'un heureux hasard fît qu'on la rencontrât. Hélas, rien ne se produisit.

Pour qu'une femme puisse en toute connaissance de cause en apprécier une autre, fallait-il encore savoir son âge. Une belle femme, plus jeune que telle ou telle, était potentiellement dangereuse. Là, parmi ceux ou celles qui l'avaient aperçue le jour du marché, le chiffre variait beaucoup. Entre trente et quarante. Celles qui ne risquaient rien du jeunisme tiraient vers le bas, les autres se rassuraient autrement. Finalement, la filiation avec la maison de la comtesse fut abandonnée, c'était trop compliqué de raccorder une Russe à cette branche de la petite noblesse régionale, quoique de plus curieux assemblages puissent exister.

Hors Jeff Sagnal, celui qui l'avait le mieux vue était Gustave Maréchal. Mais contrairement au plaisir qu'il éprouvait à se montrer, il ne voulait pas partager. Il disait : « Oh, j'sais pas, moi, j'lai pas tant r'gardée, je tirais la carriole et elle était derrière. Alors ! » Il passa pour un abruti mais resta sur cette version. En était-il amoureux ? Des fois, les vieilles en se moquant de ses emballements sentimentaux déclaraient en rigolant : « Oh, lui alors, il tomberait amoureux d'une poule ! » Elles ajoutaient pour bannir la confusion : « Ouaïe ! Avec des plumes, hein ! » On n'osa pas questionner le curé. C'eût été péché d'indiscrétion. Une auréole floue qui n'avait rien de mystique entoura la Russe, un parfum ténu en émanait auquel Maréchal ne pouvait être insensible, lui et d'autres. Faut dire qu'ici, à Vlaniac, côté « chair » il n'y avait pas grand-chose à se mettre sous la dent. Veuves, mariées, quelques discrètes concubines en attente du sacrement promis, souvent reporté, peut-être un adultère ou deux de derrière les foins, et puis les gamines intouchables. Les gars devaient aller frayer ailleurs, dans des communes plus fournies, ou carrément au Puy. Ville de perdition où l'on imaginait des femmes faciles. Il ne serait pas venu à l'esprit de penser à Lyon ou la débauche devait être à fleur de rue. Au village, la licence était maintenue dans un état comateux par les femmes n'ayant plus guère à offrir pour y répondre. Elles verrouillaient les envies.

Bref, cette présence provoquait sur Jeff une sensation de malaise. Il demanda à Mme Valiev combien de temps elle comptait rester à l'auberge, assortissant la question d'un « Vous voyagez beaucoup ? ». Elle répondit qu'elle le préviendrait une semaine avant son départ. Il en fut pour ses frais. Un samedi, en fin de journée, assuré qu'il n'y avait aucune chance qu'un client débarquât, il proposa une courte promenade en forêt, démontrant par là une face plus civilisée de son personnage.

— J'aimerais plutôt aller au moulin. Vous connaissez ?

— Je pense bien, c'est à vingt minutes par la coursière. Comment savez-vous qu'il existe ?

— J'y suis passé l'autre soir, mais il était tard. C'est une belle construction, ça a l'air en état.

— Oui, je crois. Une toiture à revoir, certainement. Je l'aime beaucoup.

— Il pourrait fonctionner ?

— Je le crois, le bief devrait être curé et quelques aubes de la roue changées, mais la mécanique interne est bonne. Pour la petite maison de logement, c'est cadenassé depuis longtemps, on ne peut pas entrer.

Charlotte montra un visage satisfait.

— Alors allons-y ! fit-elle joyeusement.

C'était la première fois qu'elle laissait échapper des sentiments.

Ils se baladèrent, remontèrent jusqu'au pont puis quittèrent les lieux alors que les ombres s'allongeaient. Jeff serait remonté du vallon les yeux bandés. Il marchait sans regarder où il mettait les pieds, comme s'il était génétiquement programmé pour ce parcours. Mais son plaisir était différent ce soir-là. La présence de cette femme qui l'intriguait pesait sur le cours de ses pensées. Généralement, il revenait à l'auberge avec le même rêve, celui de devenir meunier, puis il s'évanouissait devant la réalité. Il eût fallu qu'il vende *L'Éventre-Loup* pour l'acheter, c'était exclu.

— Aidez-moi s'il vous plaît.

Charlotte tendit une main, la pente à cet endroit était raide. Les senteurs du soir dans cet air tiède étaient magiques. Avec le sommet de l'escarpement vinrent les toitures de l'auberge. Ils soufflèrent avant de franchir les cent derniers mètres.

Dans le petit salon qui précédait la salle à manger, Charlotte s'affala dans un fauteuil Voltaire.

— Je suis fatiguée, je ne marche pas assez, mais je peux vous aider. J'ai faim, ce qui m'arrive rarement, je l'avoue. Le grand air, sûrement.

Qu'elle fît allusion au grand air lui fit penser à quelque chose d'exceptionnel. De là où elle venait, le grand air n'existerait-il pas ? C'était l'air de la ville, d'une grande ville. D'emblée, il songea à Paris. Déduction sans grand fondement, de l'ordre de l'intuition.

Jeff prépara un plat de charcuterie et déboucha une bouteille. Ils s'attablèrent.

— Je ne comprends trop comment vous êtes arrivée ici. L'ami de votre mari habite la région ? C'est lui qui m'a téléphoné ?

— Oui. Je crois qu'il est venu déjeuner chez vous deux ou trois fois. Vous pourriez le reconnaître, moi je ne l'ai jamais vu. Il m'a contactée dès la fin de la guerre. Je me suis mise avec Alexis en 39, il était étudiant à Paris. J'avais vingt-six ans. Il voulait que j'adopte la culture russe. Il s'engagea dans l'armée. Début 41, nous nous sommes mariés à Kiev. Je suis restée là-bas jusqu'à l'invasion allemande. Opération Barbarossa en juillet 1941, en fait je suis partie en mai. Il était devenu pilote de chasse sur Yak-3. Il en était très fier. En 43, son palmarès de victoires aériennes était considérable ! C'était un pur héros de l'Union soviétique, décoré de l'ordre du Drapeau rouge et de Lénine, il n'eut aucune peine pour que j'obtienne la double nationalité. Alexis accepta que je reste à Paris pour ma sécurité. Il s'est beaucoup battu et fut blessé. Une balle dans un combat aérien lui a fracassé l'épaule. Bien après Stalingrad, les autorités lui offrirent un poste de liaison avec l'organisation internationale du Parti communiste français en clandestinité et il me rejoignit fin 44. Il est mort l'an dernier du paludisme, contracté au Moyen-Orient et mal soigné.

— Je comprends mieux. Je crois que le brigadier de Gaillac, Lauzier, voudra vous voir. Il a emporté vos papiers. C'est un emmerdeur.

— Je suis en règle.

— Tant mieux. Allez, trinquons. Je vous préfère comme ça, souriante.

— Il me faut un temps d'adaptation.

— Quand partez-vous ?

— Je l'ignore, ça ne dépend pas de moi. Mais rien ne presse, il faudrait que j'aille au village. Je dois passer pour une ourse du Caucase.

— Je suis moi-même un ours, madame Valiev.

Charlotte se mit à rire franchement.

— Ne bâtissez pas de projet de couple, monsieur Sagnal, vous seriez déçu. Je ne m'accouple que suivant un rituel précis, mais imprévisible. Et puis vous n'êtes pas mon genre, vous êtes trop beau, trop fort, trop sûr de vous. J'aime les faibles.

Jeff digéra cette confidence intime avec un mouvement de glotte qu'il avait proéminente. Quelle femme à Vlaniac aurait eu une telle audace, un tel front ? Il se dégagea.

— Votre héros n'était pas faible, je suppose.

— Je ne parle pas de ce faible-là. Je sais, c'est compliqué.

À la fin août, un chasseur qui commençait à faire du repérage « sanglier » en vue de l'ouverture s'arrêta à l'auberge.

— Salut Jeff, je reviens de la rivière, c'est quoi cette entreprise qui travaille au moulin ?

— Hein ? Une entreprise ? J'sais pas.

— Y a du monde, Ils retapent la maison d'habitation.

— Merde, les Parisiens ont fini par vendre. On n'a rien su.

— Remarque, mieux vaut ça qu'une ruine. Bon, j'y vais.

La nouvelle laissa Jeff Sagnal dubitatif. D'ordinaire, ici tout se sait et le maire qu'il avait vu peu de jours avant n'en avait pas parlé. Certes, s'il n'y avait pas de modifications de structure, rien n'obligeait les acheteurs à venir en mairie. Cependant, c'est une façon courtoise de se faire connaître de l'autorité municipale. Le lendemain, il dégringola dans le vallon. Devant l'entrée du moulin, un écriteau indiquait le nom du nouveau propriétaire, Mme Granget, avec la nature des travaux : *restauration*. Les portes et fenêtres de la demeure étaient grandes ouvertes. Il entra, avisa les ouvriers et sans préambule :

— Bonjour, c'est qui Mme Granget ?

— On sait pas, nous on travaille pour une entreprise de Langeac. On la connaît pas. En tout cas, ils doivent avoir du pognon. Faut que tout soit fini avant l'hiver.

Sagnal tourna les talons et remonta chez lui. Il ressentait ça comme une usurpation, une spoliation. Depuis le temps que le moulin était abandonné il l'avait fait sien. C'était crétin.

Quelle tête avait-elle, cette Mme Granget ? Il refusa l'idée qu'elle eût pu avoir un coup de cœur. Qui mieux que lui pouvait avoir un coup de cœur pour ce moulin ? Il jura injustement et avec grossièreté : « Salope », et rentra d'une humeur à étrangler un sanglier.

Grâce au chasseur, le bourg sut très vite ce qui se passait au moulin Richaud. Le soir, après que les ouvriers eurent quitté les lieux, certains s'y rendirent pour voir. Dans quel état devait être une propriété fermée si longtemps, dont le village se foutait éperdument ? C'était un voyeurisme au demeurant bien banal, ils n'avaient trop que faire de savoir qui avait acheté. Le travail de maçonnerie et de plâtrerie apportant de grosses quantités d'eau, les maçons ne refermaient ni fenêtres ni portes, profitant des tièdes courants de la nuit pour assécher. Ainsi les gens pouvaient-ils entrer et fouiner dans tous les coins.

Qu'ils y fussent allés ensemble engagea Jeff à en parler à Charlotte Valiev, mais il se ravisa, gardant ça avec rancœur.

Ce fut le moment qu'elle choisit pour s'absenter. On vint la chercher avec une voiture, une Peugeot 202 beige. Le conducteur n'entra pas dans l'auberge, joua de l'avertisseur. Charlotte était prête. Était-ce celui qui avait téléphoné ? Pouvait-elle ne pas le connaître ?

Il devait en savoir plus que Jeff sur son emploi du temps. Comment s'étaient-ils mis d'accord pour ce rendez-vous à l'auberge ? Affaire sentimentale ? Il mit sa curiosité en veilleuse, après tout ce n'était pas son problème.

Dès lors, l'intérêt pour le moulin s'étant vite émoussé, la Russe envolée, Vlaniac reprit son visage ordinaire et les petits griefs délaissés resurgirent, notamment pour le bistrot qui n'avait pas trouvé preneur. Les femmes squattaient toujours le local et Lebreton râlait de s'être fait rouler dans la farine par le curé qui rigolait dans sa soutane. Le maire n'avait pas la vivacité d'esprit du prêtre, c'était un lent, il lui fallait du temps pour se mettre en mouvement. Chasser les femmes eût été se les mettre à dos. C'était délicat, maintenant qu'elles avaient droit au vote. Même s'ils eussent préféré venir y écluser quelques pots de rouge, les hommes par lâcheté pouvaient les soutenir. C'était foutre le feu au village.

Il fallut deux jours à Jeff pour s'apercevoir que Charlotte Valiev était partie sans ses papiers. Lauzier avait traîné anormalement pour les lui restituer, pas normal. Étaient-ils séquestrés par sa hiérarchie ? Y avait-il une nécessité de contrôle approfondi à cause de sa double nationalité franco-russe ? En fait, que savait-il d'elle ? Ce qu'elle en avait dit, vrai ou faux ? Ne s'était-il pas fait endormir avec cette histoire de pilote de chasse plutôt rocambolesque ? Une histoire qui avait du poids, dont on a du mal à douter. À son énoncé par la femme Valiev, fugace, l'idée lui avait traversé l'esprit. Avait-elle eu des contacts avec les partisans, FFI ou autres, s'étant battus sur le mont Mouchet ? Une Russe ou Franco-Russe, pourquoi pas ? Il y avait bien eu Nancy Wake, australienne, qui s'impliqua si fort dans la Résistance de notre pays et que la Gestapo avait baptisée du nom de code « Souris blanche » vu son insaisissabilité.

Reviendrait-elle ? Avait-elle foutu le camp avec ce pseudo-mécano à la Peugeot beige, un comparse, un amant ? Avait-elle une seconde identité, voire plusieurs ? Était-elle venue à *L'Éventre-Loup* avec une sale histoire aux fesses, pour se faire oublier un temps. Sûr, l'histoire qu'elle racontait était bien ficelée. Qui pouvait y rester insensible ? Qu'aurait-elle pu trouver de plus sympathique aux yeux d'une population qui sortait de la guerre ? L'amour d'une Française pour un beau Russe qui devient pilote de chasse et héros de l'Union soviétique. Au moins, elle ne l'avait pas escroqué. L'acompte couvrait à peu près sa note de restauration. Pour la chambre, ce n'était pas grave. C'était une seconde déception après le moulin Richaud. S'il n'aurait pu s'attacher sentimentalement à cette femme en si peu de temps, il sentait qu'ils auraient pu s'entendre, sans les complications du couple, une relation fraternelle en somme.

Lauzier finit par revenir. Sagnal n'attendit pas qu'il ouvre la bouche :

— Elle est partie.

— Où ça ?

Jeff haussa les épaules.

— Elle me fait pas de confidences. Elle a dit qu'elle reviendrait, c'est tout.

— Sans papiers, elle peut pas aller loin. Comment est-elle partie ?

— Une voiture est venue la chercher.

— Marque, numéro d'immatriculation ?

— Pas vu et j'suis pas d'la police.

— Mouais. Dès son retour, qu'elle se présente à la gendarmerie sans attendre. Elle viendra chercher son passeport.

Lauzier tournait en rond. Il ne parvenait pas à quitter l'auberge. Il s'en fallut de peu qu'il ne demande à Jeff d'inspecter sa chambre, mais, sans mandat de perquisition signé d'un juge, il aurait outrepassé ses droits.

— Dites voir, Sagnal, décidément il se passe toujours des trucs pas ordinaires chez vous ?

— Ah bon ? Une cliente qui vient se reposer chez moi, c'est extraordinaire ?

— Dépend de la cliente.

— Alors vous savez des choses que j'ignore et qui m'intéressent pas.

Les gendarmes finirent par quitter les lieux. Lauzier ne dit rien, mais on pouvait lire aisément ce qu'il avait en tête : « Je t'aurai à l'œil. On me la fait pas, mon gaillard. »

*
*   *

Après avoir informé la gendarmerie de cette présence, le maire n'avait pas bougé. Pourquoi l'aurait-il fait ? L'évocation par le curé de la fameuse espionne Mata Hari l'avait secoué, mais s'impliquer dans ce genre de chose ne lui apporterait rien de bon. C'était y donner un intérêt qu'elle n'avait pas. Il savait ça d'expérience. Rester dans le cadre strict de ses responsabilités municipales suffisait pour les emmerdes quotidiennes.

L'affaire russe Valiev avait explosé telle une bulle de savon. Le peuple se lasse aussi vite qu'il s'excite. Il fallait un exutoire, il fallait combler ce vide. Mais c'était une frustration, tel un fer de hache impossible à retirer d'une bûche noueuse qui n'a aucune envie de lâcher sa prise. Bien que les gens se fussent engagés seuls, sans qu'il fût besoin de les aiguillonner, ils en voulaient à la Russe d'avoir failli à ce qu'ils espéraient d'elle. Une belle histoire d'espionnage, d'escroquerie, voire criminelle, une affaire de cul eût suffi, le mot est cru mais explicite. En fait, c'eût été le meilleur, cela aurait conforté ce qui planait dans quelques têtes depuis des lustres sans que ce ne fût jamais démontré : l'*Auberge de l'Éventre-Loup*, maison de passe occasionnelle ? Ça avait assez de gueule pour que les passions se déchaînent. C'était un sujet au niveau des fantasmes de chacun, où toutes et tous pouvaient peu ou prou se retrouver. Plus que l'argent, la chair n'est-elle pas forcément un problème dominant ?

Faute d'un tel cadeau, les femmes, moteur essentiel, se rabattirent sur le bistrot. Elles trouvaient leur compte dans cet asile féminin, papotage-tricot. Elles apportaient petits gâteaux maison et bouteilles Thermos. En douce, elles squattaient une étagère sous le comptoir, pour une boîte de sucre et une petite fiole de marc permettant un canard pour faire passer l'amertume de l'orge grillée-café. Une collection disparate de tasses et petites cuillères complétaient ce matériel basique et quelques revues de *Mon Tricot*. Cependant, elles ne se satisfaisaient pas de cet accord ni chair ni poisson, bâtard. Il fallait un tenancier, un vrai bistrotier, que le café sorte de la clandestinité, qu'il ait officiellement pignon sur rue. C'était en totale contradiction avec la surveillance exercée sur les maris ayant une tendance à picoler, mais elles avaient toutes envie de faire quelque chose sans être à la remorque des hommes.

Et puis les femmes ont une supériorité sur eux, celle de pouvoir suivre plusieurs idées à la fois, convergentes ou pas. C'est, ajouté à certains avantages de leur sexe, ce qui leur avait permis dans l'histoire d'intriguer pour se placer sur le haut de l'échiquier politique ou autre.

Elles ne chipotèrent pas. Peu importait que le débit de boissons tombât sous l'influence du maire ou du curé. N'ignorant pas que des recherches poussées avaient été entreprises par les deux antagonismes municipaux et que la perle, si elle existait, restait introuvable. Elles votèrent et élurent l'une d'entre elles à main levée, sans consulter les autorités. Un témoin ne pouvant être suspecté de connivence fut mandé. Sociable, l'adjoint au maire, accessoirement buraliste, Martin Lebrat, s'y prêta. Il enregistra les résultats qui furent remis à Lebreton.

Le vote était aléatoire, car toutes n'auraient pu accepter cette charge. Le sort fut heureux, les trois quarts votèrent pour Marguerite Cheminot, qui présentait toutes les qualités requises pour ce poste : belle corpulence, alerte de corps et d'esprit et caractère de cochon. En cas de rébellion avinée, sauve qui peut, elle pouvait faire le ménage. Mme Cheminot, c'était « Maguy », un prénom qui seyait mieux à son personnage. Maguy, *alias* l'emmerdeuse, ce qui ne l'empêchait pas d'être aimée.

Lebreton baissa les bras et porta l'affaire devant le conseil municipal. C'était démerdez-vous avec ça. Au secours Ponce Pilate : « Je m'en lave les mains. » Les débats furent mous. Sauf un, le bienheureux, chacun avait son épouse dans le coup. Le clignotant « scène de ménage » vira au rouge. Aïe ! Non, c'était trop de risque pour pas grand-chose, le oui fut massif. Cela dit, lorsque le problème du dédommagement vint sur le tapis, la belle entente explosa. Le « elles le veulent, elles l'ont » eut pour corollaire : « on ne paie pas ». Lebreton tenta d'infléchir son conseil, mais il fallut qu'il prenne sur lui et dise que le dédommagement serait de vingt centimes par litre de vin vendu. Vu la modicité de la somme, il n'y eut pas d'opposition. Restait pour la municipalité à régler l'achat pour la constitution du stock. Une barrique, une *cempote.* Pas d'alcool pur, trop dangereux. Le prix du verre devrait couvrir cette avance. Tout fut consigné sur le livre des réunions du conseil et signé du maire et de l'adjoint.

Tous estimèrent s'en être bien tirés et Maguy convenait. Là où le bât blessa, ce fut que personne n'avait demandé l'avis de Laduche, trop pressé qu'on était d'en finir. Une vraie traîtrise, étant donné l'accord tacite passé peu avant entre l'église et la mairie favorisé par deux bouteilles de côtes-du-rhône. Mais, tout compte fait, une petite vengeance du maire, bien que le curé n’y soit pour rien. S’il avait couvert le squat, il ne l’avait pas mis en route.

Duchagrin bouda et le dimanche suivant il se lança en chaire, hors calendrier liturgique, dans une vraie diatribe sur l’abandon du Christ par Judas. Lebreton, au premier rang, encaissa et n’alla pas communier. À la sortie, le curé fit en sorte de passer devant lui :

— Faudra te confesser, camarade.

La tromperie du maire sous le sceau de celle de Judas, fallait le faire. Ce sentiment pouvait avoir deux béquilles : mystification et hypocrisie, mais c’était trop pour l’action du maire. C’était une petite canaillerie qui avait dû le faire ricaner : « Je t’ai eu, Laduche. »

Autrement, dans le quotidien vlaniacois comme ailleurs, tromper se déclinait sous une infinité de formes dont la plus courante était le mensonge et ses corollaires. Croire que tout y était lisse eût été une erreur. Cela jouait essentiellement sur la corde sentimentale. Les paysans n’étaient pas à l’abri d’un retour de flamme libidineux qui les faisait lorgner la femme du voisin. Le relatif isolement du bourg les encadrait mais la barrière morale était plus aisée à franchir qu’une haie d’églantiers ou une clôture de barbelé. Comment aller brouter ailleurs où l’herbe paraissait plus verte. Et, pour ne pas éveiller les soupçons, on raconte n'importe quoi. Ce n'est pas toujours construit habilement, rien de subtil. « T'inquiète Marie, j'vas finir d'faucher sur le haut », ou l'hiver éclater quelques bûches chez une veuve.

Maguy n'était pas concernée. Aurait pu la courtiser sans risque qui voulait, mais personne n'était sur la liste de ses attentes s'il en existait. Néanmoins, des tensions flottaient ici et là, souvent entretenues par Gustave Maréchal, le fier-à-bras, fainéant patenté, provocateur à ses heures : « Moi, se gargarisait-il, j'suis l'homme à tout faire. »

Il y avait naturellement un sous-entendu gros comme un tombereau et il aurait pu ajouter : « Mesdames, à vous de voir, “chuis” là. » Si la Russe n'avait pas été au-dessus de ses moyens, il l'aurait entreprise, mais n'étant pas totalement obtus il comprit dès qu'il prit les brancards du char pour l'emmener à *L'Éventre-Loup* que le morceau était trop gros pour lui.

Nul doute qu'il en dut ressentir un pénible sentiment de frustration. Bref, l'incrédulité sur la fidélité masculine faisait l'unanimité. Même les vertueux en pâtissaient, vu l'exiguïté de la commune ils pataugeaient dans la même soupe.

Que Mme Cheminot, Maguy ou l'emmerdeuse fût bombardée « bistrote » était lui donner du poids. N'allait-il pas s'ajouter une troisième voie de pouvoir à celles des deux entités officielles, l'une confessionnelle et paroissiale, l'autre municipale et laïque ? Le pouvoir d'un bistrot dans une campagne était un fait acquis et bien des prétentieux qui tentèrent de s'en affranchir en pâtirent en perdant les élections ou eurent d'autres déconvenues. Comment allait se passer l'intronisation ?

IV

Retour à la case départ

SAGNAL N'AVAIT PLUS LE COURAGE de descendre au moulin, son moulin. Étrangement, personne n'en parlait au village, pourtant c'était une nouvelle d'importance. Beaucoup y étaient allés, mais ils gardaient ça pour eux. D'ordinaire, sur des faits divers infiniment plus modestes, les commérages allaient bon train ; là, désintérêt total. « Faut qu'ce soit fini avant l'hiver », avait dit celui qui pouvait être le contremaître, ajoutant : « Doivent avoir des sous. » Personne ne le savait, aussi cette dernière phrase avait produit son effet.

Une chose le préoccupait, pourvu qu'ils ne cassent pas la mécanique, histoire de profiter de l'espace pour faire des chambres ou d'autres aménagements ? Il ne put résister. Cassant sa fierté, il se décida à demander des informations. Il avisa Duchagrin un matin où, à vélo, il allait passer sa commande de viande au boucher pour la fin de semaine. Il le fit avec une désinvolture feinte :

— Salut curé, du nouveau dans l'coin ?

— Bonjour Jeff, non, rien de spécial.

— Ah ! Pourtant il me semble avoir entendu dire qu'il y avait du remue-ménage à Richaud. J'y suis pas descendu depuis des lustres, mentit-il.

— Oui, c'est vrai. Il a été racheté. Des dénommés « Granget », je crois. Deux ou trois du bourg y sont allés voir.

— Personne n'a l'air de s'y intéresser.

— Oh, tu sais bien, c'est pas des gens d'ici, alors… sans savoir qui c'est, on les aime pas. (Il ricana.) Bien sûr, si ç'avait été toi, ç'aurait été différent.

Laduche tournait-il le fer dans la plaie ? Il savait que le cœur de Jeff y était attaché. Sagnal leva un bras par-dessus tête.

— Pour ce que j'en ferais.

Ça sonnait faux et ne pouvait tromper la finesse de jugement du curé qui quémanda :

— Et la Russe ?

— Partie, elle doit revenir mais j'sais pas quand.

— Ici, les gens se sont enflammés. Tu penses, le premier événement depuis la Libération. Sacrée belle femme en plus, hein !

Jeff fit la moue, comme s'il ne s'en était pas aperçu. Laduche reprit :

— Mais on n'y pense déjà plus… Y a l'ouverture du bistrot… C'est Maguy qui va le tenir.

— Alors bon courage.

— Pour elle ?

— Non, pour les assoiffés, faudra qu'ils se tiennent à carreau.

Voilà, l'échange ne leur apporta pas grand-chose. Les questions qui démangeaient chacun ne furent pas posées. Ce n'était pas un mal, le moulin, la Russe n'étaient que des coups de patte du destin. Il n'était que temps de se remettre dans le bain de cet après-guerre, avec toutes les perspectives que cela ouvrait devant chaque citoyen. Sagnal restait cependant avec dans un pied l'épine « Bachelard », le boulanger. Il en avait marre de pétrir, d'allumer le four pour faire une fournée de dix jours en pains de six livres qui se conservaient bien, mais quelquefois les clients tordaient le nez les deux derniers jours en mordant dans les tranches un peu raides.

Mme Cheminot reçut les clés du local, où avait longtemps officié le père Besle, des mains du maire, sans cérémonie. Il fallait la jouer fine pour ne pas déclencher de désordre. Bien qu'elle fût désignée par ses sœurs, qu'elles eussent l'impression que ça lui donnait du galon eût été insupportable. Un maire marche sans arrêt sur des œufs et lui connaissait son monde. Comme il disait en aparté, visant la susceptibilité des autochtones : « Si tu piques trop une vache, ou elle n'avance plus ou elle s'emballe. » Et il savait de quoi il parlait, de famille paysanne, petit il avait gardé le troupeau plus qu'il n'aurait voulu.

L'ouverture de la chasse relégua ces problèmes d'intendance au fond d'un sac que l'on s'empressa de fermer au col avec une cordelette. Il n'était pas question que l'unité cynégétique du bourg fût remise en cause d'autant que le gibier ne manquait pas. Le lapin pullulait. Vint de Gaillac le notaire Gérard Provost, mais lui c'était pour la perdrix. C'était un type longiligne, avec un grand front dégarni et une espèce de sourire quasi permanent un peu dérangeant. C'était un lettré, il eût été une bonne recrue intellectuelle pour le curé si ce n'est qu'ils ne jouaient pas dans la même cour. Provost n'encaissait pas que Duchagrin fût rouge, il avait été plutôt pétainiste, du moins en apparence. C'eût été une alliance contre nature.

Afin que l'on ne se tire pas dessus, deux secteurs distincts furent tracés. En plaine pour la plume, sur les coteaux pour le reste. Sagnal fut du premier groupe. Une bécasse s'éleva au ras des buissons et fut manquée. Il commençait à passer dans leur migration quelques éléments qui tournaient autour de la zone humide entretenue par la rivière proche. Octave, le chemineau, servait souvent de rabatteur. Pour les oiseaux, si les chasseurs venaient sans chiens, il ramassait le gibier tombé du ciel. Provost, chanceux, eut devant son douze un vol ramassé de perdrix sorties d'un talus à son approche. Tir réflexe, deux tombèrent en tournoyant, un doublé, chose rare. Octave repéra les fourrés où les oiseaux disparurent. À demi courbé, comme s'il eût craint qu'on ne le prît pour un lièvre, il courut les récupérer, les fourra dans sa besace en criant : « Ouah ! Ça, pour un beau coup c'est un beau coup ! » Il avait la particularité de courir jambes et bras écartés, le buste en avant, ce qui donnait à ses déplacements une allure simiesque. Il suivait le notaire de près car lui seul était généreux, lui donnant une pièce par bête, surtout s'il était satisfait de quelques bons coups. Là, c'était le cas. Embarrassé de son attirail d'armes, de gibecière et engoncé dans une volumineuse canadienne, il parvint à extraire d'une poche la récompense. Octave attendait le geste en disant : « Ah ça, m'sieur l'notaire, c'est trop. »

Jeff ne tira rien. Il avait l'esprit occupé par le moulin dont il apercevait les toitures au gré du relief du terrain. Était-ce Provost qui avait fait la vente ou un notaire de Saugues, voire de Paris ? Il n'avait pas l'intention de lui en parler. Cela n'avait plus grande importance en soi, sauf qu'à trop en parler il fût apparu comme le dindon de la farce ou carrément le cocu. Là, il n'aurait pas supporté. Il espérait cependant qu'il finirait par aborder le sujet de lui-même.

Les chasseurs se retrouvèrent sur la place vers les midi, ça parlait haut et ça rigolait dur. Le patron de l'auberge vit un sanglier sur une charrette à bras. C'était l'œuvre de Paul Rigoulet. Juste sous le garrot, un coup de maître. Le Dingue, malgré son œil de verre, était connu pour son adresse. Il vit Jeff.

— Hé, Sagnal, tu pourras me payer un coup, un « bestiau » de moins qui esquintera ton jardin et tes pommiers.

Jeff ne releva pas. Il avait toujours pensé qu'il renseignait les bleus sur ses activités nocturnes pour prélever un *Sus crofa* sur un coup d'énervement.

C'est inopportunément le moment que choisit Lauzier pour pointer le museau de la Juvaquatre de la maison poulaga[1] qui n'avait pas encore coulé sa bielle. Le brigadier sortit en ajustant son képi qu'il ne pouvait conserver dans l'habitacle car il touchait le toit de métal. Sur un fort cahot, il se le serait enfoncé sur le crâne. Il y avait mieux pour soutenir son autorité.

— Ça a fait ? questionna-t-il avec un coup de menton faussement bienveillant vers le cochon.

— On a manqué un gros mâle. La prochaine fois, on l'aura, fit un paysan.

— Bon, vous avez tous votre permis ?

— Ben oui, quoi.

---

1. Maison poulaga : police, gendarmerie.

Il passa entre les hommes comme l'eût fait un adjudant de semaine pour une revue de paquetage, toisant chacun. Puis, les pouces dans son ceinturon, l'air revêche, il se planta devant Jeff avant de l'entraîner à l'écart.

— J'en ai appris de belles au sujet de Mme Valiev. Vous étiez pas au courant, Sagnal ? Mari pilote de chasse soviétique, ça vous dit rien ?

L'aubergiste n'en fit pas trop. Ne prit pas une tête d'ahuri, mais questionna dans un haussement d'épaules :

— C'est quoi ça ?

— J'vous expliquerai un autre jour. Si on découvre une combine, faudrait pas que vous soyez dedans, hein ? Complicité, ça peut aller chercher loin, usurpation d'identité, surtout en période de guerre.

— De guerre ? Vous en êtes encore là ?

— Croyez pas qu'on passe l'éponge comme ça. Trop facile. On est encore en plein dedans.

Usurpation d'identité, c'était n'importe quoi, mais Lauzier était content de lui. Il eut un ricanement silencieux et tourna les talons.

Pour l'ouverture, on avait repris la tradition d'étaler à terre le gibier abattu pour faire une photo. C'est Martin, le mercier-quincaillier-dépôt de poste qui sortit son boîtier Kodak 6,4, grosse bobine, le seul appareil du village. Rigoulet, le borgne, qui pouvait se permettre cette plaisanterie du genre, lança en direction du chef de brigade qui regagnait sa voiture :

— Hé, capitaine, on peut vous mettre sur la photo avec le cochon.

Lauzier démarra sèchement, ce qui, vu la modeste puissance du moteur, fit hoqueter la fourgonnette, secouant sans ménagement les passagers d'avant en arrière. Han, han, han ! Avant que le moulin ne reprenne son souffle.

La Juva disparue, on s'esclaffa. Bien que le notaire fût pour le respect de l'ordre républicain, il ajouta avec une grimace :

— C'est le cochon qui aurait fait la gueule. Bon, allez, j'vous paie un coup.

Ils s'engouffrèrent dans le bistrot en braillant. Maguy aligna les verres et les chopines. Elle avait prévu l'assaut. Elle lança :

— Hé, vous autres, il est midi passé, j'vous sers mais traînez pas, hein !

Ils s'agglutinèrent comme un essaim autour du comptoir et raflèrent les chopines. Un paysan, Clovis, qui avait ses terres près de la Boussoule, ce morceau de terrain vague servant de décharge, gueula :

— Ah ben bon Dieu, Maguy, t'y mets du bromure dans ton pinard, paraît qu'les femmes se plaignent d'puis qu't'as rouvert !

Il se tordit le cou vers les autres en ricanant, pour s'assurer de l'effet. Y avait-il du vrai ? Maguy renvoya :

— Pauvre, ça s'rait ben donner du lard à un cochon pour toi qu'en as pas besoin.

Rigolade générale.

Que le borgne, *alias* le Dingue, appela Lauzier « capitaine » était une façon comme une autre de fayoter. Sûr que le militaire se serait bien vu avec trois barrettes sur les épaules. Hélas, ce n'était pas à sa portée, ne restait qu'un rêve aux confins de ses envies de promotion. C'était injuste, mais il souffrait de cette putain de période d'occupation durant laquelle ne s'offrit à lui que de suivre la ligne « vichyssoise » ou de démissionner. Sauf pour le ravito, il n'avait pas fait de zèle. À Vlaniac, vis-à-vis des résistants soutenus par le curé, il était resté neutre en surface. En fait, il s'était recroquevillé dans sa gendarmerie, tentant de se faire oublier, pas d'éclats d'aucune sorte qui eussent fait penser à sa hiérarchie qu'il était ce qu'il n'était pas et qu'on lui collât des missions à la con.

Jeff Sagnal rentra chez lui avec en esprit, superposé au moulin Richaud, le visage de Charlotte Valiev.

C'était quoi cette histoire d'usurpation d'identité ? Il savait Lauzier assez vicieux, mais pas jusqu'à lui faire porter le chapeau d'un autre.

Lorsqu'il arriva à l'auberge, il vit Octave assis dans l'encoignure de la porte.

— Tu viens manger un bout ? J'aurai rien de chaud. Si, on peut se faire une omelette.

Octave se redressa.

— J'ai ramassé quelques bolets en remontant, y sortent, ça fera. Pis, alors ça, j'boirais bien un coup d'rouge.

Ils entrèrent et, de suite, Jeff sentit que, sans qu'il y eût désordre, quelqu'un était entré en son absence. Il y avait peu de choses de valeur à voler à *L'Éventre-Loup* à part les meubles, bien trop encombrants, qui eussent nécessité plusieurs heures de travail pour être démontés. Si, tout de même, les armes. Il ne se résignait pas à fermer sa porte à clé, voyant ce frileux réflexe contre nature. D'un coup, il se jeta sur l'escalier, grimpa quatre à quatre les marches, ouvrit la chambre de Mme Valiev et vit que ses bagages n'y étaient plus. La porte du placard était entrouverte sur la penderie vide.

— Merde alors ! Elle s'est barrée pour de bon, la garce.

Les paroles de Lauzier lui revinrent. Que faire ? Il resta interdit puis redescendit lentement. Octave ne le questionna pas, il s'était mis à ranimer le poêle de fonte ayant rapporté quelques bûches entreposées sous l'auvent de la cuisine.

*
* *

Le Vlaniac de maintenant était-il encore le Vlaniac de 1939 ? La question fut posée à brûle-pourpoint par le maire à Duchagrin lors d'une sortie de messe où le curé s'était engagé dans un sermon bizarre sans base dogmatique, où la foi n'était pas dédiée au Très-Haut mais à l'humain, à son futur. Il avait eu des accents enflammés dans le genre : « Croyez en vous, mes frères. Le contraire serait une offense à notre Créateur. Ne doutez pas. Vlaniac est resté Vlaniac comme la France est restée la France. » Puis il s'était emmêlé les pinceaux avec des formules aux accents patriotiques et sociaux où l'on pouvait deviner sa tendance politique. Mais ça c'était Laduche, une fois lancé c'était une auto privée de freins dans une descente où le conducteur a beau pomper sur la pédale rien ne se passe. Là, le mur était arrivé si vite qu'il n'avait pas eu le temps d'esquisser une manœuvre de sauvegarde. « Avez-vous, mes chers frères, une idée de ce que sera le devenir de votre vie, hein ? En avez-vous une idée ? » Il s'était retrouvé suspendu à sa dernière phrase avec une centaine de paires d'yeux surpris et interrogateurs et des fidèles qui commençaient à trouver le temps long. Alors que tous attendaient qu'il développe, oriente, voilà qu'il cale. Silence total qui s'éternise. Adepte des métaphores très imagées, il aurait pu se comparer à l'alpiniste qui descend en rappel une paroi verticale pour s'apercevoir à dix mètres du sol qu'il n'a plus assez de corde. Il se racla la gorge, toussota, fit le tour de l'assemblée du regard pour s'assurer du respect de ses ouailles, puis descendit de la chaire, aussi digne que possible.

La petite foule s'était écoulée et Lebreton l'attendait sur sa question anodine, suspendue. Il remarqua que rien ne lui avait échappé de son blocage oratoire, lui d'ordinaire si habile avec le verbe.

— Et toi, Edmond, t'en as une idée ?

Le curé le regarda d'un sale œil.

— On n'abuse pas de la faiblesse de son prochain, monsieur le maire.

— J'me demande si ton sermon était bien « congruent ». Tu sais, j'ai regardé dans le dictionnaire. Et là, monsieur le curé n'abusait pas de la faiblesse de son maire ?

— Tu m'emmerdes, viens boire un coup à la cure.

Pour ne pas passer pour un analphabète, Lebreton avait fait l'effort de retenir le mot que Laduche lui avait balancé dans les pattes il y avait peu. Ils approfondirent le sujet.

Quels changements s'étaient opérés dans la composition de la population depuis 39 ? Bien des gens décédés n'avaient pas été logiquement remplacés par la génération suivante. Déjà quelques maisons vides en témoignaient. Départs en ville pour un travail mal payé, mais une paie qui tombe chaque mois ça compte. Le nerf du village était représenté par les quadra-, quinqua- et sexagénaires. Le maire et le curé en étaient, Jeff était plus jeune. Hommes et femmes confondus, pas moins de quarante-cinq pour cent de la population, quinze pour cent pour les vieux, dix pour les ados, vingt pour les gosses. C'était une évaluation très approximative facile à rectifier pour arriver aux cent pour cent, ce qui n'aurait pas été tellement plus juste. Le recensement officiel pour l'ensemble de la nation devenait indispensable. Lebreton observa la diminution de la part agricole entamée au lendemain de 14-18. Si la gendarmerie avait disparu, il en avait été de même pour l'école primaire. Les enfants allaient à Gaillac, d'autres à Saugues. Un vieux car Chausson usé jusqu'à la trame ramassait ce petit monde. Certains étaient en pension au Puy ou profitaient de parents pouvant les héberger. Il n'y avait pas de cantine, ceux qui restaient à midi devaient apporter leur frichti dans des gamelles d'aluminium ou de fer à l'émail éclaté, fermées d'un couvercle. Parfois, un bout de pain et un morceau de saucisse ou de lard et une pomme suffisaient. Il n'y avait bien que pour les fêtes et les vacances scolaires que le bourg était au complet de ses deux cent quatre-vingt-dix habitants.

Encore que, dès seize-dix-sept ans, les jeunes passaient un peu de leur temps libre à Gaillac lorsqu'ils étaient assez vifs pour échapper aux corvées de la ferme. Les quatre kilomètres ne leur pesaient pas. Le gros bourg possédait une salle de cinéma paroissiale où le curé passait presque exclusivement des « Laurel et Hardy » et un dessin animé, et puis il y avait les filles de leur âge manquant à Vlaniac.

Il eût été illusoire d'espérer un repeuplement pour que le bourg se hissât aux quatre cent quatre-vingts âmes d'avant 1914. Cela dit, il semblait ne rien manquer à cette mécanique villageoise. Métaphoriquement, tout y était tel un couple embiellage-vilebrequin qui tourne alors qu'il semble à première vue que ce fussent là des éléments contradictoires, du rotatif transformé en alternatif. *A priori* pas fait pour vivre ensemble en tenant compte de toutes les contradictions : envie, détestation, amour, franchise et hypocrisie, entente et discorde, le bourg baignait dans une lubrification républicaine.

« Lubrification républicaine », encore une formule lancée par Duchagrin le premier dimanche de la fin de guerre. Présageant des grincements dans la remise en ordre des institutions, le fonctionnement des administrations et même le comportement quotidien des citoyens déboussolés depuis cinq ans. Il avait dit exactement : « Mes chers concitoyens, il va nous falloir mettre beaucoup d'huile dans les rouages pour que la machine se remette en route. Instaurons la "lubrification républicaine". » Comment ? Mystère et boule de gomme, il n'y avait pas de mode d'emploi. Mais chacun connaissait le dicton employé dans l'industrie : « La graisse, c'est l'âme de la mécanique. » Il est vrai que, privées de lubrifiant, des pièces parfaitement usinées au centième se grippent sans coup férir.

Il y eut des applaudissements et des cris. Et des grincements, il y en avait eu. Laduche n'était pas tombé de la dernière averse, il savait beaucoup des hommes… et des femmes, que son abstinence n'empêchait pas de bien connaître. Le sexe ne l'encombrant pas, si l'on peut dire, il jugeait leur comportement avec plus de justesse et n'était pas tendre avec les rouées.

La vie peinait à reprendre un rythme normal après l'épisode Valiev et le moulin Richaud. La rentrée scolaire, l'ouverture de la chasse apportèrent une détente. Maguy, campée désormais dans son troquet, semblait attendre le premier imprudent du matin telle une épeire vorace dans sa toile. Tous y auraient préféré un homme, mais qu'importe, quand on a soif on a soif. La première cempote fut liquidée en dix jours et le débit s'accentuait, signe incontestable de vitalité. Il fallait qu'un élan bienfaisant entraîne ce petit groupe humain et tout ce qui y contribuait était bon à prendre.

Grâce à la Marguerite Cheminot qui ne manquait pas une messe dominicale et assistait aux vêpres, le curé finit par digérer le coup de Jarnac, l'affront infligé par la municipalité, ce qui n'était pour le maire qu'un juste retour de balancier.

Paradoxalement, alors qu'il eût été naturel que les regards fussent tournés vers un futur agréable, la majorité des Vlaniacois avait encore une partie de la tête dans le passé. Une nostalgie démobilisatrice, un laisser-aller moral vers tout ce qui avait été bon, avant. Avant, c'était le mot contre lequel on ne pouvait aller. L'après était incertain. On était inquiet, qu'allait apporter le progrès qui promettait tant. Avant qu'il ne reportât des fruits, l'arbre « France » devrait être bichonné, élagué des mauvais rameaux, débarrassé des squames d'écorce qui abritent la vermine, biné au pied et fumé. C'était là un langage que comprenaient les paysans. Les campagnes en majorité épargnées, le Gévaudan et la Margeride, hors l'humiliation morale de l'occupation chleuhe, n'avaient pas eu à déplorer trop de saccages laissant des fermes ou des bourgs en ruine. L'action des résistants par contre avait durement endommagé les voies ferrées et, vers la fin, les ponts. Puis l'engagement de la Wehrmacht pour liquider les foyers du mont

Mouchet et de la Truyère et les terribles exactions qu'elle engendra sur les civils.

Le village serait-il en mesure de supporter une transformation de ses habitudes ? Ce qui renforçait les craintes était la politique. Quel parti allait prendre les commandes du pays ? Les gens attendaient que les chamailleries politiques se calment, que les ambitions s'affirment ou rendent momentanément les armes et que l'on sorte enfin du marasme. L'arrivée de l'hiver, encore feutré en cette fin septembre, n'était pas étrangère à cette baisse de tension. Les escargots s'enfouissent, les oignons se protègent d'une peau supplémentaire, les hommes suivent. Il n'est plus temps de flâner, on rentre plus aisément chez soi que l'on en sort. Et, si le soleil cligne encore d'un œil vers la terre, on ne croit plus trop à ses avances.

Un matin frisquet, Lauzier débarqua à l'*Auberge de l'Éventre-Loup* avec deux hommes. Contenant visiblement son plaisir, il brandit devant le nez de Sagnal un document.

— Autorisation de perquisition, prononça-t-il, les mâchoires crispées.

Ahuri, Jeff lut. Une enquête préliminaire était diligentée sur Mme Charlotte Valiev. Motif : Soupçons de menées subversives pour le compte d'une puissance étrangère.

— Et ça me concerne en quoi, cette affaire ? gueula l'aubergiste.

— Mais vous n'êtes accusé de rien. Cette femme a séjourné ici, nous devons fouiller sa chambre et… la vôtre.

Il appuya sur les deux derniers mots avec un sous-entendu manifeste, que peut-être la dame Valiev y dormait aussi, mais pas seule ?

— Mais y a plus rien. Elle a tout fait enlever. Je m'en suis aperçu le jour de l'ouverture de la chasse.

— De mieux en mieux, ça aggrave son cas. Bon, montrez-nous vos chambres.

— Putain, vous avez vraiment rien à foutre pour emmerder le monde.

Jeff grimpa à l'étage suivi des trois hommes. Ils entrèrent dans la chambre de la Valiev.

— Vous avez fait le ménage depuis sa fuite ?

— Non, mais quelle fuite ? Elle est partie, c'est tout, et elle avait payé.

— Laissez-nous, on passe la chambre au crible. Si nous avons un doute sur un élément de planque possible de documents, on vous appellera. On pourrait être obligés d'ouvrir un oreiller ou le matelas, d'enlever une latte du parquet ou une plinthe.

— Désolé, je reste là. Pour ma chambre, faudra tout remettre en ordre avant de repartir, hein, et attention à mes livres.

— Ah oui, les bouquins, ça c'est de bonnes planques.

La fouille dura une heure. Chou blanc. Lauzier récupéra une note de restaurant que Jeff avait laissée dans un livre en marque-page.

— Il y a deux repas de facturés, vous étiez avec qui ?

— J'ai un ami à Sète, j'y descends parfois, il m'héberge.

— Ah ! J'emporte, au besoin on vous demandera des éclaircissements.

Le moteur de la Juva, qui entre autres avait un problème de carburation, laissa échapper un pet énorme au démarrage et finit par tourner. Lauzier embraya.

Jeff se laissa choir sur une chaise qui accusa le coup par un craquement. Qui était cette femme si la hiérarchie de Lauzier demandait une perquisition ? C'était dingue. Pourquoi aurait-elle monté un tel bateau ? Certes, si elle voulait se planquer, *L'Éventre-Loup* était l'endroit idéal. Cela dit, pour éviter de se faire remarquer, avec un tel passeport, c'était un peu gros. Dans une grande ville, encore… à Paris, à Lyon, oui, mais ici ? Tout ça ne collait pas, sauf qu'elle fût stupide, et ce n'était pas l'impression donnée. Cette période d'après-guerre était encore trouble sur bien des points, un « après » très proche, l'âcreté persistante d'un fruit vert. Les autorités étaient bouffées par l'espionnite entre l'Ouest et l'Est. Alors une Russe ! Ou était-elle allée ? Ce départ inattendu était-il volontaire ou y avait-elle été contrainte ? L'aurait-on tout bonnement enlevée ? Sagnal aurait donné cher pour voir le rapport de Lauzier. Sous quel angle avait-il exposé le séjour de Mme Valiev ? Avait-il, pour exciter la curiosité de ses supérieurs, inventé des choses, à laisser supposer que cette présence lui paraissait suspecte et pour le moins bizarre ? Qu'aurait-il pu inventer de plus que ce que sa hiérarchie avait trouvé ? Cet Alexis Valiev pilote de chasse dans une escadrille de l'armée russe ? C'était sensible. D'un autre côté, qu'elle fût partie sans ses papiers était anormal, une étourderie, oui, si l'on ne part que pour un jour ou deux, sinon... Le maire en savait-il plus ? Jeff n'attendait jamais que le fer porté au rouge refroidisse. Sans inquiétude mais agacé par la rodomontade de Rasdpoils et sa façon de se hausser sur les orteils pour gagner encore quelques centimètres de taille. Il irait voir Lebreton sans tarder.

*
* *

L'envie de redescendre pour voir l'état d'avancement des travaux du moulin Richaud tenaillait Jeff. Il faudrait qu'il trouve le courage d'y aller. Ce soir, il avait deux représentants, ils mangeaient et dormiraient là. C'étaient deux clients fidèles. L'un vendait de la chaussure et le second était agent de

Renault tracteurs. L'un et l'autre aimaient s'arrêter à *L'Éventre-Loup*, autant par sympathie pour le patron que pour ses plats au four exceptionnels qu'il pouvait faire aussi bien le midi que le soir. Patates, ail, beurre et graisse de porc, saindoux, laurier et par-dessus lard gras et des côtelettes d'agneau. Régal absolu, plat roboratif régional qui permettait jadis aux paysans, entre autres robustes préparations, de s'atteler au brabant et de tenir trois heures d'affilée derrière le cheval à maîtriser la charrue capricieuse pour qu'elle trace un sillon convenable. Pour la cuisine, Jeff ne s'embarrassait pas, c'était ça le mardi et le vendredi, immuable. Ainsi, les habitués savaient, inutile de leur présenter le menu. Lorsqu'il n'avait pas de côtelettes, il mettait une coiffe de porc. Jean, Jeannot pour les copains, le vendeur de groles, était un gars d'ici, d'une des plus anciennes familles paysannes. Une mère d'origine italienne, les Piazzi, des travailleurs. Lui, attiré vers le commerce, avait démarré en vendant des pantoufles avec un triporteur par tous les temps dans les hameaux et villages de la région. Fallait pas *avoir les mains à la retourne*[1]. Son père, Vigouroux René, connaissait bien les Sagnal. Ses parents et ses grands-parents les

---

1. Avoir les mains à la retourne : *qui empêchent de travailler.*

avaient fréquentés. Cela remontait loin. Il était de Grandieu, à peine à quinze kilomètres.

À la fin du repas, Jeff apporta la bouteille de gnôle. La guerre revint sur le tapis. On en redemandait pas, mais c'était encore si proche. Comme une âcreté persistante en bouche.

Le vendeur de tracteurs l'avait faite pour finir prisonnier des Chleuhs et terminer dans une ferme de Bavière où il n'avait pas été trop malheureux. Jean Vigouroux, lui, n'avait même pas eu le temps d'être envoyé sur le front. Il n'en était pas encore revenu de la raclée et de la débâcle. Jeff, qui n'avait pas été mobilisé, la faute à son problème de santé, restait en retrait, aucun fait d'armes à son actif, n'eût-il été que de recevoir un uniforme, ce qui l'eût moralement classé dans les anciens combattants… mais il n'était pas le seul et il avait participé autrement contre l'envahisseur teuton. Ceci étant, comme beaucoup il ne digérait toujours pas le coup de pied au cul.

— De Dieu ! gueula Vigouroux. Dire qu'Adolf avait la trouille de notre armée, classée la première du monde. T'rends compte ? C'est bien qu'on a salement déconné quelque part, non ?

— Foiré, oui.

Oui, il y avait du regret et un paquet d'amertume dans l'air. On n'était pas pour la guerre mais, quand on doit la faire, faut s'y préparer et la faire pour de vrai.

— On a cédé pour l'Autriche et la Pologne, les Sudètes, et le reste. Après, c'était trop tard. Si on s'était bougé le cul en 36, lorsqu'il a réinvesti la Rhénanie, on arrêtait tout. Dire qu'il avait ordonné à ses généraux de retirer leurs troupes à la moindre opposition des Français tant il avait la trouille de prendre une raclée. Il avait fait 14, c'était encore dans sa tête. Ah ça ! Il a bien dû se marrer le con. Ah, nom de Dieu, non, y a de quoi se les mordre, j'vous l'dis.

La chasse remplaça la guerre, des fusils qui en remplacent d'autres, enfin ça n'a rien à voir. Puis Jeannot fit un petit détour par le moulin Richaud. Jeff fit la grimace, mais il ne pouvait pas lui dire : « Ferme-la. »

— Un client m'a parlé de celle qui a acheté. Une dénommée Granget. Mais je sais pas d'où elle sort cette femme-là.

Jeff se leva.

— Bon, allez, on va se coucher, demain j'ai du monde.

C'était une façon expéditive de couper court, de mettre un emplâtre sur sa plaie.

Le lendemain, de bonne heure, Sagnal se rendit chez Lebreton, pas à la mairie. Une telle visite, lui qui venait le moins souvent possible au bourg, aurait pu avoir un petit air officiel. Qu'aurait bien voulu Jeff ? On ne prêtait pas attention aux paysans qui venaient râler en mairie pour un oui ou pour un non, mais le patron de *L'Éventre-Loup* ? Le maire fut surpris.

— Ça alors, Jeff, quel hasard !

— J'vais pas vous déranger longtemps, Albert. Que savez-vous sur la Russe ? J'm'y perds dans cette affaire.

Chez lui, le maire ôtait son chapeau et ce n'était plus le même homme du tout. Il y perdait de sa prestance, devenait un homme ordinaire.

— Ah ! Laduche pensait à une affaire d'espionnage, il avait dit : « Mata Hari, ça te dit rien ? » Mais y disait ça comme ça. Lui, il aime quand c'est compliqué, moi c'est le contraire.

— Lauzier est venu perquisitionner chez moi, hier. Putain, j'l'aurais étranglé.

— Calme-toi, tu sais comme il est. Mais un ordre de perquisition ça vient d'un juge. Si ça se trouve, le curé a raison. Tu sais, lui il est à l'aise dans le réseau « communisse ». Alors communisse égale rouge, rouge égale Russe, et Russe… Mme Valiev. Tu me suis ? Casse pas la baraque, ça te retomberait dessus.

— Putain, j'comprends pas.

— Ça ? Sûr qu'y nous manque des pièces, c'est comme ce jeu, tu sais, le pluze. Si y t'en manque une, t'es cuit. Reste un trou, le tableau est raté.

Jeff ne rectifia pas pour « puzzle ». Il respira un grand coup puis dégonfla ses joues et laissa doucement l'air s'échapper d'entre ses lèvres. Il y avait là du découragement dû à l'incompréhension. Pour se redonner un peu de dignité, Albert recoiffa son foutu chapeau. Comme il était en chemise de flanelle avec de larges bretelles et n'avait pas eu le temps de fermer complètement la braguette de son pantalon de velours, le prestige officiel fut écorné. Un gendarme à poil qui met son képi, ça n'aurait pas été plus grotesque. Ils se quittèrent sur une poignée de main.

Jeff remonta vers la place. Cette fois, le froid était là. Il ne pensait plus que le café était ouvert et l'ampoule qui brillait dans le local le surprit. Il approcha le nez des carreaux et vit Maguy, qui le vit à son tour. Elle s'approcha et lui fit signe d'entrer d'un moulinet du bras.

— Salut Marguerite Cheminot.

— Eh, ça va, Jeff, n'en rajoute pas.

— Ça va, Maguy ? Ça tourne pour toi ?

Elle abandonna la tasse qu'elle essuyait, l'air interrogateur, presque soupçonneux.

— T'es rien tôt ce matin, tu veux vider ma compote, hein ? Fais-toi moins rare, t'es qu'un sauvage et toujours pas de femme. Dommage que j'aie plus l'âge, mon tout beau, sinon j't'aurais mis le grappin dessus et j'aurais pas regardé à la manière. J'me s'rais mise dans ton lit direct.

C'était dans sa nature. La bistrote n'y allait pas par quatre chemins. Elle s'esclaffa en essuyant une autre tasse.

— Avec tes boit-sans-soif, rien t'est venu aux oreilles, des choses sur la Russe ?

— T'es amoureux ? J'te comprends, de c'que j'en ai vu, c'est pas un morceau qu'on laisse à l'étal.

— Lauzier m'emmerde avec elle. Y a de l'eau dans le gaz et j'sais pas d'où elle vient et ce qu'elle fait.

Maguy rangea sa petite vaisselle avec un soin exagéré, lui jetant des coups d'œil furtifs.

— J'vais te dire, garçon, parce que c'est toi et que tu cherches jamais d'histoires. Y a du curé là-d'ssous.

— Je m'en doutais.

— Y a trois jours, je portais à l'église des fleurs que m'avait données un neveu pour mon anniversaire. On ne fête plus un anniversaire à une femme après ses quarante-cinq ans, il est brave, mon neveu, mais idiot. De plus, j'aime pas les œillets, mais autant pas les laisser perdre. Laduche me voyait pas, pourtant j'étais vers l'autel de la Vierge derrière un pilier. Y discutait avec son copain Arnaud, tu sais, celui qu'était le chef des FFI, ben il la connaîtrait… si j'ai bien compris. Pas la Vierge, la Russe. Ce que je suis sûre, c'est qu'ils parlaient d'elle. C'est p'ête bien eux qui l'on fait venir ici pour la planquer. Mais me demande pas pourquoi et comment, j'en sais pas plus et je t'ai rien dit.

— Merci, bon, j'y vais et, t'inquiète, je garde ça pour moi. Fais-moi plaisir, viens manger un morceau à l'auberge quand tu veux.

Il lui parut curieux que si le curé en était, il ait branché le maire sur cette histoire de Mata Hari, espionnage. Pourquoi lui mettre la puce à l'oreille ? Ça lui avait stupidement échappé ou il estimait que le cerveau de Lebreton était trop lent pour qu'il prenne ça au comptant, que ce soit une chose quasiment impossible qui n'arriverait qu'à Paris dans les hautes sphères du pouvoir. Pour le coup, Albert avait peut-être pris le curé pour un illuminé. Faut dire qu'avec toutes les phrases et les mots bizarres qu'il lui sortait il n'avait pas dû être plus surpris que ça. Mais quelquefois dire *ex abrupto* la vérité vraie qui assomme peut être la meilleure dissimulation. Trop vrai pour être vrai.

D'anecdotique, le sort de la Russe devenait sérieux. Que pouvait-on bien lui reprocher ?

Jeff se souvenait des confidences de Charlotte après qu'ils furent remontés du moulin. Alexis Valiev avait eu des contacts avec des membres du parti à Paris, juste avant la fin de la guerre. Enfin, c'est ce qu'elle disait. Quels types de contacts et pourquoi ? Dans l'hypothèse d'une prise de pouvoir des rouges en France ? C'était presque fait, Thorez, à son retour d'URSS en 1944, s'y voyait déjà si de Gaulle n'avait pas mis ses grands pieds dans le plat. Valiev étant mort, sa femme aurait-elle pris le relais ? Avait-elle eu la prescience d'une action judiciaire contre elle, qu'elle fût mise sur le gril ? Pour sa tranquillité, les camarades l'auraient alors dirigée vers Vlaniac avec une cellule organisée par les partisans, Arnaud en tête, l'ancien chef des FFI ?

Les mauvaises interprétations étaient autant de pièges. Jeff, qui savait où allaient les préférences politiques de Laduche, n'imaginait pas que soutenir les résistants communistes, noble cause, et entériner une intelligence avec une puissance étrangère puisse se concevoir. La marche est trop haute.

Il n'en restait pas moins qu'ayant donné sa véritable identité elle s'était exposée stupidement. Avait-elle estimé que les prouesses militaires de son mari présentaient une couverture suffisante ? N'avait-elle pas été informée qu'à Gaillac le chef de brigade était suspicieux au possible et que son désir de monter dans la hiérarchie le faisait piocher dans le moindre fait, verbalisant pour un rien ? Au printemps dernier, passant sur la place devant la maréchaussée avec ses vaches, un paysan goguenard avait lâché pour Lauzier qui le regardait avec un air suspicieux : « M'en voulez pas, chef, si mes bêtes ont la chiasse, hein, c'est l'herbe de printemps. Faites pas un rapport tout d'suite, si ça s'trouve dans un mois elles auront l'cul bouché. » Ce genre de couleuvre, le brigadier devait en avaler. C'était la monnaie de sa pièce.

Lauzier n'aurait jamais laissé passer le passeport de Mme Valiev. Non, elle était arrivée comme une fleur avec un autre genre de passeport, « sa beauté » et sa distinction de grande dame. Comment un bouseux de brigadier aurait pu avoir le culot de douter d'elle ? N'avait-elle pas répondu à Jeff : « Je suis en règle. » Elle était tombée sur un bec.

En fait, sa pièce d'identité devait être en règle mais, dans une période de grande instabilité politique et internationale où tous les services de contre-espionnage étaient sur les dents, pouvait-elle être fichée ? Non qu'on eût des choses précises à lui reprocher, mais son statut particulier, son mariage et ses relations la mettaient assez en lumière pour que les services des RG ne la lâchent pas trop des yeux. Souvent, illustration d'une trop grande confiance en eux, des escrocs de haute volée se font coincer. Était-ce le cas de Mme Valiev ?

*

* *

Oui, il s'en serait fallu de peu pour que cette femme devînt son amie. Là, pour l'heure, il versait plutôt dans le pessimisme, allait vers une culpabilité probable car à chaque fois que se présentait un problème de trahison, quels qu'en fussent le motif ou l'importance, la machine judiciaire entrait en action sans états d'âme. Les délateurs avaient eu leur heure de gloire dans leur sinistre besogne. Heureux encore que l'épuration entrât dans une phase « encadrée » et qu'on ne jugeait plus et n'exécutait plus au coin d'une rue. Toutefois, on pouvait subir des tracasseries injustes sur une dénonciation.

Lui revint à l'esprit le type venu la chercher dans cette Peugeot 202 beige, celui en principe qui avait téléphoné pour annoncer la venue de la Valiev pour un séjour. « Il a dû venir déjeuner chez vous quelques fois, vous le reconnaîtriez sûrement, moi je ne le connais pas. » Là, il y avait un hiatus, s'il était venu déjeuner chez lui il serait descendu de voiture pour le saluer. Au lieu de ça, il avait déguerpi. Était-ce une juste réaction pour un ancien résistant du secteur souhaitant rester anonyme ? Cet Arnaud, par exemple, encore lui ? Cela, hors de l'affaire personnelle qu'il pouvait entretenir avec Charlotte Valiev, indiquait un noyautage efficace du territoire par une organisation rompue à ce travail. Mais pourquoi avoir choisi la commune de Vlaniac ? De toute évidence, Mme Valiev inventait ce prétendu ami de son mari, un mécano français qui aurait travaillé dans son escadrille au Moyen-Orient. Certes, des Français et des Soviétiques avaient travaillé ensemble sous la glorieuse bannière des escadrilles Normandie-Niemen. Vraie, cette explication eût été le bon « passeport » car les autorités pouvaient après une rapide enquête distinguer le bon grain de l'ivraie. S'en était-elle à tort tout simplement inspirée ?

À la réflexion, tout ça faisait un peu bricolage. En essayant de décortiquer les faiblesses de son discours, bien que tout soit possible, tout devenait douteux. Dommage qu'il n'ait eu la présence d'esprit de relever le numéro de la plaque minéralogique de la Peugeot 202. Il en aurait eu tout le temps, mais alors qu'elle avait répondu immédiatement aux coups d'avertisseur, lui était resté dans sa cagna. Et puis, sauf que ce fût convenu, comment aurait-elle organisé ce rendez-vous pour être prise en charge à l'auberge ? Elle ne demandait pas à téléphoner de *L'Éventre-Loup*, quant à aller jusqu'à la poste de Gaillac sans véhicule, avec ses bottines de chevreau à talons… Non, ce type devait être un bras de l'organisation locale, Arnaud ou un autre, facilement joignable par contact direct au cours de promenades qu'elle affectionnait. Lui-même en relation avec l'organisation politique. Ce que Jeff ignorait était d'importance. Comment était-elle arrivée à Saugues pour prendre le car de Vlaniac ? En auto particulière ou par le train Le Puy-Langeac ? Personne ne s'en était soucié, tous subjugués par la dame. Pourtant, dans son accoutrement bourgeois à la mode, ses bagages de prix, qu'elle débarquât du vieux transport en commun ne pouvait qu'entraîner une question : « D'où vient-elle ? » Certes, il est difficile d'imaginer que cette vivacité d'esprit élémentaire manquât à tous.

Sagnal essayait de ranger ces informations fragmentées comme il l'eût fait avec un jeu de cartes. Le fait qu'elle rencontrât quelqu'un lors de ses balades à un jour, une heure et dans un lieu facilement accessible et reconnaissable afin de suivre l'évolution de son problème était patent. Le moulin Richaud ? Comprenant que la sagacité du brigadier Lauzier allait lui compliquer la vie, la décision de la déplacer avait-elle été prise en urgence ? Toutes ces précautions étaient autant de signes à décrypter.

La brusque et nébuleuse évolution de l'affaire était ignorée du village, connue des seuls Lebreton, Duchagrin, Jeff Sagnal et, à moindre importance, Maguy. Bien que férocement patriote, toujours en équilibre entre respect de l'autorité et cabrage anarchique, le patron de *L'Éventre-Loup* aurait eu tendance à vouloir protéger Charlotte Valiev quitte à ce qu'elle fût convaincue d'une complicité sans gravité. Il y avait de fortes chances qu'il ne la revoie plus. Serait-elle arrêtée en Béarn, en Haute-Provence, en Alsace, zones frontalières lui permettant de fuir à l'étranger en douce, les aéroports et les ports lui étant interdits ? Tout pouvait être envisagé. Les pages d'un roman commençaient à se noircir.

Il fallait tirer un trait. Il décida de n'y plus faire jamais allusion et de reprendre le fil de la vie normale. Avec le moulin Richaud, c'étaient deux problèmes éradiqués. Il n'irait même pas voir si les travaux entrepris arrivaient à terme, si la nouvelle proprio avait cassé ou préservé la mécanique.

L'auberge devait accaparer toute son attention, sa vie était là. Et puis Maguy avait raison, il était un sauvage. Allait-il finir vieux garçon ? Une femme, oui, peut-être que ça aurait bien fait. Était-ce encore possible ? Sur ce point, il se sentait en état de faiblesse. Resterait-il inerte aujourd'hui si une autre Ginette lui dévoilait ses charmes ? Ne tenterait-il pas une exploration de ce merveilleux relief, des vallonnements et autres étroites vallées offertes ?

Certaines nuits, il y pensait et se rendormir devenait compliqué. Avec sa réputation de célibataire indécrottable, qui tenterait de s'approcher de lui ? Et puis, parmi les femmes du village, aucune n'était à sa portée, sauf qu'elles ne commissent volontairement l'adultère. *A priori* rien ne permettait de le penser, mais ce genre de relation peut résulter de circonstances imprévisibles, involontaires. Une étincelle qui boute le feu ; une fois pris, l'éteindre est illusoire. Les autres étaient ou trop âgées ou trop jeunes. Allait-il se mettre à écumer la région en quête de l'âme sœur ? Son orgueil le boulonnait sur place. Témoin d'un léger changement, le fait qu'il pensât quelquefois à l'abstinence des prêtres, la foi contre les exigences physiologiques du sexe, ce n'était pas gagné d'avance. Cela dit, au bout d'un certain nombre d'années, pour un homme n'étant pas en prise à une libido dévastatrice, sans vices particuliers irréductibles, on devait s'habituer. C'était d'un autre ordre, mais à négliger la lecture on n'ouvre plus un livre. Lui en viendrait-il l'envie ?

V

Mme Granget

NOVEMBRE, PREMIÈRES NEIGES. Le bourg se préparait à la léthargie hivernale. Pour l'*Auberge de l'Éventre-Loup* de Jeff Sagnal, c'était la saison morte. Il aurait pu fermer. Les représentants se faisaient rares. Quelques téméraires bravaient des routes délicates avec le risque quotidien de se retrouver dans un pré ou, pire, dans le fossé d'un virage enneigé ou verglacé où, malgré une très faible vitesse, l'auto ne voulait rien savoir et tirait droit. Les dégâts étant minimes, avec un peu de chance une ferme se trouverait à proximité, le paysan se montrerait serviable. Un cheval ou une paire de vaches parvenaient le plus souvent à sortir une auto légère de sa fâcheuse posture.

La nuit précédente, un type avait cogné à sa porte. Jeff avait ouvert un volet.

— Que voulez-vous ?

— Pouvez m'héberger ? J'pourrai pas aller plus loin. J'ai bien failli me foutre en l'air plusieurs fois ou rester bloqué dans les congères.

— Vous avez du bol, j'aurais pu être fermé. Bon, je descends.

Le gars était frigorifié.

— Merci, hein ! Sans vous, j'allais crever. Avec la neige qui tombe serrée depuis vingt kilomètres, je ne savais plus comment j'allais m'en sortir. Et quelle saloperie de route ! J'ai pas voulu m'arrêter au Puy, ça me servira de leçon.

— Je vois que vous connaissez pas le coin, faut pas traîner de nuit par ici en hiver.

Jeff lui fit un grog de cheval, moitié eau chaude, moitié gnôle, et au lit.

Ça lui rappela l'histoire invraisemblable attachée à *L'Éventre-Loup* du temps des dames Morel qui tenaient le relais de poste. Par un temps similaire, un homme s'était retrouvé dans une situation presque inracontable, irrationnelle, bien que, encore terrorisé, il fût allé faire une déposition à la gendarmerie. Une histoire folle d'ectoplasmes humains qui auraient peuplé l'auberge. Elle s'était perpétuée et l'aïeul, Adrien Sagnal, en 1899, avait réussi à obtenir une copie de cette déposition. Après de laborieuses recherches, surprise qu'elle fût retrouvée dans les archives paroissiales. Comment avait-elle échoué là ? Jeff se gardait de la raconter aux clients dormant sous son toit, craignant qu'ils ne remissent plus les pieds chez lui.

Jeff aimait l'hiver, c'était le temps de se retrouver avec soi-même. Formule alambiquée qui voulait dire que la solitude favorisait la réflexion sur bien des choses que l'on n'abordait pas le reste de l'année. Il s'y plongeait et méditait des après-midi entiers en rapprochant son fauteuil du poêle, un verre de gnôle à la main qu'il sirotait à petites lampées, les yeux dans le vague. Laissant une sorte de confusion l'envahir, entre passé et présent, tel l'oxymore sombre clarté. Le passé revenait constamment. Là maintenant, il se frottait au présent et les différences n'étaient pas en faveur de ce dernier. Et tout ça après cinq ans de guerre. Il faudrait que le présent galope pour conquérir une place honorable. Jeff ne disait pas « c'est impossible », mais le doute s'accrochait. Encore ne prenait-il pas la mesure exacte des choses, entre campagne et ville. Ici, le passé était un boulet accepté. La liberté était là, mais figurait un prisonnier étourdi d'être libéré de ses liens. En ville, les prémices de la modernité étaient dans l'air. La mode féminine apportait un peu de cet air nouveau que tous avaient hâte de respirer. Les Vlaniacois en avaient eu un petit avant-goût avec la Russe. Pardessus de tissu beige, cintré, trois boutons, avec un grand col et poches plaquées, le chapeau de feutre à large bord rabattu sur le front avec, le surmontant, une espèce de chouchou assez volumineux. S'y ajoutait un sac de cuir fauve en bandoulière. Ici, on n'avait jamais vu ça, même les femmes embauchées à Saugues n'avaient adopté cette nouvelle élégance, au Puy peut-être, à Clermont.

Qu'aurait pensé un psychanalyste de cet état d'esprit légèrement rétrograde, passéiste plutôt ? Un passé protecteur parce que connu ? Le contraire pour l'avenir ? Honnêtement, Jeff n'aurait pas renié cette analyse, persuadé au fin fond de lui-même qu'il avait tort. Il était dans le mitan de l'âge, le problème était là. Les jeunes avaient une tout autre approche et les vieux se laissaient glisser vers l'inéluctable, faisant leur profit de peu.

Qu'importe si Sagnal ne balayait pas cette grisaille morale ; il n'y était pas si mal au fond, comme sur son matelas de laine au confort inégalable, chaud et enveloppant. Il rejetait le désagrément du cardage et du changement de toile tous les trois ans. Sa grand-mère, puis sa mère le faisaient chaque année. D'autres pouvaient faire autrement, mais un matelas non cardé annuellement devenait vite désagréable par l'agglomération de paquets de laine ici et là. Sur certaines choses, le passé avait encore du bon à condition de savoir l'aménager.

Le type de l'autre soir, le naufragé de la neige, avait l'air d'un bon gars, un gros sanguin roux pas trop taillé à première vue pour l'aventure. Il ne s'était pas fait prier pour gagner sa chambre avec sa grosse tasse de grog maison. Jeff avait jeté un coup d'œil à sa voiture avant d'aller se recoucher. C'était une Renault Monaquatre noire, carrosserie aux formes arrondies et aux phares proéminents. Le lendemain, le naufragé de la neige quitta *L'Éventre-Loup* après avoir laborieusement démarré le moteur à la manivelle et trifouillé dans la mécanique pour trouver le bon réglage des gaz.

Le boucher, Martial, avait la même, légèrement plus récente avec les phares encastrés dans les ailes. Il ne la sortait qu'au printemps, à Pâques de préférence. Briquée à fond, il la garait devant le magasin. C'était sa fierté et malheur à celui qui laissait traîner un doigt sur la carrosserie. Il lui arrivait le dimanche d'emmener sa femme Louise jusqu'à Saugues. La Monaquatre n'avait pas l'avantage d'une Traction avant comme la 11 légère de Citroën. Avec ce matériel, le rouquin se serait fait moins peur. Le parc automobile de l'Hexagone n'était encore constitué que de voitures d'avant-guerre et il roulait encore des *trapanelles*, de vieilles caisses carrées genre B 12 Citroën 1926 et autres Torpédo et quelques 5HP bonnes pour le musée, dont les Boches n'avaient même pas voulu. Tout en y préférant leurs grosses Mercedes, ils se rabattaient sur les voitures du parc automobile français les plus prestigieuses : Traction avant, Talbot, Hotchkiss et Peugeot 402, la plus confortable de la marque, pouvant embarquer sept voyageurs grâce à des strapontins entre sièges avant et sièges arrière.

Lui, Jeff, n'avait jamais eu d'automobile et n'en avait pas envie. Un temps, il avait utilisé une carriole avec un petit cheval qu'il appelait Fitou. Pour aller à Gaillac, c'était bien, et puis Fitou était mort. La carriole était remisée dans une dépendance de l'auberge. Ce n'était pas n'importe quelle charrette, il y avait même une petite capote en toile cirée noire et un siège recouvert de moleskine. Ses très grandes roues lui donnaient de l'élégance.

Souvent, avant 1939, des gens ayant acheté une maison dans le coin voulaient la lui acheter. Il répondait avec un haussement d'épaules : « Vous feriez une mauvaise affaire, mon pauvre, la peinture est bonne, mais dessous c'est pourri. » C'était faux, son père l'avait achetée une bouchée de pain à des bourgeois de Langeac en 1929. On ne vend pas ce genre de souvenir. Encore une ancre dans les profondeurs de l'avant. Son père disait ça, l'avant, le maintenant et l'après. Pour lui, l'avant avait l'avantage de casser le caractère mortifère du passé, le maintenant ne changeait rien au présent et l'après faisait moins peur que le futur, plus sombre.

Pour ses déplacements, Jeff utilisait son vélo. Lorsqu'il allait faire des provisions pour l'auberge, il attachait une remorque dont le timon se fixait à la tige de selle. Une pétrolette, ça aurait bien fait. Cela dit, il ne levait pas le petit doigt pour se la procurer, attendant peut-être que la providence lui en dépose une devant sa porte. C'était un de ses traits de caractère. « Je me bouge que si c'est vraiment indispensable. » Autrement dit, tant qu'il pouvait pédaler, une telle acquisition n'apparaissait pas nécessaire. Sans comparaison désobligeante, il en était de même pour les femmes. Où aurait-il placé le nécessaire, voire « l'indispensable » dans ce domaine ? Ce qui ne l'était pas aujourd'hui le serait-il demain, ou de moins en moins ?

*
* *

Vlaniac était sous une légère couverture neigeuse. Les grosses tombées étaient souvent entre le 15 janvier et la fin février. Enfin, depuis la nuit des temps il en était ainsi. Noël approchait. Mais Sagnal, fâché avec le calendrier, ne fêtait jamais rien, pas même les anniversaires. Ce n'était pas volontaire, ces dates ne se gravaient pas dans son cerveau.

Le village était quasi désert lorsque Jeff y parvint. Le bistrot était fermé. Il entra dans la boulangerie Bachelard. Pierre Montel, un sac de farine sur une épaule, livrait.

— T'as pu arriver jusqu'ici ?

— L'patron a réussi à trouver deux pneus neufs pour l'arrière, alors... ça va.

— Où est-il, cet enfoiré ?

Bachelard, en tricot de corps, poudré de farine, sortit du fournil en fendant un rideau de perles de bois. Il avait un chapeau en papier journal sur le crâne.

— T'es gonflé, tu viens m'emmerder chez moi, Sagnal.

— Non, j'viens chercher mon pain.

— Mais je rêve, y a rien pour toi. Tu fais le boulanger, eh bien continue.

— Tiens, j't'ai apporté cette bouteille de gnôle, c'est la pissée d'octobre. C'est de la bonne. Bon, j'en ai marre de cette guerre, alors on fait quoi ?

Le boulanger, les mains sur les hanches, l'air mauvais, fit le tour du magasin du regard. Montel traversa la pièce pour prendre un autre sac dans le camion. Il les regarda et haussa les épaules, l'air de dire « Ce que vous pouvez être cons ». Bachelard embraya :

— Vous aviez fait un gros mâle à l'ouverture, t'aurais pas un bon morceau de sanglier des fois ? J'ai ma belle-mère samedi.

— J'ai c'qu'y te faut. Tu passes demain matin. Bon, j'ai des chasseurs à midi, tu me donnes trois pains de quatre livres.

— Sers-toi dans le sac, y sortent du four.

Voilà, la messe était dite. Ils n'en firent pas des tonnes pour ce rabibochage express. Ils ne sourirent même pas, honteux peut-être d'avoir agi comme des gosses. En sortant, Jeff lui glissa à l'oreille :

— T'es tout de même un bel enfoiré…

— Et toi un gros malade. Merci pour la blanche, pour le pain c'est gratuit.

Jeff lui envoya une bourrade et rigola.

Ils ne revinrent pas sur le pourquoi de la brouille. C'était fini. Jeff mit les pains dans son sac à dos, un vieux sac de l'armée avec des lanières qui pendouillaient. Il salua Montel qui entrait avec un troisième chargement et dit en lui mettant une main sur l'épaule libre :

— Tu viens prendre un coup de gnôle quand tu veux, d'accord ?

À grands pas, Sagnal quitta le bourg sans rencontrer âme qui vive, sauf des gamins qui faisaient des glissades sur une patinoire improvisée. Alors qu'il vit son auberge au bout de la ligne droite, il avisa une femme qui marchait dans la même direction que lui. Il eut tôt fait de la rattraper.

— Z'allez loin comme ça, m'dame ? Grandieu, c'est à cinq bornes et j'pense pas qu'vous ayez le bon équipement.

— Merci, je vais à l'*Auberge de l'Éventre-Loup*.

— Ah ! Le nom vous fait pas peur ? rigola-t-il.

— Je suis ni loup ni louve, que craindrais-je ? Vous êtes d'ici ?

— On peut dire ça.

— Le patron de l'auberge est comment ?

— Bah ! C'est un vieil ours, un emmerdeur, mais y fait bien la cuisine. Si vous voulez manger, ça va être un peu tôt. Mais c'est moi qui rapporte le pain.

D'un coup de pouce, il montra son sac.

— Y a pas de clients en ce moment pour les chambres, mais il est capable de pas vous prendre.

— Justement, il m'en faudrait une.

— Ouah ! Vous êtes mal barrée, ma p'tite dame. Bon, entrez avec moi.

Jeff poussa la lourde porte de chêne, alla à la cuisine pour se débarrasser du sac. Revint vers la dame qui attendait le patron.

— Et vous venez d'où comme ça ?

— Du moulin Richaud, vous connaissez ? J'y suis tombée en panne de voiture. Mais qu'elle m'ait amenée jusque-là est une chance. Je suis la nouvelle propriétaire, si on peut dire.

— Vous êtes madame Granget ?

— Ah, vous savez.

— Je suis André Sagnal, mais on m'appelle Jeff. C'est mon auberge. Vous voulez une chambre pour ce soir ? Je vous ai fait une blague.

— Dites, le hasard fait bien les choses. Bon, je resterai le temps que la voiture soit réparée. Il faut prévenir un mécanicien, vous avez le téléphone ?

— Oui, Vlaniac c'est pas le cœur de l'Afrique ou la forêt amazonienne. Avec la mairie, nous ne sommes que huit abonnés au bourg.

— Je n'ai que le strict nécessaire de toilette et de petit linge dans ce sac. Demain, pourriez-vous faire récupérer ma valise ?

Jeff se contrôla, n'afficha aucune surprise, aucune rancœur non plus.

— Vous avez acheté comme ça, sans voir les lieux ni l'état du bâtiment ?

— Je n'ai pas acheté, monsieur Sagnal, j'ai hérité. Ce moulin avait été acquis en 1902 par mon père, Siméon Pouchet-Fenier. Il était industriel. Je crois qu'il l'a fermé pour la dernière fois en 35. Il est décédé l'année suivante. Mais depuis des années personne n'y venait plus. Seul un homme de Saugues qu'il payait passait chaque mois en hiver voir si les toitures ne souffraient pas. C'est lui qui m'a indiqué votre existence. C'était inespéré, ça m'arrange bien. Je suis Granget par mon défunt mari qui n'a jamais voulu venir dans ce trou à rats, comme il disait. Je n'ai pas d'enfants.

— Vous allez l'habiter ?

— Oui, peut-être, ma sœur, Hortense, m'accompagnera avec son époux, Frantz, un Alsacien, et son malheureux enfant autiste, mais il est très gentil. Ma sœur est d'un second lit, elle est plus jeune que moi. Nous n'emménagerons qu'au printemps, si tout va bien. Et puis Hortense est un peu fantasque, j'espère qu'elle ne changera pas d'idée. En tout cas, Frantz est partant. Il est jeune, mais déjà retraité des chemins de fer, il était ingénieur et directeur de la maintenance à la gare parisienne de Saint-Lazare.

Jeff récupéra la carte d'identité et montra la chambre qu'avait occupée la Valiev. C'était une façon de conjurer le sort. Avec Lauzier et ses menaces à peine voilées, il ne voulait plus entendre parler de cette femme.

La femme Granget était un peu ronde dans sa chair, pas trop, cela contrastait avec une fermeté dans la voix et une attitude de caractère résolu, une énergie qu'elle maintenait cependant sous un voile de douceur. Un tempérament qui ne devait pas s'en laisser conter. Le visage, agréable, laissait deviner de ses pensées ce qu'elle voulait bien.

Jeff ne s'y trompa point et resta sur ses gardes. Voilà pourquoi le maire n'avait pas parlé du moulin Richaud, ce n'était pas une vente, pas vraiment un nouveau proprio en somme, un simple héritage au premier degré. Tout compte fait, cela lui parut plus acceptable. Il n'avait pas été spolié, enfin ce qu'il considérait comme tel. Le moulin n'était pas tombé dans des mains impies qui l'eussent saccagé que ce fût sur le plan matériel autant que moral. Qui plus est, il pouvait chasser définitivement cette pernicieuse envie de vendre l'hôtel pour se l'approprier. Il se souvenait clairement de ce que lui avait dit Germaine, sa mère, alors qu'elle avait compris arriver au bout du chemin.

— Écoute, mon garçon, réfléchis à deux fois avant de vendre l'auberge. À moins d'y être forcé, pense avant tout à nous autres, les anciens, à moi bien sûr. Comment pourras-tu regarder un étranger arpentant les lieux en terre conquise, entrant dans ma chambre en nouveau maître. Qu'y verras-tu, fils ? Un étranger qui entre chez nous, ça te sera supportable ? La violence ne montera-t-elle pas en toi, t'auras pas envie de le foutre dehors, cet intrus, en le prenant par le col ? Ton père l'aurait fait, tu sais comme la moutarde lui montait au nez facilement, trop vite parfois, mais il avait du sang et de l'orgueil à revendre. Tu sais, il en a fait aussi, des conneries, mon Charles, mais j'ai toujours été là pour le soutenir, même s'il avait tort, après on discutait. Un jour, on avait été au Puy voir la cousine Agathe qu'est morte, tu t'en souviens. Voilà qu'un type à vélo lui fonce dessus, un mariole qui voulait lui faire peur. Charles l'évite de justesse et l'injurie : « Sale connard ! » L'autre s'arrête et se rebiffe : « Qué qu'tas, vieux con ? » Alors ton père fait face. Bien sûr, il aurait pas dû l'injurier, il était en tort, mais moi, voyant que le type venait vers lui en fermant les poings et qu'y me semblait bien costaud, je me suis jetée sur lui comme une folle. J'y ai pris une main, l'ai mordu à sang et je lui griffais la figure. Il a repris son vélo et s'est carapaté en oubliant son béret sur le trottoir, et moi j'y ai laissé un beau chapeau de paille noire vernie tout neuf, avec des fruits. Imagine que j'aie foutu le camp en le laissant se faire tabasser ? Surtout que ce jour-là il était pas bien, la honte, fils, la honte ! Tu vois comme on était, nous deux, hein fils, pour le pire et le meilleur, c'est c'qu'avait dit le curé. Et lui me protégeait. J't'avais expliqué le jour où on était entrés dans un café de Langogne, faut dire que j'étais assez gironde à c'moment. Y eut des réflexions sur moi, un peu malhonnêtes, tu vois, fils ? Charles en a mouché un, mais ça s'est envenimé, ils étaient tous après lui. Alors il a pris une queue de billard et il les a tous foutus dehors. Ça a pas traîné. Il a cassé l'bout d'la queue sur le crâne du dernier. On l'a payée avec notre verre et on est sortis bien fiers. Le patron a rien dit, on lui avait fait perdre des clients, mais moi j'ai vu qu'il était d'accord. Ça, tu vois, fils, c'était pas qu'il était toujours bon, ton père. Il m'en a fait voir des fois, tu sais, avec la maison de l'oncle Robert qu'y voulait qu'on l'habite et moi je voulais pas parce qu'il y était mort pendu. Dans son idée, c'était pas tout mauvais, il me disait que ça serait moins fatigant pour moi qu'à rester à *L'Éventre-Loup* où y a trop à faire. Y m'a fait la guerre, ça a traîné des années et puis on est restés ici, à l'auberge, j'aimais mieux. Mais je lui en ai voulu, c'est idiot, hein !

Elle s'était embarquée dans une longue digression, mais il avait fallu qu'elle le dise.

Jeff se rappela qu'elle avait ri aux éclats en lui pressant les mains. Ce fut là son dernier rire. La dame Granget lui parut sympathique, elle ne bradait pas le patrimoine familial et puis elle avait un petit air qui lui rappelait sa mère. Alors toute sa hargne, sa colère d'avant contre cette acheteuse inconnue s'évanouirent. En esprit, il se dit qu'il serait content de connaître cet Alsacien de gendre. Déjà un Alsacien, patriote comme y sont tous là-haut, ça pouvait être que du bon. Un léger sourire étira ses lèvres, c'était pas tous les jours.

*

* *

Mme Granget s'installa. Du bruit à l'étage lui rappela qu'il n'était plus seul, ça lui fit du bien. Puis l'escalier grinça. La dame Granget descendit alors que les chasseurs entraient en parlant fort.

— Vos pieds ! gueula Jeff.

Ils s'exécutèrent en tapant leurs brodequins contre le mur. Jeff vint avec une caisse de bois dont il retira quelques poignées de sciure qu'il répandit pour absorber l'eau de fonte.

— Installez-vous à la grande table, je vais mettre les assiettes. J'suis un peu à la bourre, j'ai cette dame qui vient d'arriver.

Toutes les têtes se tournèrent. Des murmures, des « b'jour m'dame » plus ou moins appuyés, ils enlevèrent béret ou chapeau, puis se précipitèrent. Raclements de chaises, bousculade de la table, rigolade, jurons.

Elle alla rejoindre Jeff en cuisine.

— Si vous voulez, je peux placer la table. Où est la vaisselle ? Et les couverts ?

Interloqué, Jeff ne put que faire un geste, désignant un placard aux larges portes. Puis dit :

— Y sont huit.

Elle œuvra.

— Quand je suis entrée, j'ai deviné que vous aviez fait un civet.

— C'est du sanglier. C'est bien le civet, j'y prépare d'avance. J'ai un plat de patates au four, regardez si ça crame pas, madame...

— On va pas se faire des civilités, Jeff, nous sommes des voisins, je suis Madeleine.

Jeff enleva le gros couvercle de la marmite de fonte noire et touilla avec une cuillère de bois, puis goutta en pinçant les lèvres.

— Mada... Madeleine, y a dix chopines de vin pleines dans la cave du fond, pouvez les mettre sur la table.

Les chasseurs commençaient à s'échauffer. Les pots arrivèrent avant que la révolution n'éclate. Puis tous gueulèrent :

— Jeff avec nous, Jeff avec nous, Jeff avec nous !

— Hé, les gars, j'peux pas être au four et au moulin, v'là déjà le jambon.

— Dis voir, Jeff, t'as du personnel ?

Un rougeaud reprit finement :

— C'est du personnel ou c'est… personnel, Jeff ? Hein, dis voir.

L'artillerie gauloise allait se déchaîner lorsque Madeleine arriva avec un bocal de cornichons.

Elle lança :

— Ni personnel pour vous, ni personnelle pour lui. On se comprend ?

Elle les dévisagea avec un sourire narquois.

Pour se donner une contenance, ils tapèrent dans le plat à grands coups de fourchette, affamés. Jeff apporta deux autres assiettes qu'il posa à chaque extrémité de la table et fit signe à Madeleine de s'installer. Alors qu'elle passait devant lui, il murmura :

— Vous êtes de passage, sans plus. Parlez pas du moulin.

Elle hocha la tête en guise d'assentiment, avec une œillade complice.

Les chasseurs ne cherchèrent pas à en savoir davantage. Ils parlèrent de gibier et charrièrent Maguy du bistrot qui faisait des faux cols honteux lorsqu'elle servait le pinard.

La dame Granget se coula très vite dans le moule. La réserve de Sagnal en fut ébranlée. Il lui semblait presque qu'elle avait toujours été là tant elle était à l'aise. Vers les 15 heures, les chasseurs quittèrent *L'Éventre-Loup*.

— Merci pour le coup de main.

— Je peux faire beaucoup pour vous être agréable, monsieur Sagnal, excusez-moi, Jeff, mais ne comptez pas sur moi pour la vaisselle, j'ai horreur de ça.

Jeff hocha la tête avec un air résigné. Trop engoncé dans son égocentrisme, il ne lui vint pas à l'esprit qu'il put y avoir là une ambiguïté. « Beaucoup de choses pour vous être agréable »... Quelle signification pouvait-on y accorder ? La dame Granget se serait-elle sentie en appétit ? S'était-elle dit : « À être en panne quelque chose est bon, j'en profite » ? À vue de nez, Jeff avait évalué son âge... peu ou prou le sien. Si telles étaient les intentions de Madeleine, ne mettait-elle pas la barre un peu haut ? Non qu'elle ne fût désirable, les rondeurs ont du charme, mais elle s'attaquerait à un bloc de granit. Quant à le soulever ? Sauf qu'elle eût une botte secrète...

Cependant, si les hommes se forgent des idées avantageuses dans leurs conquêtes féminines, que des orgueilleux crussent que leur abandon ne fût rien d'autre que le fruit de leur mâle attirance, ils rêvent. L'attrait charnel les domine et ils ne pensent pas à l'après. Les femmes sont construites autrement, c'est génétique, elles sont programmées pour que, même enivrées par les tentations de la chair, les complications d'un « fruit » fassent réfléchir dans un coin de leur tête. Sauf quelques étourdies.

C'est imparable. Les puissants y ont tous succombé. Si un homme à Vlaniac l'avait compris, c'était Laduche. Il ne se faisait pas d'illusions, la lutte était perdue d'avance face à de telles stratèges si elles s'y employaient. Des curés avaient succombé. Épris de justice, il réclamait des comptes à son patron. Pourquoi certaines étaient si bien dotées ? « Pourquoi, mon Dieu, une telle disparité ? » Certes, ça existait pour les hommes, mais les conséquences, lui semblait-il, étaient différentes.

Enfin, de façon plus pragmatique, un peu machiste, Jeff se dit en rigolant qu'il la collerait bien à refaire les grillages anti-chevreuils au printemps. Une main-d'œuvre de luxe qui eût pu être mieux utilisée. N'était-ce qu'une façon de refuser les pommes qu'un bel arbre vous tend ?

L'hiver relâcha quelque peu son étreinte, cependant les températures restèrent négatives. Ce n'était sûrement que temporaire mais une petite activité reprit au bourg avec quelques jours de soleil. Certes, la neige recouvrait la nature. Cela dit, un clin d'œil de l'astre qui nous donne la vie, fût-il hivernal, ça requinque. Maguy ferma la boutique le temps des plus grosses intempéries, puis rouvrit. La mairie luttait contre les garnements qui s'ingéniaient à polir des chemins de glace sur la place pour faire des glissades. Des cendres y étaient jetées, mais ils recommençaient. Ça s'était toujours fait. Ceux, nantis de quelques repères culturels en peinture moyenâgeuse du XVIe siècle, eussent pu voir dans leurs envolées sur la bande glacée, bras tendus à l'horizontale dans une attitude d'équilibriste, un tableau de Brueghel l'Ancien. C'était un piège redouté par les vieux, certains y laissèrent fémur ou radius. Mais comment ne songeraient-ils pas à une époque où ils n'étaient pas les derniers dans la bande des polisseurs de glace turbulents et irrespectueux ?

Laduche, lui, était pour que les vieux aillent ailleurs, faut que jeunesse se passe. Il lui arrivait d'entretenir le ruban en y jetant de l'eau, le soir, en catimini. On l'avait vu et il avait été dénoncé, mais il avait juré que c'était de l'eau chaude. Parjure, Duchagrin ? Au reste, encore agile, il s'y lançait quelquefois à la grande joie des gosses, soutane au vent, béret enfoncé au ras des sourcils, sous l'œil réprobateur des bigotes derrière leurs rideaux de dentelle, qui voyaient là un mauvais exemple pour l'éducation des mômes. « Ah, mon Dieu, si on leur laisse tout faire maintenant, on va en faire quoi plus tard, hein ? » Certaines se signaient pour conjurer le sort.

Contrairement à Sagnal, les femmes qui avaient fait leurs choux gras avec la Russe, la femme Valiev, y pensaient encore. Elles en ignoraient tout, sauf qu'elle fût des lointaines terres de Russie, dans un gigantisme de terres infinies où toute la Margeride, simple confetti, se fût perdue. Elles la voyaient russe, alors qu'elle ne l'était que par alliance. Elles en avaient fait, des hypothèses, construit des scénarios : une prostituée, c'est logiquement ce qui venait à l'esprit en premier. Comment se complaire dans une histoire rocambolesque, légère sur le plan moral donc intéressante, sans l'aiguillon du sexe, qui bien qu'émoussé existait toujours ? Qui plus est, une femme sans qu'elle fût pour autant de mauvaise vie qui vient se mettre au vert, seule, à *L'Éventre-Loup*, c'était suspect. Sagnal devait la connaître, n'était-ce pas sa maîtresse intermittente lorsqu'il allait en ville ? Une femme mariée naturellement, c'eût été encore mieux. Celles qui ont des reproches envers leurs époux sont légion, sans que ce fût l'adultère ou des comportements brutaux. La plupart supportent les vacillements de leur couple en comptant avec abnégation les bons moments. D'autres, fatiguées, peuvent avoir un mouvement de révolte et s'enfuir si elles ont un petit revenu car, à partir d'un âge, s'y risquer, sans, est dangereux. À Vlaniac, aucune femme n'avait quitté son foyer. Quelles que fussent les responsabilités de l'homme, elles auraient hérité d'un blâme. C'était injuste. La liberté affichée par la Valiev plus qu'une envie était un baume sur leurs plaies. Enfin une qui leur tenait probablement la dragée haute.

Bref, la bulle de savon Valiev aux irisations pleines de mystère avait explosé après s'être envolée avec grâce. Qu'elle fût un escroc, oui, peut-être, émule de Mata Hari ne leur avait pas effleuré l'esprit, non, ça c'était moins rigolo. Qu'elle eût vécu dans la plus ignoble des débauches, oui. Stupre et fornication, inépuisable réserve d'imagination. Cependant, avec douceur, l'image s'effaçait, on ne la voyait plus qu'au travers d'un verre dépoli avec de mauvaises inclusions. Paradoxe, pour Jeff qui s'efforçait de n'y plus penser, les contours de cette femme étaient clairs.

Lauzier ne s'était plus manifesté, il faut dire que l'état des routes ne permettait pas sans risques avérés d'y mettre les roues d'une Juvaquatre moribonde.

Jeff laissa son esprit dériver. L'image du général Hiver, qui anéantit les armées napoléoniennes et celles du IIIe Reich, si galvaudée fût-elle, pouvait encore servir. Un militaire qui eût en esprit de fortifier la ville n'eût pu espérer plus forte protection. C'était propre à cette réalité neigeuse conjuguée au froid sibérien. Hélas, ce ne pouvait être valable pour les fermes isolées.

L'avantage tournait trop souvent en faveur des malfaisants, chauffeurs[1] et autres bandits qui jadis couraient le Gévaudan, la Margeride, le Vivarais

---

1. *Chauffeurs : bandes détroussant les fermiers en leur chauffant les pieds sur les flammes de l'âtre pour qu'ils avouent leur cachette.*

et autres lieux déshérités du territoire, de larcin en larcin, de crime en crime. Heureusement, la neige disparue rééquilibrait le danger, les paysans, plus calfeutrés dans leur maison mais qui travaillaient aux champs, pouvaient voir venir de loin et se préparer.

Pour résister moralement à cette menace, jadis le populaire répandait des histoires de vengeances paysannes terribles censées les rassurer et inquiéter les brigands. Que ces bandits commettent leur forfait était une chose, fuir ensuite avec le butin, une autre. Si les paysans s'étaient ressaisis, ils envoyaient l'aîné des garçons alerter les fermes les plus proches. Favorisé par la connaissance du terrain par temps sec, il filait comme le vent, pieds nus, par des sentes presque invisibles, escaladant les roches de granit comme les chèvres, passant les ruisseaux d'un bond. Si les hommes ameutés parvenaient à coincer les salopards, il n'y avait pas de quartier, s'ils avaient brûlé les pieds d'un des leurs, molesté ou fait subir des sévices à sa femme. Pour un simple vol, c'était la bastonnade. D'autres ayant fait preuve de cruauté se seraient retrouvés, disait-on, au fond d'une fosse à purin. Inutile de déranger la gendarmerie. Le crime moral répondait au crime crapuleux, et tous s'en trouvaient bien. Une fourche dans le ventre, une faux coupe-jarret et force restait à la loi… la leur. C'était plus rapide qu'une déposition à la gendarmerie et définitif. C'était invérifiable, mais il n'y a pas de fumée sans feu. Les vieux paysans, qui avaient la science de tout ce qui était faux mais qui aurait pu être vrai, concluaient ces histoires en baissant la tête, les yeux sous leurs sourcils en broussaille. Le petit public d'une soirée de décembre était saisi. Les gosses restaient la bouche ouverte sur des questions qu'il ne fallait pas poser de crainte de donner l'impression que l'ancien avait la mémoire défaillante sur certains points du récit, où qu'il l'enjolivait. « Et pourquoi, papé, ceci ou cela ? » Non. Il fallait bannir toute forme d'incrédulité, tout prendre au comptant et respecter cet homme qui savait des choses presque immémoriales.

Il est vrai que le relatif isolement du relais de chasse jusqu'au XIXe siècle l'exposait. Après être tombé presque par hasard sur la déposition des dames Morel dans les archives paroissiales, l'aïeul des Sagnal avait retrouvé dans celles de la commune trace de l'historique du domaine du Bois du loup. Il l'avait également recopié et ce travail d'écriture avait été précieusement conservé par la mère de Jeff.

Le sieur Bertin Thibaud fut le premier locataire du domaine en qualité de métayer, en 1708. Les comtes d'Uzière avaient donc gardé la bâtisse pour leur propre usage, de la construction en 1625 à 1707, soit presque un demi-siècle en tant que relais de chasse. Ils pouvaient y recevoir leurs intimes, pouvant loger dans la cour jusqu'à quatre attelages. Selon toute probabilité, quelques dessins exécutés par un invité faisaient voir cela. On y remarquait une tourelle d'angle aujourd'hui disparue. Ensuite, en 1842 la succession des comtes loua le domaine aux dames Morel pour ouvrir une auberge. Quelques photos datées de 1859 montraient l'arrivée de clients en diligence, d'autres en cabriolet privé. Les femmes en ombrelle l'été, en pelisse à l'automne avec un col de renard qui leur mangeait le bas du visage que l'on voyait gracieux et qui dissimulait ce qu'elles voulaient que l'on voie. L'attente d'un délice fût-il passager n'en est que meilleur.

On les sentait frileuses, désireuses d'entrer au plus vite pour tendre leurs menottes joliment gantées au-dessus du poêle ou de l'âtre. Demandeuses de chaleur humaine ? Peut-être. Elles étaient très jeunes, les messieurs un peu moins. Rendez-vous galants ? De toute évidence, un photographe professionnel avait été mandé. Sur ces vues, on comprenait qu'il ne s'agissait pas d'une réunion familiale où sans vergogne on aurait pu amener sa « poule ». On disait, pour les hommes grands consommateurs : « C'est sa dernière », ce qu'elle n'était jamais jusqu'à ce qu'un âge avancé du bienfaiteur réduisît sa promptitude à dégainer, l'arme restant le plus souvent au fourreau. Dans cette société riche, cultivée et galante du presque xxe siècle, il s'était colporté le mot d'une femme d'esprit : « Mon ami, je tiens bien la poignée, mais où est donc votre lame ? » L'argent, comme une bouée, les sauvait un temps de la noyade.

Il était aisé d'entendre les mots courtois prononcés par l'officiant avant qu'il ne pressât la poire pour fixer sur la plaque cette précieuse image : « Que ces messieurs et dames veuillent bien sourire. » Les hommes prenaient une pose avantageuse, les femmes convenables un sourire bourgeois discret et les gourgandines une mine audacieuse à croire qu'elles eussent voulu charmer le photographe, ce qui n'était pas exclu. Ce n'étaient que des petites nymphettes, rien de comparable avec « les grandes allongées » du grand siècle se distribuant souvent à trois grandes fortunes, voire plus, limitant consciencieusement la demande, sauf si un possesseur de biens encore plus importants quémandait leurs faveurs, prêt à toutes les folies, à toutes les extravagances financières, ne serait-ce que de les voir nues. Quant à toucher ? Un mot avait circulé avec complaisance et des sourires entendus. Il avait été lancé dans une soirée par une dame d'esprit répondant à l'une de ces femmes qui lui faisait remarquer avec ostentation la richesse de son long sautoir de perles et pierres précieuses qui lui arrivait très très bas : « Oh ! Il est superbe et l'on voit bien d'où il vient. » C'était dire sans le dire, mais bien dit.

Légende ? Ce sieur Bertin Thibaud se serait-il distingué pour éradiquer la présence du *Canis lupus* dans le domaine du Bois du loup par une sauvagerie particulière l'aidant peut-être à vaincre sa peur ? Cela aurait-il donné à Adrien Sagnal l'idée de baptiser le domaine l'Éventre-Loup ? Mais rien dans les archives qui attestât que Thibaud leur ouvrit le ventre une fois la bête abattue, s'il en avait abattu. Il est vrai qu'à l'époque il en courait mais il fallut attendre 1764 pour que la bête du Gévaudan défrayât la chronique.

Non, c'était plus simple. Dans les fermes, on posait pour s'opposer à toute pénétration les défenses en fer forgé, justement nommées « éventre-loup ». À la fin du XIXe siècle, les loups se firent rares. Et même dans un passé lointain, aucun ne s'y était jamais laissé prendre, ayant renoncé d'instinct à se déchirer les flancs pour dévorer un agneau, quant à en ressortir ?

Les comtes d'Uzière s'étaient refusés à cette austérité sur les façades de leur maison. En revanche, Adrien Sagnal en avait garni les ouvertures accessibles, plus par amour de fer battu que par protection. Il est vrai qu'un éventre-loup taillé à la hache dans une barre de fer portée au rouge pour faire de longues ébarbures est une œuvre d'art.

Les légendes se forment au prix de contorsions régionales plus ou moins historiques. Deux tiers de vrai, un tiers de faux ou le contraire, rarement étayé dans toute l'étendue de l'affaire de faits établis.

Jeff se tira de sa rêverie nostalgique. Il était passé de l'oubli dans lequel s'engloutissait Mme Valiev à la petite histoire du Bois du loup. Mais les histoires ne se bornaient pas aux loups et aux bandits. Des anecdotes foisonnaient dans les campagnes. Il fallait ça pour passer les longues soirées d'hiver et souvent, pour qu'elles durent assez, on inventait outrageusement. Que le sexe affleurât ne gênait personne, au contraire les femmes baissaient un peu plus le nez sur leur ouvrage en présentant leur bonne oreille et envoyaient les gosses au lit.

VI

Le coup de sabot de l'âne

C'ÉTAIT LA MI-JANVIER, le cœur de l'hiver fit peser sur Vlaniac une lourde chape de neige. Les trois derniers jours, il avait neigé sans discontinuer avec des intensités variables. D'ordinaire, pour peu que le vent y aidât, les bruits du bourg parvenaient jusqu'à l'auberge, mais la couche glacée épongeait toute rumeur. Jadis encore, les seuls bruits qui passaient étaient ceux de l'activité de Raymond Cournil, le maréchal-ferrant, le fer battu donnait deux tons distincts, clair du marteau sur le bec de l'enclume, plus grave sur le fer rouge. Lorsqu'il disparut, le bourg mit longtemps à s'habituer à la vie sans lui. C'était avec le curé et ses cloches le second rythme qui stimulait le village. À l'époque, au café Besle, on ne s'attardait pas lorsqu'il commençait à forger une pièce. C'était un rappel à l'ordre ferme : « Buvez votre verre et au travail ! » Certes, ils reviendraient tous plus tard, mais dans l'instant ils auraient culpabilisé à rester les coudes au comptoir alors qu'il travaillait peut-être pour l'un d'eux en redressant un soc de charrue ayant malencontreusement rencontré un rocher. Durant des siècles, le bloc de granit avait été effleuré, griffé sans dommages. Puis peu à peu le déplacement des terres par les labours l'avait rapproché des hommes. Le vieux qui possédait ce champ à cette heure cultivé par un petit-fils regardait le forgeron dans ses œuvres et avait dit : « Dis voir, Raymond, y m'croiraient pas les anciens, tu sais ceux d'avant nous, ni nos pères si j'y disais qu'y avait là c'te pierre et qu'ils avaient tourné autour et passé dessus toute leur vie. » La pierre devait être le fait d'une masse rocheuse qui rampait peut-être sous Vlaniac pour remonter jusqu'au sommet des collines. De quoi donner du travail au père Cournil pour l'éternité.

Un matin blême tenta de s'installer sans conviction. Cela présageait une journée crayeuse, morne, étouffée, triste pour tout dire. Pourtant, lorsque Jeff descendit, Madeleine était dans la cuisine, alerte, vive.

— Auriez-vous mal dormi ? D'ordinaire, vous êtes debout avant moi.

— Peut-être.

— Je vais aller au bourg. Heureusement que vous êtes descendu récupérer mes bagages dans la voiture. J'y avais ces bottines.

— Passez au café voir Maguy, vous verrez, c'est un sacré bout d'femme.

— Pourriez-vous trouver un mécano qui puisse me tirer d'affaire, Jeff. Il me faut régler ce problème. Je n'aime pas que cette automobile reste sans surveillance.

— Je vais voir, mais il vous faudra être patiente.

— Dites plutôt que vous voulez me garder en esclavage, que vous prenez goût à la compagnie féminine, surtout si elle travaille. Est-ce faux ?

Jeff se contenta de sourire. Madeleine se vêtit chaudement et quitta l'auberge. En tirant la porte derrière elle, elle lança :

— Je serai là avant midi, vous pourrez faire réchauffer la soupe, ça m'ira bien.

Il réalisa qu'il s'était passé plus d'un mois depuis qu'elle était arrivée, depuis qu'il l'avait aperçue au bout de la route, petite silhouette hardie, volontaire. Depuis, ni lui ni elle n'avaient pensé à appeler le garage de Saugues pour le dépannage. C'était incroyable, ça. Il se souvenait qu'elle l'avait demandé, mais qu'il avait oublié. Si elle avait été mal chez lui, elle aurait râlé, se serait débrouillée seule pour, grâce au maire ou au curé, prévenir le mécanicien. Elle n'en avait pas éprouvé le besoin. Il trouva ça plutôt bien.

Pensif, Jeff touilla sa chicorée dans un bol à grosses côtes qu'il avait bien en main. Il n'en prenait jamais un autre et c'est le seul qui lui restait sur les six achetés par sa mère avant guerre. Il imagina la femme Granget fouler la neige avec ses belles bottines. Sûr qu'elle reviendrait les pieds gelés. Mais il la croyait assez têtue pour ne pas renoncer à voir les deux autorités du bourg. Il était quelque peu désorienté. Elle était une dame et se comportait comme une femme simple, une familiarité qui ne collait pas avec ce que l'on eût attendu d'elle. Son comportement le troublait. La Valiev donnait davantage les signes d'une femme « libre ». Ce mot était légèrement sulfureux, libre... libre de quoi, grand Dieu ? Pour la Granget, sa façon de faire était différente, à l'instar d'une bonne cousine accorte quoique sérieuse, elle aimait la plaisanterie et l'aurait bien secoué quant à son inertie de célibataire, glissant quelques sous-entendus aimables. Le premier jour, à peine arrivée, elle avait aidé au service des chasseurs et qu'elle veuille, à part la vaisselle, lui être agréable lui revenait en force. Sur le coup, il n'y avait rien vu, pensant même que dans de si bonnes dispositions il pourrait, à condition qu'elle restât jusqu'au printemps, la coller aux grillages de protection des pommiers dont l'écorce était bouffée par les chevreuils. Des hommes, connaissant mieux les femmes que lui, la vie, en eussent fait promptement leur affaire. Pourtant, Jeff n'était pas puceau, il avait eu quelques aventures et l'une d'elles, la première, lorsqu'il était en fin de collège au Puy-en-Velay, hébergé par une amie de sa mère, jeune femme, mais vieille pour lui, mariée à un marchand de fromage qui courait les montagnes sans cesse pour s'approvisionner et la laissait souvent désœuvrée et en manque. Peu après la rentrée, prétextant le froid, elle lui avait apporté une tisane qu'il n'avait pas bue, et pour cause. Elle tapota son oreiller : « Es-tu bien, au moins ? Ne laisse pas glisser l'édredon. Je le retrouve par terre chaque matin. » Puis, afin de vérifier qu'il bénéficiait d'une chaleur douillette, elle passa sa main sous les draps et trouva l'objet convoité sans qu'elle eût besoin de chercher. C'était un bon souvenir.

Avec ce temps, aucun représentant ou forestier n'était à attendre pour le midi, et puis, au cas où, totalement improbable, du jambon et une grosse omelette feraient l'affaire. Madeleine revint à l'heure dite.

— Les pieds, ça va ? s'enquit-il.

— Aucun problème, regardez.

En effet, les bottines avaient disparu, remplacées par de fortes bottes en cuir gras avec une tige montante de feutre épais.

— D'où sortez-vous ça ?

— Maguy ! Quelle femme, vous aviez raison. Mais je préfère Marguerite, c'est plus poétique. Si vous saviez comme elle a jeté dehors un homme un peu pris d'alcool qui racontait des insanités sur les femmes, les accusant de toutes les turpitudes. Par le col, et hop ! Elle m'a dit : « Soyez gentille avec Jeff, c'est un bébé. » Je suis sûr qu'elle vous aime. Enfin, il faut être raisonnable, elle ne vous correspond pas.

Elle eut un rire clair, sans malice. C'était l'évidence, c'est tout. Quant au bébé, si l'évaluation pour le moins fantaisiste avait une connotation maternelle, c'était plus mental que physique. Et puis une mère voit toujours ses enfants petits. Cela dit, Jeff ne prit pas ça pour un compliment et ronchonna des mots inintelligibles, pas forcément amènes.

Elle alla en cuisine et rapporta assiettes et couverts. Dès le début, il avait été sur le point de lui dire qu'elle n'était pas obligée, qu'il pouvait la servir comme une cliente normale mais qu'elle prît les opérations en main n'était pas désagréable.

— Vous avez pu vous renseigner pour le mécano ?

— Il viendra en fin de semaine. Il a râlé, mais je le connais, il est comme ça.

La soupe réchauffée était encore meilleure. Jeff avait sorti un gros morceau de lard qu'elle avait attaqué hardiment sans chipoter sur l'épaisseur de la tranche.

— Vous avez faim, on dirait.

— Croyez-vous que je n'ai pas assez dépensé d'énergie ce matin ?

Lorsqu'elle avait partagé le civet de sanglier avec les chasseurs, Madeleine avait touillé du pain directement dans la gamelle de fonte noire. « C'est bon, avait-elle dit, si j'avais fait ça à table devant mes parents, ils auraient été horrifiés. »

Sagnal avait répondu : « Mon père ne laissait jamais repartir un plat sans qu'il soit nettoyé et il nous encourageait : "Allez-y, faut pas y laisser perdre." Il savait le prix de toute chose. »

Le lard était pour elle une nouvelle nourriture, elle s'en resservit. Jeff souriait. À son tour, elle eut un sourire de bien-être en repoussant sa chaise et, fermant ses paupières à demi, elle filtra l'image de Jeff, barricadée derrière ses cils. Il ne s'aperçut pas de cette inspection, retourna en cuisine et revint avec un bocal de cerises à l'alcool.

— Elles sont d'avant 39, vous vous rendez compte, c'est ma mère qui les faisait. On a trois gros cerisiers sur le bas avant la vigne, mais un est en train de claquer. C'était aussi pour les clients, mais je n'en donne plus, ce qui reste je le garde pour moi. Elle a trié ces fruits un à un et elle est même grimpée dans l'arbre. Ça, je n'y faisais pas attention, mais maintenant.

Il préleva une cerise par le petit bout de queue que l'on se garde d'ôter.

— Elle a eu ce fruit entre ses doigts.

Tout était dit de ses sentiments pour elle.

Madeleine avait-elle vu Duchagrin et Lebreton ? Elle n'avait parlé que de Marguerite Cheminot. Jeff ne la questionna pas, ce n'était pas son problème. Si elle le voulait, elle le ferait. La table débarrassée, elle s'éclipsa :

— Je monte à la chambre, la marche m'a un peu fatiguée.

*
* *

La région entière était assoupie. Il aurait fallu s'approcher de près, comme on l'eût fait du lit d'une malade, pour voir qu'elle respirait bien. Elle respirait. La vie était là à l'intérieur des fermes et des maisons qui en témoignaient en laissant échapper de leurs cheminées des volutes légères de fumées grises ou bleues, bois de hêtre et de chêne bien sec. C'était le moment des petits travaux intérieurs, du travail du bois pour des sculptures rustiques et expressives ou naïves, comme en taillaient à l'Opinel certains paysans pas trop manchots. Et puis aussi le moment de la réflexion.

Jeff réfléchissait mais ne partageait guère ses pensées. Il constatait que peu à peu le village en entier digérait doucement la guerre encore si présente dans les esprits et goûtait à l'après du bout des lèvres. Bien sûr, ça laisserait des traces, Ça l'agaçait de revenir sans cesse sur cette guerre, mais il fallait bien s'en sortir et guérir les plaies. Éviter les mouvements brusques qui eussent pu les rouvrir. Il fallait ne penser qu'à un avenir prometteur. L'espoir était là. La fleur se flétrirait ou s'épanouirait-elle ? En 1946, la politique ne prédisposait pas à un optimisme délirant. De Gaulle avait démissionné en janvier, confronté à une gauche majoritaire au parlement, coalition chicanière, le tripartisme communistes, SFIO, MRP. Au vote de 1945, les communistes avaient obtenu plus de vingt-six pour cent des suffrages mais la participation populaire avait été faible. À la prochaine, ils pouvaient prendre le pouvoir sans partage. À force de promesses d'égalitarisme utopique, le peuple se laisserait peut-être convaincre.

C'était ce que pensait Jeff. Sans être anar, il était apolitique, les traitant tous de guignols, sauf le Général. Appâter le peuple avec l'égalité pour tous était une vaste fumisterie. Il ne voyait pas comment ça pouvait se mettre en place. Raboter par le haut est facile, mais il y aurait des dégâts. Non, faire du social en spoliant ceux qui avaient réussi à force d'efforts, d'économies à avoir une petite aisance était une forme de dictature. Était-ce ça le paradis soviet ? Que se passait-il là-bas ? Était-ce aussi paradisiaque que le prônaient Thorez et Duclos et ceux qui voulaient peindre le tableau plus rose que rose en ne pensant qu'à leur carrière ? Les voyageurs qui avant 1939 y étaient passés décrivaient un asservissement des paysans dans une collectivisation forcée. Production en baisse, famine. N'y avait-il pas une supercherie gigantesque, une chimère ? Ce petit père des peuples avec sa bonhomie rassurante de paysan moustachu était-il bien celui qu'il disait être et que ses édiles encensaient, placés au bon endroit à tous les échelons pour verrouiller le fonctionnement de l'État ? Pas confiance, Sagnal n'avait pas confiance. Au Puy, il avait vu des affiches de propagande où on voyait notre drapeau à demi masqué par celui du soviet, comme s'il le protégeait. C'était le message, mais n'était-ce pas plutôt une perte progressive de notre indépendance ? La patte de l'ours rouge sur les plumes du coq tricolore.

Certes, le printemps du Front populaire en 1936 avait apporté une notable amélioration sociale. Il fallait le faire. Les congés payés pesaient leur poids dans l'esprit ouvrier. Pour les paysans, ils n'en voyaient pas la couleur, attachés à la terre trois cent soixante-cinq jours par an. De là à penser qu'avec une gestion communiste tout irait dans ce sens, il n'y avait qu'un pas. Allaient-ils regarder leur terre qui attendait impatiemment leur courage, bras croisés sur la poitrine ? « Ça va, fais pas la gueule, t'attendras, les labours attendront, les fenaisons attendront, les semailles, les moissons, les récoltes attendront. » Congés payés obligent. Raisonnement un peu simpliste mais qui répondait à la démagogie.

Qui plus est, les manifestations révolutionnaires, les poings levés, *L'Internationale*, les incantations tonitruantes de Thorez transcendaient le petit peuple, ceux qui voyaient tout ça franc comme l'or. Comment leur en vouloir ? Fallait-il se résoudre à ce qu'il y eût, qu'il y ait toujours des exploités ? Aucune idéologie n'avait trouvé la solution. L'anarchie prônée par certains était-elle la panacée ? Plus de règles de lois, plus d'États, chacun pour soi, débrouillez-vous avec le désordre, de l'absence d'autorité politique et morale ?

Jeff avait eu l'occasion d'en parler avec le curé pro-rouges en profitant de l'affaire Valiev. Qu'il ait évoqué Mata Hari, autant dire l'espionnage, l'avait interpellé. La conversation avait tourné à une interrogation générale sur les visées de l'Internationale communiste. S'agissait-il d'une colonisation idéologique ? C'était le sentiment de Jeff. Laduche était perplexe. Il était d'accord avec la ligne sociale, mais pas plus. Que Staline reste chez lui. Lui non plus n'avait pas apprécié ces affiches de propagande où les drapeaux avec la faucille dissimulaient notre emblème national. Il en avait parlé à Arnaud, le chef de la cellule régionale, chef de sa section de résistants avec lequel il avait eu des contacts permanents pendant l'Occupation. Le type était carré, intelligent, mais déjà embrigadé, il avait dit en riant : « Mais Laduche, c'est la protection du grand frère soviétique. » C'était mal passé. Il lui serait toujours reconnaissant d'avoir beaucoup donné pour libérer le pays, mais sa réponse avait fissuré la confiance. On n'avait pas botté le cul des nazis pour se jeter dans les bras des bolcheviques.

Mais le curé avait, nonobstant, un argument massue, un truc qu'il gardait au chaud pour ne pas trop démolir son image :

— Et l'idéalisme, t'en fais quoi, Jeff, hein, l'idéalisme ?

Jeff n'avait pas une idée affirmée de ce qu'était exactement l'idéalisme. C'était un peu comme quelque chose d'idéal, de bien, quoi ! Il ne fut pas convaincu. Idéal par rapport à quoi ?

— Ça les empêchera pas de boucler ton église. Ils vont en faire un dépôt, une écurie, une grange et ils vont me chasser de mon auberge. Pas tout de suite, mais ils y viendront. Tu sais bien qu'hériter est un affront au peuple des travailleurs. Pourquoi naître déjà nanti ? Quelle injustice ! S'ils gagnent, j'te le dis, Laduche, le rabot passera et tu ne seras pas épargné. C'est l'idée que j'en ai, Dieu fasse que je me trompe, alors je reconnaîtrai mon erreur. Moi, s'ils viennent me foutre dehors, je sors le douze et je tire dans le tas. C'est dommage, mais pour moi idéalisme et égalité, c'est emplâtre sur une jambe de bois, autant dire que ça servira à rien qu'à un enfumage. Tiens, si tu vois Arnaud, dis-lui qu'y vienne boire un coup, je l'aime bien.

Jeff se sentait partagé entre un attachement au passé et une envie de présent, de nouveauté, mais pour l'instant il se sentait mieux dans le lit que lui avaient fait sa mère et les anciens. Il y trouvait une sécurité que l'avenir ne lui offrait pas. Il n'était pourtant pas timoré, mais refusait d'oublier. Il en aurait été autrement en ville, là il aurait été bousculé, fallait avancer, trouver des repères nouveaux, des prises à l'instar d'un alpiniste qui s'élève et finit par « sortir » au sommet. Il lui semblait que Madeleine Granget était dans un état d'esprit proche du sien.

En fin de semaine, le mécano téléphona. Il serait là à 14 heures. Jeff lui indiqua les lieux :

— Juste avant le bourg, le chemin à droite après le pont. À trois cents mètres, la voiture a calé là. Le moulin Richaud est plus loin, vous le verrez.

Jeff et Madeleine furent en avance. Elle lui proposa de visiter le moulin mais il refusa. Le véhicule utilitaire Citroën B15 arriva en brinquebalant des tas de choses sur son plateau : chaînes, barres d'acier, caisses de fer avec de l'outillage, cordes. Le chemin très enneigé ne lui posa aucun problème. Sur les portières de la cabine était peint *Mécanique générale Marcellin Touillard – Saugues. Tél. : le 19.* Le patron avait emmené son employé. Ils se saluèrent. Le mécano s'approcha de l'auto, l'air contrarié.

— C'est ça ?

— Ça quoi ? demanda Madeleine.

— Ben votre voiture.

— C'est une Fiat Topolino. Elle a toujours bien marché.

— Nous, on n'a jamais travaillé là-dessus.

Jeff crut qu'il allait refuser. Il intervint :

— C'est une mécanique aussi simple qu'une vieille 5HP. Quelques clés, un tournevis et vous tombez le moteur.

— Mouais ! Faut voir.

Il ouvrit le capot et sembla perplexe, mains sur les hanches. Son employé, lui, les avait sous les aisselles pour se réchauffer et reniflait sans cesse.

— Pas de batterie, hein ?

Il la brancha sur la sienne avec des câbles. Le moteur tourna mais ne démarra pas. Il tripota le carburateur et le Delco avec un certain mépris. Touillard en aurait-il encore après les Italiens de s'être fiancés un temps à Hitler ? Pas impossible vu sa tête de revanchard. Tout ce qui avait de près ou de loin touché, frôlé d'une façon complaisante le nazisme le faisait dégueuler. C'est ce qu'il disait. Lui y était, au mont Mouchet, il s'en était fallu d'un cheveu qu'il fût fait aux pattes, mais le repli des résistants s'était fait en bon ordre malgré l'encerclement des Chleuhs. Ils leur avaient bien rendu la monnaie de leur pièce. Il releva sa casquette crasseuse d'un coup de pouce.

— Faut l'emmener, y a qu'ça.

— D'accord, mais faite vite s'il vous plaît, plaida Madeleine.

— Alors ça, c'est pas à moi qu'y faut l'dire, ma pauvre dame. Si y a une pièce cassée, faudra que j'appelle Paris.

Il eut un geste grandiose en levant un bras au-dessus de sa tête, puis il se redressa et, gonflant ses joues bleues de barbe, expira tous ses doutes en cambrant les reins. Il attela la petite Fiat au B15 avec une grosse corde de chanvre. Madeleine, inquiète, regarda partir son auto, l'apprenti au volant. La reverrait-elle, et dans quel état ?

C'était bien pour dire quelque chose, l'encouragement de Madeleine : « Faites vite. » Elle était là depuis un mois et rien ne pressait vraiment. Le manque de confiance la rendait inquiète, plus tôt sa voiture lui serait rendue, mieux ce serait. Elle pourrait la remiser dans un appentis à l'auberge.

Jeff tournait autour, les mains au fond des poches, en prenant soin de ne pas jeter un œil au moulin. Madeleine le regarda, inquiète.

— Vous faites pas de souci, il le fera.

Ils furent contents de franchir le porche de *L'Éventre-Loup*. Elle se jeta sur le poêle, mains tendues.

La soirée fut calme. Jeff avait mille questions en tête mais les exprimer lui était impossible.

Madeleine chercha un dérivatif. Elle sentait bien son désarroi, sans trop savoir à quoi l'attribuer.

— Comment ça s'est passé pour vous durant la guerre ? Vous vous êtes battu ?

— J'étais exempté. Problèmes de santé, les reins.

— Ah !

— J'ai participé, ici, avec les maquisards. J'ai hébergé des gars blessés ou malades pour qui il n'était pas question d'aller se faire soigner à l'hôpital ou même d'approcher un médecin.

— Vous risquiez gros.

— On faisait attention. Un médecin venait. Il pouvait faire de petits actes de chirurgie. Je vous montrerai ça un autre jour, dans les combles j'avais aménagé un espace pour trois à quatre lits. Difficile à localiser en cas de fouille, mais il n'y en a jamais eu. Les Fritz sont venus quelquefois avec un *command-car*, ils étaient quatre ou cinq, pas plus. Ils s'installaient, buvaient leur coup. Ils étaient corrects. Hélas, presque sympathiques. Mais c'étaient peut-être les mêmes qui auraient fusillé des otages civils. À part la grande bataille du mont Mouchet, il y eut des escarmouches ici et là, mais Duchagrin, le curé, avait mis au point un système efficace pour prévenir les gars. Il avait des renseignements de première main par un lunetier qui recevait pas mal de Boches au magasin et il entendait des choses car ils ignoraient qu'il parlait allemand. Il avait des contacts avec les FFI. Vous voyez, je n'ai pas fait grand-chose.

— Tout de même.

Madeleine tenta de déchiffrer ce qu'il y avait dans sa tête. Culpabilité ? Des regrets, sans nul doute.

— Pourquoi n'êtes-vous pas venu au moulin ?

— Oh ! C'est toute une histoire, le moulin Richaud. Je me l'étais approprié, mentalement s'entend. Meunier, ça m'aurait plu. Alors, lorsque j'ai su qu'une dénommée Granget avait acheté, je l'ai détestée.

— Je comprends. Vous y viendrez ?

— Promis, à condition de n'avoir rien cassé de la mécanique.

— Rassurez-vous, tout est intact. Au printemps, Frantz, mon beau-frère, fera curer le bief et remettra la roue en état. C'est un gros travail. Il faudra certainement changer toutes les pales de bois aux trois quarts pourries pour mettre de l'acier. Ça vous va ?

Jeff acquiesça d'un sourire.

— Avec moi, vous ne parlez pas comme avec les chasseurs. Vous avez, me semble-t-il, une certaine culture, Jeff ?

— Réduite, j'ai arrêté en seconde, bêtement. Mais j'ai beaucoup lu. J'en avais marre du lycée, et puis ma mère avait besoin de moi ici, à l'auberge.

J'étais au Puy-en-Velay. Une jeune amie de ma mère m'hébergeait. J'y ai eu de bons moments.

— Vous voulez dire… avec elle ?

Elle lui fit un clin d'œil.

— Vous devinez tout. Oui, c'est pour ça que j'ai fini ma seconde, sinon… Son mari était fromager, toujours à travers le département pour trouver de la marchandise. Alors… Avec les chasseurs, enfin les gens d'ici, on parle tous de la même façon, avec les mots que tous connaissent.

— Je ne sais pas si habiter toujours ici me serait possible. Mais peut-être m'y ferai-je. Il faudrait que quelque chose m'attache.

Elle évita de le regarder, comme si elle eût craint qu'il fasse une mauvaise interprétation de sa dernière phrase.

— Demain, je dois aller au bourg m'approvisionner. Je ne pourrai y aller à vélo, je vais prendre mon *lugeon*. C'est un petit traîneau, enfin disons une grosse luge. J'ai surtout besoin de patates et avec ça je peux rapporter cinquante kilos, plus le reste. Vous viendrez ?

— Je crains que non, Jeff. Je dois écrire à mon entourage pour leur expliquer dans quelle situation je me trouve. Auriez-vous quelques feuilles de papier et des enveloppes ?

— Dans le tiroir du secrétaire, là, derrière vous. Moi, je n'écris presque jamais.

— L'autre jour, je n'ai vu que le curé. Si vous voyez le maire, dites-lui que je repasserai et embrassez Maguy pour moi.

Jeff ne releva pas, mais il trouva l'idée d'embrasser Marguerite Cheminot saugrenue. Ça ne lui serait pas davantage venu à l'esprit que d'aller baiser le museau d'Aimée, la mule de Lucien, l'ex-garde-barrière qui œuvrait jusqu'avant-guerre sur la ligne Le Puy-Langeac. Le coin n'était pas folichon mais la maison de fonction possédait le long de la voie un assez vaste terrain sur lequel Lucien entretenait un âne et cette mule. C'est ce qui meublait, avec une basse-cour et un grand jardin potager, le temps entre les convois. Avant de revenir dans la maison parentale de Vlaniac, il avait vendu l'âne, conservé la mule qui faisait partie de la famille et qui, hélas, ne voyant plus passer les trains, était devenue neurasthénique.

*

* *

Le lendemain, Sagnal s'apprêtait à quitter *L'Éventre-Loup* lorsqu'il entendit Madeleine descendre. Il ne l'attendit pas.

— J'y vais. Si on me demande, je rentre vers midi. Je passerai votre message au maire. Il me faut aller chez Martial, le boucher, pour prendre deux entrecôtes. Et en refermant la porte : C'est un sale jour, c'est mon anniversaire.

Il n'écouta pas la réponse, ramassa la corde du traîneau et à grandes enjambées prit la route.

Madeleine resta un instant songeuse, puis s'assit devant le secrétaire, l'ouvrit, préleva quelques feuilles. Elle commença à rédiger les adresses sur trois enveloppes et attaqua la première lettre destinée à sa sœur. Elle l'achevait lorsque la porte s'ouvrit assez brutalement. Trois gendarmes entrèrent.

— Brigade de Gaillac, André Sagnal est là ?

— Non.

— Vous êtes employée ? Vous êtes déclarée ?

— Je suis cliente.

— Ah ! Cliente, c'est rare de venir par ici pour passer des vacances en plein hiver. Vous êtes en affaire avec Sagnal ?

— Non, lesquelles ? Pouvez-vous m'éclairer ?

— Vous avez vos papiers.

— Ils sont encore là, dans le casier, voyez.

Lauzier les examina avec un soin extrême, comme s'il se fût agi d'un faux.

— Granget, Granget... Vous êtes veuve ?

— Oui ! Je suis née Pouchet-Fenier, mon père, Siméon, était industriel. Il travaillait en collaboration avec André Citroën, un ami. Les moteurs, vous voyez ?

Le ton doucereux, ingénu, employé par Madeleine Granget lui sembla redoutable. Lauzier sentit qu'il devait se montrer plus souple pour ne pas déchoir vis-à-vis de ses subordonnés. Là, il risquait de taper dans du hors-catégorie, cette femme devait avoir de sérieux appuis et lui une hiérarchie pétocharde qui le laisserait tomber comme une merde au moindre accroc.

— Industriel, dites-vous, humm... Bien, ça sera tout, madame...

— Granget. Je suis certaine que vous ne l'oublierez pas.

— Non, non, bien sûr que non. (Il toussota dans son poing.) Il faudrait que M. Sagnal passe en gendarmerie.

Lauzier tira sur les pans de sa vareuse, ajusta au millimètre le cuir qui barrait sa poitrine et salua, ce qu'il avait omis de faire en entrant. Il regarda ses sbires pour qu'ils s'exécutent.

En sortant, il maugréa pour lui-même :

— Ah ! Nom de Dieu, j'espère ne pas avoir fait de conneries, c'est bien ma chance, bordel ! Et une Parisienne en plus.

Ça, c'était un coup à se retrouver rétrogradé pour verbaliser « les vaches qui doublent un tracteur en haut d'une côte ». C'était la grosse blague qui régalait la brigade, lorsque le patron faisait une connerie. Il y en avait d'autres dans la petite cuisine humoristique « gendarmesque ».

Madeleine trouva la situation plaisante et, après le départ des bleus, elle resta avec une ombre de sourire au coin des lèvres que n'aurait pas reniée Mona Lisa. C'était un peu facile pour elle de jouer cette comédie, mais elle n'aimait pas cet autoritarisme superflu. Elle termina ses lettres et referma le secrétaire en soupirant avec l'image de Lauzier à l'esprit : « Tout de même, pauvre homme. »

Lauzier rentra à la gendarmerie avec la convocation officielle qu'il devait remettre en main propre à Sagnal. Il enrageait. Si le patron de *L'Éventre-Loup* ne se présentait pas de son propre chef, il lui faudrait y retourner. La dame Granget aurait eu tout le temps de lui raconter l'entrevue et il se serait bien foutu de sa gueule. Le dossier Valiev était revenu. C'était compliqué. Rien contre Sagnal, mais des soupçons sur la Russe qui pouvaient le compromettre. C'était presque du secret-défense : « menées subversives ». Lorsque Lauzier avait lu ça, les bras lui tombèrent. Non, c'était trop beau, trop beau. Nom de Dieu, il allait l'épingler, le Sagnal, et plus vite que ça. La convocation exigeait qu'il fût emmené à la gendarmerie de Saugues et son supérieur laissa entendre qu'il pourrait être inculpé et présenté à un juge d'instruction au Puy. Cela dit, il n'en savait pas davantage. Hors le soupçon, quelles charges pesaient sur la dame Valiev ? Aurait-elle été arrêtée ? Courait-elle toujours, et où ? Là-dessus, il n'obtint aucun éclaircissement d'une hiérarchie muette paralysée par une possible erreur en cette période troublée. Il en était réduit à la basse besogne, mais c'était mieux que rien.

Madeleine raconta la visite des gendarmes, mais n'en rajouta pas. Elle fit sobre. Ne fit pas état de l'interrogatoire de Lauzier, dit simplement qu'il avait l'air remonté. Jeff haussa les épaules.

— D'Dieu, j'irai pas pour rien, r'viendra si y veut, l'cochon.

Madeleine le regarda, navrée.

— Là, Jeff, vous parlez comme les chasseurs, mais je vous comprends. Au fait, et cet anniversaire ? le titilla-t-elle.

*

* *

Rien que le nom de Lauzier l'avait mis de mauvaise humeur.

— Anniversaire… Ah ! C'était une blague. Mais j'ai les entrecôtes.

Jeff eut besoin d'une diversion :

— Vous n'avez pas eu d'appel du mécano ?

Madeleine secoua la tête négativement.

— Ou il l'a finie ou il ne l'a pas commencée, ajouta-t-il.

C'était bien histoire de dire quelque chose.

— Vous êtes pressé de me voir partir, Jeff, on dirait.

— Non, pas du tout, je disais ça comme ça. C'est moi qui vais partir.

— Mais pour aller où ?

— Tout près ou très loin.

— Je suis bien avancée avec une telle réponse.

— J'ai Lauzier aux fesses. Y va pas me lâcher s'il a son chef avec lui. Y veulent me coller une affaire sur le dos et je sais même pas quoi.

— Une affaire ?

— Je ne sais plus si je vous en ai parlé, mais si, la Valiev, la Russe.

— Pour ce que vous m'en avez dit… C'est elle qui a la double nationalité ?

— Exact. Elle pourrait être poursuivie pour entente avec une puissance étrangère, enfin quelque chose comme ça. En ce moment, ça pardonne pas. On en a fusillé pour moins que ça. Et Lauzier, parce que j'ai hébergé cette femme, me croit complice. Y peut pas m'encadrer. Moi, j'ai pas d'alibi, il peut dire ce qu'il veut et, même si la Russe dément, ils n'y croiront pas. Voilà. Alors moi non plus ils ne m'auront pas.

Brièvement, Sagnal raconta pour conclure :

— Voilà, c'est sûr, qu'elle soit venue directement ici est embêtant, ils pensent qu'elle me connaissait, que je suis dans une combine d'espionnage. C'est quand même dingue. Je bouge jamais de

L'Éventre-Loup ni de Vlaniac. Qu'est-ce que je peux espionner ici, bon sang, qui puisse aider les Russes ?

— Vous n'espionniez pas, Jeff, vous apportiez un soutien, c'est différent, c'est grave mais différent. Mais je n'y crois pas, voyez-vous. Êtes-vous certain de ne pas vous faire des idées ? Ce Lauzier veut vous faire peur, je veux bien parier que sa hiérarchie n'est pas au courant. On appelle ça de l'intox. Mais ça peut marcher si la cible est véritablement concernée.

— La cible ?

— Vous. Un coupable va essayer de fuir, c'est ce que vous vous apprêtez à faire et c'est ce qu'il veut. La seule chose qu'il puisse faire, c'est demander à un juge avec assez d'éléments de vous inculper. J'ai fait du droit pénal, Jeff. Je vous prends en main si ça devient nécessaire. D'accord ?

— Jamais je me laisserai mettre les bracelets par ce type.

— Qui vous parle de bracelets ? Je vais me renseigner, savoir qui s'occupe de ce genre d'investigation à un niveau… disons, un niveau élevé. Il faut savoir qui elle est exactement. Son vrai nom ?

— Valiev, Charlotte Valiev, franco-russe. Son mari, Alexis Valiev, pilote de chasse dans l'armée soviétique. Des liens avec la cellule internationale du Parti communiste français, rien de plus. Elle m'avait dit ça.

— Je comprends, en effet ça pose des problèmes. Et on est encore en pleine hystérie. Heureusement, les tribunaux ne jugent plus à vue. De l'ordre a été mis dans cette monstrueuse gabegie, mais il faut être attentif. Les petits chefs sont souvent dangereux. Pensez-vous, Jeff, que des gens d'ici la connaissaient, cette dame Valiev ?

— Je ne veux mouiller personne. Les partisans communistes ont fait un sacré travail avec les autres, mais une indiscrétion…

— Une indiscrétion ?

— Oui, un dénommé Arnaud, un responsable, un ami du curé. J'peux pas le mettre dedans, il a ses idées, je les respecte. S'il devait avoir mal agi, c'est qu'il avait reçu des ordres.

— Je vais avoir quelques coups de téléphone à donner, Jeff. Je vous dédommagerai des frais.

Sans attendre, Madeleine prit le combiné sur sa fourche chromée.

— Oui, bonjour, je voudrais Odéon 43 27 à Paris, s'il vous plaît. Oui, c'est ça, à Paris. Pour le 13, à Vlaniac.

Jeff alla en cuisine. Lorsqu'il revint, Madeleine terminait une longue conversation :

— Oui, oui, c'est ça, merci cher ami, oui, la lettre arrivera ici dans les trois jours et vous me rappellerez, n'est-ce pas ?

Elle éclata de rire.

— Ouf, ce qu'on peut perdre de temps en formalités. Bien, on adopte une procédure d'urgence. L'homme avec lequel je viens de parler doit vous rester inconnu. Dans un premier temps, une lettre que nous pourrons présenter au premier enquiquineur venu devrait avoir un effet apaisant, sinon paralysant. Ne perdez pas de vue que je me suis portée garante pour votre moralité, Jeff. Il est encore temps de dire si vous êtes coupable, alors peut-être que nous trouverons une filière pour vous faire exfiltrer en URSS.

Elle le regarda en coin, sourire mi-figue mi-raisin.

— Il ne nous reste plus qu'à attendre.

Ce furent trois jours pénibles où André Sagnal tourna en rond, évitant de se laisser emporter par une humeur massacrante. Puis le préposé de la poste vint à *L'Éventre-Loup* apporter la lettre tant attendue. Motus parvint à dire :

— Recommandé, accusé de réception pour Mme Madeleine Granget. Ah ! C'est vous, il faut une carte d'identité et vous signerez ici.

Vu le temps, Jeff le fit entrer :

— Allez Motus, un petit verre de goutte. Pour le retour.

— Sacré nom ! Pas de refus, heureusement, des recommandés j'en ai jamais.

Madeleine prit l'enveloppe. Pas de signe distinctif, juste l'adresse. Elle s'éventa le visage, songeuse, et attendit que le facteur soit parti.

— Voyons ce que ce cher ami m'écrit.

Elle parcourut le document. Sagnal était accoudé au comptoir.

— Bien, voilà qui devrait faire l'affaire, nous donner du temps, je vous lis : « Lettre avec en-tête du ministère de l'Intérieur, adressée à... Et signée de... »

Elle prit un air mystérieux et sourit en passant la feuille sous son menton.

SÉCURITÉ DU TERRITOIRE

Monsieur le délégué régional aux affaires intérieures,

Je vous prie de prendre note que toute action, de quelque ordre qu'elle soit, décidée par les services sous votre tutelle concernant le citoyen André Sagnal susnommé, dans l'enquête préliminaire sur Charlotte Valiev, doit être soumise avant de prendre effet à mon cabinet. Cela concerne les RG, services de police, gendarmerie et instance judiciaire. Veuillez les en informer. Une note plus détaillée suivra ultérieurement si nécessaire.

Acceptez, monsieur le délégué, toute ma considération.

Y était adjoint par un trombone un feuillet manuscrit :

Chère Mado,

Je ne sais pas dans quoi tu trempes, je te fais confiance, mais je ne cache pas ma surprise. J'envoie l'original à ce délégué régional à Lyon. Allons doucement, je n'ai pas d'informations sur ce Sagnal, mais en effet on me confirme une action visant la femme Charlotte Valiev. En ce moment, on est tous sur la corde raide aussi bien dans la magistrature qu'au ministère. Tiens-moi au courant. Ne joue pas trop sur notre complicité, reste neutre.

Je t'embrasse, dès que tu seras à Paris, viens me voir.

Madeleine replaça le pli dans son enveloppe.

— Je ne peux vous la montrer. Mais vous savez tout. Un ami me rend ce service. C'est, à condition que vous soyez bien innocent, un véritable mur. Nul pour l'instant ne peut vous atteindre. À ce niveau, si Mme Valiev a commis une faute, nous le saurons et, dans un cas comme dans l'autre, votre problème sera examiné. Vous n'êtes pas au-dessus des lois.

— J'ai l'impression d'être devant un juge, Madeleine.

— Mais vous l'êtes, cher ami, vous l'êtes. Non, je plaisante.

Sagnal était assis, heureusement.

— Vous m'impressionnez, Madeleine.

— N'y revenons pas, Jeff. C'est ainsi. Depuis le début, le hasard nous poursuit, ne trouvez-vous pas ? Et puis j'ai une nouvelle, ma sœur, Hortense, devrait arriver sous peu. J'aurais préféré qu'elle attende le printemps, mais elle est très énervée dès que sa vie de grande bourgeoise est dérangée. Elle se calmera. Je crois lui avoir trop parlé de vous. Mais elle ne restera pas, juste pour voir le moulin. Elle dormira chez vous. Elle m'a téléphoné avant que ce Lauzier n'arrive. Bien, tout ça ne nourrit pas son homme. Qu'avons-nous pour midi ?

Ils déjeunèrent. Sagnal ne la questionna pas, ce n'est pas l'envie qui lui manquait. À peine terminé, un moteur de voiture se fit entendre. Jeff entrouvrit la porte. Le petit camion Citroën B15 de Touillard pointa son museau suivi par la Fiat Topolino.

— V'là qu'est fait, Jeff, fit le mécanicien. Rien d'grave, la dame avait pris de l'essence pleine de dépôt, un fond de bidon p'ête. J'ai nettoyé l'réservoir et l'reste.

Il tendit un bout de papier quadrillé, un quart de feuille.

Madeleine remercia, paya. Vu qu'il n'avait pas de monnaie, elle laissa un généreux pourboire. Donna une pièce à l'apprenti.

— Avec tout l'espace que vous avez là-dedans, fit-il à Sagnal, vous pourriez y faire un beau garage, hein ? Y pourrait faire très froid dans les jours qui viennent, rentrez-la cette auto et mettez une couverture sur le capot. C'est pas un cheval, ça gèle. J'ai mis dix litres d'essence américaine, paraît qu'elle est meilleure.

— D'où vous sortez ça, Touillard ? Vrai ou pas ? Petit trafic ? Tout ce qui vient des Amerloques est mieux, hein ? Victoire oblige.

— Tout, p'ête pas. J'sais pas si y f'raient bien l'aligot ?

— Vous avez raison, Touillard, chacun sa spécialité.

*

* *

Une semaine plus tard, appel téléphonique de la sœur de Madeleine.

— J'arriverai au Puy-en-Velay trop tard, j'y dormirai, j'ai acheté le petit *Guide Michelin*. Je serai à Langeac le lendemain à 9 h 45. Je prendrai un taxi.

Mais, à Langeac, pas de taxi, elle fut désemparée. Elle téléphona à sa sœur.

— Je viens te chercher avec la Topolino. Attends-moi dans un café, je te trouverai. Ne t'impatiente pas. Les routes sont pas trop bonnes, ce n'est pas le boulevard Haussmann, ma chère sœurette, mais il n'a plus neigé, c'est dégagé. Tu as bien fait de dormir au Puy, je n'aurais pas apprécié de rouler la nuit.

Avec prudence, Madeleine arriva à Langeac. Il était 10 heures passées de cinq. Excitée, Hortense sauta dans les bras de sa sœur.

— Ah ! Mado, tu me sauves… Tous ces paysans me regardent comme s'ils allaient soit me vendre soit m'acheter.

Madeleine, avec un petit sourire de compassion moqueuse, dit qu'habillée comme elle l'était c'était normal.

— Mais je n'ai que de petites choses toutes simples.

— Oui, bien sûr, mais autant le savoir, ils sont presque tous anthropophages. Tu dois leur paraître tendre.

Alors que Madeleine payait son café, Hortense tourna la tête vers les sauvages de Langeac qui ne la quittaient pas des yeux.

— Tendre… murmura-t-elle, effrayée.

Arrivée à l'embranchement de la route Saugues-Vlaniac, Hortense poussa un cri.

— Oh, tu vas me disputer, Mado, je voulais acheter des choses dans ce village, et l'émotion des retrouvailles m'a troublée. Il me faut du petit linge, tu vois, je l'ai oublié sur mon lit et Frantz n'est pas là.

Madeleine demanda quel était le rapport.

— Eh bien, avec lui je n'oublie jamais rien. Tu sais comme il est, si attentif.

— Bien, allons à Saugues, il doit y avoir une mercerie-bonneterie. J'espère qu'on ne va pas tomber en panne d'essence, je vois que l'aiguille descend.

À Saugues, on leur indiqua le magasin. Hortense s'y précipita, comme si la boutique était en train de se faire dévaliser et qu'il n'y restait plus une seule bobine de fil. Pendant que sa sœur remplaçait le linge de corps qu'elle avait distraitement laissé sur son lit, Madeleine alla voir Touillard.

— Oh ! là, là ! Vous venez de Langeac, vous avez pas froid aux yeux.

— Il me faut de l'essence, monsieur Touillard, de l'américaine ou de Haute-Loire. Peu m'importe.

Le garagiste eut un geste théâtral en tournant son bras au-dessus de sa tête, autant que si on lui demandait la Lune.

— J'sais pas si j'en ai bien, doit me rester encore une dizaine de litres.

Madeleine fit la moue. Cette comédie lui échappait. Il lui restait à apprendre. Ici, donner n'a aucun sens, vendre est un art, on joue pas au riche. On aime se faire prier et on fait comprendre que la marchandise est rare. Ça n'empêche pas la générosité mais il faut qu'elle soit comprise.

L'auberge fut en vue à 12 h 30. Hortense resta dans la Topolino, attendant qu'on l'aidât à descendre, comme une princesse. La neige reprit.

— Mais Madeleine, tu ne m'avais pas dit ça. C'est une forteresse, cette auberge.

Puis elle vit Jeff et se précipita sur lui.

— Ah ! Monsieur Sagnal, qu'aurait fait ma pauvre sœur sans vous ? Vous êtes son sauveur, vous avez toute ma reconnaissance. Ah ! Mes bagages, voyons, quelle chambre m'avez-vous donnée ?

En effet, Hortense était très énervée. Jeff lança un coup d'œil interrogateur vers Madeleine, auquel elle répondit en haussant les épaules avec une mimique claire : « Elle est comme ça. » Le déjeuner fut joyeux et s'éternisa. La soirée fut fertile, c'étaient deux mondes opposés qui se découvraient. Hortense posait des questions et n'attendait pas les réponses. Jeff finit par la calmer en ne lui répondant plus. Elle finit par s'en apercevoir.

— Oh ! Monsieur Sagnal, lorsque je suis heureuse, je n'arrête pas de parler.

Puis elle eut un rire apaisé en prenant la main de sa sœur.

VII

Retour d'ascenseur

LORSQU'ILS ALLÈRENT AU LIT, il ne neigeait plus. Vers 1 heure du matin, Jeff entendit du bruit. Peut-être les sangliers. Il se retourna pour se rendormir, mais il perçut distinctement des coups frappés à la porte. Il pensa au gros rouquin à la Monaquatre qui remettait ça. Il alluma et mit le nez à la fenêtre. Aussitôt une voiture démarra et disparut.

— C'est moi, monsieur Sagnal,

— Moi qui ?

— Moi, Charlotte Valiev.

Jeff laissa échapper un juron sonore :

— Bordel de Dieu !

Il se pencha. C'était bien elle. Il dégringola l'escalier en gueulant :

— Elle me les fera toutes, celle-là. Ah, nom de Dieu !

Il déverrouilla.

— Bon sang, que faites-vous là ?

— J'ai besoin de votre aide.

— Mais c'est de la folie, vous venez dans la gueule du loup.

Elle entra et s'appuya le dos au mur, ferma les yeux, oppressée, une main sur sa poitrine.

Les portes des chambres s'ouvrirent et les deux sœurs descendirent en chemise de nuit, vaguement apeurées.

— Que se passe-t-il, Jeff ?

— Oh ! Rien que de très normal, figurez-vous. Madame Valiev que voici, recherchée par toutes les polices de France, de Navarre et d'ailleurs, vient passer quelques jours de vacances chez nous. C'est très naturel, non ?

— Ah ! C'est vous la Russe, pardonnez ma familiarité. Je suis Madeleine Granget et voici ma sœur, Hortense. Venez.

Elle l'entraîna vers le gros poêle que Jeff regarnissait en bougonnant. La fit asseoir.

— Jeff, une tisane, vite, elle est gelée.

— Ce n'est pas une folie d'être revenue ici, madame Valiev ?

— Au contraire, ils ne viendront jamais me chercher là.

Madeleine chercha Jeff des yeux Il répondit à la question muette.

— C'est juste. Bien, on parlera de tout ça demain matin, retournons nous coucher.

— Madame Hortense, n'auriez-vous pas une autre chemise de nuit ? Je suis démunie de tout.

— Ne vous inquiétez pas. Suivez-moi, on va s'arranger.

Le calme revint doucement à *L'Éventre-Loup*. Voilà que Jeff se retrouvait avec trois femmes sur les bras, dont une pouvait présenter l'intérêt d'une grenade dégoupillée. Le sommeil fut long à revenir. Car tourna dans sa tête le « Ils ne viendront pas me chercher là ».

Qui « ils » ?

Le matin, de crainte d'une irruption intempestive de la maréchaussée, Jeff installa la Valiev sous la soupente, dans l'infirmerie improvisée. Par précaution, il regarda s'il avait suffisamment reneigé pour que les traces de la voiture fussent effacées. Avec Lauzier, le moindre indice devait être traqué. Combien de temps attendrait-il avant de venir le chercher ? La lettre de cet homme providentiel ne le rassurait qu'à demi.

Il ne fallait surtout rien changer à leur vie. Sûr que le brigadier trouverait bizarre la présence d'une seconde femme à *L'Éventre-Loup*. Tous les quatre rassemblés, il fallut donner quelques explications à Hortense qui débarquait. Madeleine savait des choses, mais Charlotte Valiev dut révéler le fond de l'histoire. Pourquoi cette traque impitoyable ? Quelles graves présomptions pesaient sur elle ?

— Je crois que les services du contre-espionnage épluchent tout et ils ont fort à faire avec les dénonciations politiques ou simplement mouchardages ménagers. Ça peut aller du véritable espion à un malheureux voisin de palier ayant la malchance d'avoir été trop insignifiant durant la guerre, aux yeux de certains. Pourquoi avoir une attitude aussi terne si on n'a rien à se reprocher ? C'est louche. Vous savez, il s'en passe dans un cerveau tourmenté par l'envie ou la simple volonté de nuire, la bêtise. Le problème est simple : tout repose malheureusement sur mon mari Alexis Valiev.

Charlotte s'arrêta, comme si elle en avait terminé.

— Et ?... tenta de relancer Madeleine.

— J'y viens. Lorsque nous nous sommes mariés à Kiev en 41, Alexis était pilote de chasse, certes il avait adopté la « religion » bolchevique, mais s'en tenait à son activité militaire. Puis il devient le meilleur de son escadrille avec plus de vingt-cinq combats aériens victorieux. Survint alors cette grave blessure à l'épaule. Alors, en récompense de ses services à la patrie, outre ses décorations, il lui fut proposé différents postes. Il choisit la France puisque j'y étais déjà retournée. C'était un peu délicat, car dans un premier temps l'action devait être souterraine, le Parti communiste français étant encore en quasi-clandestinité. Thorez était à Moscou où étaient soignés ses problèmes cardiaques. Vous savez qu'il avait déserté l'armée française en 39. Bien, Alexis voulut approfondir les choses. Qu'attendait-on de lui ? Les autorités tournèrent un peu autour du pot, disant que c'était à but humanitaire, un recensement des besoins des ouvriers ayant perdu leurs biens dans la guerre. Comme si l'URSS n'avait pas assez à faire avec les siens. Mais ce n'était pas discutable, la proposition se transforma en ordre de mission. Il comprit qu'à décliner l'offre il s'exposait et que sa notoriété de héros soviétique ne pèserait pas lourd. Il obtempéra. Pour moi, les faits s'arrêtent là. J'ignore ce que peut avoir la DST dans son dossier. Je dois dire qu'avec Alexis ça n'allait plus trop. J'aurais aimé qu'il me rejoigne à Paris plus rapidement. Il avait changé, ce que j'attribuais à sa blessure qui le faisait souffrir et la frustration de ne plus pouvoir voler. Mais hélas, un jour, au cours d'une mission de quarante-huit heures, je découvris dans son portefeuille la photo d'une jeune femme en uniforme. Une fille belle, très jeune, aux traits slaves accentués. Il ne me mentit pas. Elle avait été son infirmière durant son hospitalisation et sa convalescence, puis sa maîtresse. Dès lors, je ne le vis plus beaucoup et j'étais incapable de savoir quelle était son activité. Formation d'un programme d'aide, formation de cadres politiques ou espionnage.

Charlotte Valiev fit comprendre par une mimique qu'elle ne pouvait en dire davantage. Il y eut une minute de silence durant laquelle les deux femmes s'interrogèrent. Madeleine commenta :

— Mariée à cet homme, vous êtes considérée comme complice.

— Là est le problème, car je ne sais pas ce que mon mari a fait. J'ai conservé un contact russe important. Il faisait partie du KGB, mais nos relations étaient d'ordre privé. Non, pas ce que vous croyez. Certes, il était très amoureux de moi, mais je ne lui ai jamais donné sa chance. Néanmoins, c'est un fidèle, il m'a contacté en juin dernier pour me mettre en garde sur d'éventuelles poursuites. Selon lui, je serais fichée au service de contre-espionnage et, paradoxe, alors que mon mari est mort, je risquerais de payer pour lui en quelque sorte. Il m'a encouragée à quitter Paris.

— Mais payer quoi ? La France est un pays de droit, madame Valiev, nous ne soupçonnons ni n'arrêtons les gens comme ça. Il faut des preuves.

Sagnal intervint :

— À mon avis, ils s'en foutent. Ils veulent faire le ménage en grand, tant pis pour la casse. Dix agents de raflés avec deux innocents, c'est toujours mieux que rien. Lorsqu'on sort d'un conflit avec soixante millions de morts, on ne chipote pas, que voulez-vous que j'vous dise. S'ils veulent tout décortiquer, ils en seront encore là à la prochaine guerre. Et en ce moment les Russes veulent profiter au maximum de l'instabilité européenne dans le camp de l'Ouest, la France peut changer de camp, puis l'Italie, etc. Deuxièmement, parce qu'ils sont devenus la seconde puissance mondiale face aux Ricains qui eux ne veulent pas se laisser déborder. La chasse est ouverte. Je crois que vous pourriez avoir des problèmes. Inculpée d'intelligence avec une puissance étrangère. C'est le summum. S'ils ont le moindre doute, ils vous coffreront.

Madeleine Granget fut touchée par cette histoire de femme amoureuse, entraînée dans le tourbillon de la guerre, bafouée, abandonnée dans une situation inique.

— Vous allez rester avec nous, Charlotte. Je crois en effet qu'ici vous ne risquez rien. C'est dans l'œil du cyclone que règne le calme. Mais vous ignorez que Jeff est également mêlé à votre histoire.

— Comment ?

— Je vous ai hébergée, cela suffit. Ils ne comprennent pas pourquoi vous êtes venue ici direct, sans qu'il y ait accord entre nous. Ça, je peux l'admettre. Et c'est ce que vous ne nous avez pas expliqué, Charlotte. Mais, si cela vous est impossible, laissons tomber. Cela dit, par indiscrétion j'ai su que notre curé en sait plus que nous sur votre compte par son ami, Arnaud, le chef des résistants communistes de la zone.

— Ah ! On avance, mais ce n'est pas tout à fait ça. Arnaud Lagier est un contact régional du PCF central, c'est comme ça, le début du noyautage. L'action politique est toujours relayée par un réseau de formes multiples : actions caritative, culturelle, sociale, politique, subversive. Alexis, vu ce qu'il avait été, restait tout de même imprimé sur leurs tablettes. Ils me proposèrent de me rapatrier en Russie. J'ai refusé en disant que je m'arrangerais pour trouver un refuge dans un endroit perdu du territoire français, que je me ferais oublier. Ils acceptèrent, pensant me garder en réserve, au cas où. C'est eux qui firent le lien avec Arnaud. Vlaniac et surtout la tranquillité de cette auberge emportèrent la décision. Ils établirent un plan simple : je devais arriver ici sans me cacher, en faisant même un peu d'air, vous voyez, par un transport en commun et en plein marché. Une femme originale aimant la profonde nature, ça existe. Quel soupçon aurait bien pu être porté sur moi ? Oh, je savais que les langues iraient bon train et que bien des hypothèses seraient exploitées, et pas toujours délicates, peu m'importait.

— Mais, grand Dieu, reprit Madeleine, pourquoi ne pas avoir changé d'identité ? Quelle erreur !

— Oui, en effet. Mais ce n'était pas aussi simple. Passeport russe, ça aurait ouvert de suite la suspicion et je ne pensais pas tomber sur le brigadier fouineur Lauzier. Énorme bêtise. Je suis impardonnable.

Sagnal prit un air ennuyé :

— Charlotte, qui vous a ramenée ici ? C'est celui qui était venu avec la Peugeot 202 beige ? Bah ! C'est sans importance.

En fait, il pensait que ça pouvait être Arnaud Lagier.

*

* *

L'Éventre-Loup dut s'habituer à ces mouvements de femmes avec un Jeff Sagnal un peu déboussolé. Charlotte devait rester extrêmement prudente et tout le monde était en permanence en alerte, aux aguets pour elle de l'arrivée d'une auto. Jeff prit la précaution de fermer la porte pour le cas où une personne montée à pied du bourg entre brusquement et la surprenne. Il serait toujours temps de l'ouvrir dès qu'on aurait loqueté ou frappé. Elle ne pouvait pas rester en permanence dans la soupente. Cela changea la vie. Hortense était exubérante et, en pure perte, Madeleine essayait de la calmer. Cette histoire rocambolesque l'avait excitée.

Sagnal avait du mal à s'y adapter, tout en elle était si éloigné de lui. Il voyait comme une drôle d'idée d'être venue ainsi, l'hiver, à Vlaniac. Mais personne n'avait pu l'en dissuader. Il faut dire qu'elle n'avait jamais vu le moulin Richaud, par sa faute, car elle ne voulait pas mettre les pieds dans la « cambrousse », lui confia Madeleine. Si Jeff voyait Madeleine s'y installer sans problème, il ne croyait pas que sa sœur puisse y rester plus de trois mois d'affilée, l'été. Au reste, il trouvait curieux cette volonté de l'aînée d'entreprendre ces coûteux travaux sans certitude. Si beau fût-il, le moulin n'offrait pas un confort suffisant pour assurer à une femme seule, que l'âge n'épargnerait pas, de résister à une certaine solitude. Qu'avait Madeleine en tête ? Aurait-elle eu un compagnon laissé à Paris, capable de faire marcher cette maison ? Son beau-frère, l'Alsacien, ce Frantz, voudrait-il rester ? Peut-être avait-elle assez de moyens pour prendre du personnel. Et cet enfant autiste, dont Hortense ne parlait pas, qu'en ferait-elle ?

Était-ce simplement pour l'amour de ce père qui avait désiré et acheté le moulin ? L'avait-il fait justement en pensant à elles ? Pour que dans ce monde de brutes elles aient toujours un repli possible, loin des effervescences politiques, sociales, des jaillissements révolutionnaires, de la guerre, qu'en sa qualité de chef d'entreprise il devait craindre. Ces mouvements peuvent tout abattre, le bon comme le mauvais.

Le maître de *L'Éventre-Loup* n'était pas très à l'aise face à l'affaire Valiev et Madeleine avait des difficultés à lui faire partager son optimisme. Il se retenait de fuir dans la montagne, sur les plateaux, hors d'atteinte, pensait-il. Il tentait de se persuader que la lettre qu'elle avait lue était un gage rassurant. De qui émanait-elle ? D'un haut fonctionnaire probablement. Les Pouchet-Fenier devaient avoir des relations.

Arrêterait-elle une action contre lui si la justice maniaque de pureté nationaliste trouvait une faille ? Les investigations devaient se poursuivre avec seulement l'obligation d'informer la hiérarchie avant d'agir. Ça pouvait lui laisser le temps de foutre le camp avec le risque d'aggraver son cas. Lauzier forgeait-il ses armes ? Il devait jubiler et déjà voir pas moins d'une barrette de lieutenant de gendarmerie briller sur ses manches.

Que manquait-il au récit de la Russe qui pourtant semblait sincère ? Le curé avait-il des informations par Arnaud ? Il alla le trouver. Mises bout à bout, les moindres bribes pouvaient avoir de l'importance. Avant de monter à l'église, il entra chez Maguy.

— Tu te fais rare, mon bébé, le moqua-t-elle.

Maréchal, les coudes écartés sur le comptoir, rigola, mais resta prudent devant l'air renfrogné de Jeff.

— Allez, donne-moi un café, j'vois que t'as le matériel. Le Besle, il en faisait pas. C'est du vrai ?

— Cinquante-cinquante. Mais paraît que ça va venir. Si tu as une combine avec l'auberge, pense à moi.

— J'en ai pas.

Gustave, voyant qu'il n'engageait pas la conversation et qu'il était plutôt mal luné, leva le camp. Il fouilla dans ses poches, y enfonçant les mains presque jusqu'aux coudes, à croire qu'elles étaient crevées.

— Merde, j'avais cinq francs, j'ai dû les perdre. Maguy, marques-y sur l'ardoise.

Jeff mit quelques pièces sur le zinc.

— Laisse, c'est pour moi, à charge de revanche quand tu les auras retrouvés, tes cinq francs, hein ?

Le Gus eut un mouvement du torse qui n'appartenait qu'à lui, et la tête qui suivait. Il porta un doigt à son béret et sortit en mâchant des mots qui ne sortirent pas.

— J'sens qu't'as quelque chose à me dire, Maguy. Vrai ?

— J'ai vu tout à l'heure un type qu'est pas d'ici tourner dans le bourg. Il est passé deux fois par-devant le bistrot.

— Et alors ? Un type qui veut acheter une maison ? Y a celle de Maryse Chavalin à côté. Les enfants veulent vendre, j'crois bien.

— Non, il l'a pas regardée. Il est allé s'adosser contre le tilleul, comme si on était en été, et a tiré une cigarette. Le père Nalau passait, il lui a demandé du feu. Lui, tu sais comme il tremble, n'arrivait pas à allumer son briquet. Le type a eu un geste, de dire « ça va », et a gardé sa cibiche éteinte au coin de la bouche. Il a quitté son poste depuis deux minutes, y doit pas être loin.

— Bon, merci pour l'info, Maguy, j'te laisse.

Jeff rebroussa chemin, direction *L'Éventre-Loup*. Ce gars cherchait quelque chose qui pouvait le concerner. De loin, il le vit, ralentit sa marche. À l'angle de la dernière maison du village, une voiture était garée. Une 11 légère. Pourquoi n'était-il pas monté jusqu'à la place ? Jeff accéléra et arriva juste au moment où l'auto se dégageait pour prendre la route. Il leva un bras. L'auto s'arrêta.

— Si vous allez dans la direction de Grandieu, pouvez m'emmener des fois ?

— Vous allez où ?

— Oh, c'est pas loin, jusqu'à l'auberge, mais j'ai une patte qui traîne.

— Ah ! Montez, vous y travaillez ?

— Oui.

— Doit pas y avoir beaucoup de clients en ce moment ? Faut dire qu'ici c'est plouc et compagnie. Comment on peut vivre dans un endroit pareil ?

— Faut y être né, c'est sûr.

— C'est un dénommé Sagnal qui tient ça, on m'a dit ?

— C'est mon patron. Un pénible. C'est du genre à vous envoyer du plomb à grive dans l'cul comme j'vous dis bonjour. Ouah ! Faut pas l'chercher. Moi, j'fais mon boulot tranquille et pour c'qu'y m'paie.

— Y reçoit du monde ?

— À part les clients habituels, non. Représentants, forestiers, chasseurs, pas plus.

— Y a pas une femme qui était passée ces temps derniers ?

— C'est possible, mais moi chui resté à l'hôpital de Saugues un mois, ma jambe. P'ête qu'elle est v'nue dans ce moment. Vous, votre bourgeoise vous a plaqué et vous pensez qu'elle est dans le coin avec son voyou ? J'me trompe ?

— Dites, vous êtes pas mal dans votre genre.

— Les femmes, c'est comme les anguilles, mon pauvre. Allez, on arrive, laissez-moi avant, faut que j'attrape du bois au bûcher, sinon le Sagnal va me souffler dans les bronches.

Jeff descendit et boitilla pour la vraisemblance. Le gars manœuvra pour faire demi-tour. Un instant, il craignit que Madeleine ou Hortense ne sorte. Sa conviction fut faite. Ce type était un renifleur. Avait-il tout gobé ?

*

* *

Deux semaines passèrent dans une totale léthargie. Quelques clients vinrent déjeuner à l'auberge et l'un d'eux y dormit. Cela posa le problème de Charlotte Valiev qui ne pouvait plus bouger. Était-ce un autre renifleur ? La jeune femme dut véritablement faire la morte. Elle se plia à cette immobilité très inconfortable. La soupente était sonore, le moindre choc résonnait dans cette structure de châtaignier. Puis, peu à peu, une certaine sérénité reprit le dessus et l'atmosphère se détendit. Jeff convint qu'il s'était peut-être trop inquiété. Si Lauzier ne s'était pas pointé, c'est qu'il n'avait pas le feu vert de ses chefs et qu'eux-mêmes n'avaient rien sur lui, voire rien non plus sur la femme Valiev, et que la lettre était arrivée en haut lieu. Pour Hortense, la bonne humeur fit place à la morosité. Elle se demandait ce qu'elle faisait là. Pas inquiète, simplement perdue dans cette grande maison. Le moulin avait disparu de ses préoccupations, cependant elle repoussait sans cesse son départ. Charlotte la captivait, jamais elle n'avait vécu de près une situation si dangereusement romantique. Car c'est avant tout ce qu'elle retenait de l'affaire. Le drame lui échappait. Ce n'était pas le cas de sa sœur. Beaucoup plus réaliste, Madeleine n'ignorait pas que la période d'après-guerre était instable au niveau de l'état d'esprit général et toutes les scories que le conflit avait laissées derrière lui. Bien des erreurs pouvaient encore être commises en cette funeste période.

*
* *

La petite débâcle commença prématurément vers début mars. Brusquement, des températures anormalement douces remontant des rives méditerranéennes vinrent caresser les plateaux, vallonnements et collines de la Margeride et du Gévaudan. En moins de six jours, la couche neigeuse se tassa et cette fonte partielle libéra des rigoles et petits ruisseaux qui dévalèrent les pentes, gorgeant les fossés, creusant les drailles, emportant terre et pierraille en de multiples chuchotements et gargouillis, jusqu'au formidable murmure de midi à 14 heures, avant que le gel nocturne ne revienne et stoppe cette hémorragie.

Le paysage resta blanc en grande partie, mais ici et là des lignes sombres apparaissaient et laissaient voir la terre des cultures, le vert des prairies. Les branches de sapin, ces grandes ailes libérées de la neige gelée, se relevaient d'un coup donnant l'impression que l'arbre s'ébrouait avant de prendre son envol. Au grand dépit des gosses, les glissoires perdaient leur brillance de glace, fondaient lamentablement et ils y pataugeaient, navrés. C'était une période où s'installait un vague à l'âme avant que les premières pousses nouvelles percent, que les oiseaux s'affolent. Les mâles brouillons allant et venant sans but apparent, dépensant une incroyable énergie pour rien d'autre que séduire les femelles, bien plus calmes. Choisis, ils consentent à s'investir dans la recherche d'un endroit favorable à la construction du nid. Les insectes encore frigorifiés étaient plus longs à se mettre en œuvre. Ici ou là, trois ou quatre abeilles audacieuses partaient en reconnaissance. Les fleurs les plus précoces n'étaient que des boutons et elles tournaient autour, désolées qu'elles ne s'ouvrissent pas encore. Parfois quelques-unes, en avance, laissaient leurs corolles entrouvertes, mais inaccessibles. Une allure prude, chaste et on pouvait les imaginer baissant les yeux face aux assauts énervés des hyménoptères. Cela dit, les Vlaniacois n'étaient pas dupes, l'hiver n'avait pas abandonné la partie. Jusqu'en avril, les chutes de neige pouvaient être importantes. Quelquefois, après cette mise en bouche printanière, c'était une sévère reprise en main du général et les femmes trop optimistes regrettaient d'avoir sorti leurs géraniums trop tôt.

Le matin du 10 mars, à 6 heures tapantes, des coups sourds furent frappés à la forte porte de *L'Éventre-Loup*.

— Gendarmerie nationale, au nom de la loi, ouvrez !

Jeff fit un bond sur son lit comme si un ressort l'avait propulsé. Il sut d'emblée qu'il était fait. Dans sa tête tournoyèrent des idées insensées de fuite, de tenter un coup de force, faire péter son douze pour qu'il puisse sortir. Après, ils auraient eu du mal à le suivre, mais jusqu'à quand ? Ils finiraient par l'avoir. Jeff Sagnal, la mort dans l'âme, descendit l'escalier devant les deux femmes en tenue de nuit. Il porta son index sur ses lèvres, puis le leva vers les combles. Charlotte ne bougeait pas, elle avait sûrement compris. Il déverrouilla la porte.

— Vous, Lauzier ? Que me voulez-vous ?

— Nous avons un ordre de perquisition, à moins que vous demandiez à la deuxième femme que vous hébergez de se montrer. Ne finassez pas, nous savons.

— Madeleine, Hortense, descendez.

— Mesdames. Bien, vous, je vous connais, vous êtes madame Granget. Mais vous, qui êtes-vous ? Nom et qualité, vos papiers.

Madeleine se précipita :

— C'est ma sœur Hortense, Hortense Junkers. Elle habite Strasbourg.

D'allure très mondaine malgré sa chemise de nuit et le châle jeté sur ses épaules, Hortense fit face :

— Me rechercheriez-vous, messieurs ? Voilà qui est surprenant. Pouvez-vous me dire la raison de cet interrogatoire matinal discourtois ?

Discourtois… Jeff admira son calme, ce n'était pas l'Hortense quelque peu évaporée. Lauzier toussota dans son poing. Puis, pour s'affermir, entra les pouces sous son ceinturon.

— Je suis désolé, j'ai des ordres.

— De quel genre, monsieur ?

Il fut visible qu'elle l'agaçait furieusement. Mais déjà échaudé avec sa sœur, il ne savait plus trop s'il devait faire preuve ou non d'autorité. Les deux gendarmes se tenaient cois en encadrant la porte. Lauzier ne répondit pas à la question posée. Il se tourna vers Jeff :

— Auriez-vous par hasard revu Mme Charlotte Valiev ou eu de ses nouvelles ? Nous avons de bonnes raisons de croire cette femme en danger.

Sagnal haussa les épaules.

— Pas vue, non, des nouvelles, non plus. On n'était pas cul et chemise. Elle m'a presque tout payé du séjour, alors !

— Si elle vous doit, pouvez porter plainte pour grivèlerie.

— Curieux, vous sembliez avoir des bons sentiments pour elle il y a deux minutes, et là me faudrait l'accuser.

— Bien, André Sagnal, vous n'avez pas cru bon répondre à notre invitation à vous rendre à la gendarmerie de votre proche chef. Nous devons donc vous y ramener.

Madeleine prit une mine sévère et fronça le front.

— Ne feriez-vous pas du zèle, brigadier ? Motif de cette interpellation ?

Visiblement, Lauzier n'attendait que ça. Il tira d'une petite sacoche de cuir un papier qu'il tendit sous le nez de Madeleine, la mine conquérante. Il fallait casser la rébellion.

— Et ça ?

Jeff intervint car, à trop le titiller, il risquait de se cabrer et en représailles entreprendre la perquisition, bien qu'il eût obtenu satisfaction pour la seconde femme. Que la Valiev fût au-dessus de sa tête ne l'effleura pas. Toutefois, il était renseigné. Qui ? C'est la question que se posa Jeff, il se fit distant :

— Ça va, madame Granget, je les accompagne, ça s'ra pas long.

Madeleine fut sur le point de sortir la lettre, mais se ravisa, cela risquait de bloquer les choses et que Sagnal ne sût pas le motif invoqué. Il serait toujours temps.

— Prenez quelques affaires, Sagnal, et on y va.

— Je vous laisse la boutique, mesdames, mettez le panneau « fermé », vous serez pas dérangées. Ce sera la première fois, il a jamais servi.

La Juva, fidèle à elle-même, démarra avec quelques hoquets. Elles attendirent un bon quart d'heure avant de délivrer Charlotte.

— Oh ! Je suis navrée, tout ça est ma faute. Qu'allons-nous faire ? Le mieux est que je me livre.

— Ça ne servira à rien. Ils en auront deux pour le prix d'un. À midi, on téléphonera à la gendarmerie. Ce Lauzier fait ça à l'intimidation. Ils n'ont pas l'ombre d'un fifrelin de preuve contre lui, pas ça !

Elle fit claquer l'ongle d'un pouce derrière ses dents. Il ne s'était pas passé une heure que l'on cogna contre un carreau. Les femmes ne bougèrent pas, seule Charlotte regagna sa planque.

— C'est moi, Octave. Jeff, qu't'as ? T'es malade ? T'à l'heure, j'ai vu les bleus qui tournaient en bas pour reprendre la route de Saugues. Faudrait pas qu'tu soyes malade, sinon j'vais appeler du monde.

Que tout le village rapplique n'était pas bon. La Valiev invisible, que risquaient-elles à ouvrir ?

— Qu'ia, m'dame ? Jeff est pas là ? Tirez pas peine, j'suis son ami.

— Les bleus, comme vous dites, l'ont embarqué.

— À cause des sangliers ?

— C'est ça, les sangliers.

— Oh, y va payer une amende, s'ra là tantôt. J'vois qu'le poêle est mort, j'vais vous l'rallumer. Faut pas rester à rien faire dans l'froid.

Octave dégagea les cendres, puis plaça dans le foyer du journal chiffonné, des brindilles de pin avec leurs aiguilles et par-dessus des bûchettes de hêtre. Il récupéra un morceau de bois carbonisé sur le bout duquel il souffla. Du rouge apparut, il l'attisa encore jusqu'à ce qu'une légère fumée s'élève, puis l'approcha du papier. Une petite flamme se mit à grésiller en grignotant les aiguilles, puis les rameaux de résineux. Le feu se propagea par-dessous en se tortillant, se régalant de ce combustible bien sec. On eût dit comme une petite bête vive qui sautait ici et là, revenait dévorer une branchette qui n'entendait pas se laisser faire, refusait de s'enflammer, puis d'un coup une longue flamme jaune et orangée s'éleva. Aussitôt, Octave plaça un gros tronçon de branche qu'elle lécha avec gourmandise.

— Faudra le surveiller, hein. Bon, j'm'en retourne.

— Parlez pas des gendarmes, Octave, d'accord ? Buvez un coup avant de partir.

— Ma foi, c'est pas d'refus.

En deux coups de coude, Octave vida son verre de rouge et ne s'opposa pas à une seconde rasade.

Elles le regardèrent partir dans cette démarche heurtée, ce déhanchement bizarre, jambes et bras écartés, le corps en avant, rattrapant une chute probable à chaque nouvelle enjambée.

À midi, Madeleine appela la gendarmerie.

— Je suis madame Granget, je veux des nouvelles de M. Sagnal, André Sagnal.

— Un moment.

— Il n'est pas chez nous, il a été convoyé au tribunal du Puy. Demain, à 14 heures, y passe chez un juge d'instruction. Il pourrait être inculpé selon la loi.

— Quoi ?

— Je peux pas vous en dire plus.

Le gendarme raccrocha.

Sans attendre, elle appela le mécano Touillard :

— J'ai besoin de vous, Trouillard, votre prix sera le mien. Y a-t-il un taxi à Saugues ?

— Y en avait, mais c'est moi qu'ai sa voiture et elle s'ra pas faite avant la fin de semaine.

— Vous pouvez avoir les horaires des trains Langeac-Le Puy ?

— Des fois, j'en prenais un à 15 h 10.

— Alors venez me chercher.

— Ben… et votre auto ?

— Y a pas de ben, Trouillard, j'ai plus assez de carburant. Je vous attends, c'est une question de vie ou de mort.

Furieuse, elle raccrocha.

— Ah non ! Ça marche pas comme ça. On dit pas la loi c'est la loi pour faire n'importe quoi. Ils vont m'entendre.

Le mécano arriva à 13 heures.

— Vous savez, j'avais les mains dans un moteur et…

Elle le coupa en rectifiant son lapsus :

— Ça va, Touillard, je vous remercie, j'ai le temps de vous faire un café et on repart. Le train, c'est bien 15 h 10 ?

Il opina en soulevant sa casquette.

— Mais où on va ?

— À Langeac, Touillard, à Langeac.

— Ah ben non, c'est trop de route et puis ça s'ra nuit. J'y vais pas.

Touillard, comme elle disait, s'arc-bouta. Il était inutile de discuter. Elle négocia avec un beau pourboire en plus du déplacement.

— Le matin, y a un train à 10 heures, madame.

— Alors demain, concéda-t-elle.

Ainsi fut fait.

Le lendemain, à midi, elle déjeuna au Puy et ensuite rejoignit le tribunal. Elle entra en trombe. Le lieu étant plutôt calme, elle se fit remarquer. Elle avisa au fond de la grande salle un bureau avec un planton. Un petit comptoir était devant lui.

— Pouvez-vous me renseigner, jeune homme ? Je désire savoir où se trouve à l'instant le sieur André Sagnal. Il est attendu par un juge d'instruction à 14 heures

— Je vais voir… madame…

— Granget, Madeleine Granget.

Le jeune homme, en fait un gendarme, œuvra au téléphone, puis il disparut et revint, navré.

— Effectivement, le dénommé Sagnal est chez le juge d'instruction Poutrasse. Si vous n'avez pas rendez-vous, ce sera impossible.

— Vous croyez ?

— J'en suis sûr.

— Bien, dites à votre supérieur qui fait obstruction, ce que je comprends, qu'il s'agit d'une affaire particulière et que j'ai là une lettre d'introduction du ministère de l'Intérieur. Voici... (Elle sortit la lettre.) Voyez l'intitulé, ne lisez pas le texte, cela ne vous regarde pas.

Re-téléphone.

— Non, monsieur le directeur, elle ne veut pas partir. Oui, une lettre adressée au délégué régional à la sécurité du territoire venant du ministère de l'Intérieur. Bien, monsieur.

— Il arrive, madame...

— Granget, vous ne l'oublierez pas !

Un petit homme rondouillard, qui ne semblait pas avoir trop souffert des restrictions, s'arrêta à trois mètres.

— Vous êtes dans un tribunal, madame, pas dans une épicerie en demandant le patron.

— À vrai dire, je ne l'avais pas remarqué tout de suite. Il me faut voir d'urgence le juge d'instruction Poutrasse.

— Impossible.

— Mais si voyons, il vaut mieux qu'il me reçoive avant que le délégué à la sécurité du territoire n'intervienne. Lisez.

Le directeur se saisit de la feuille avec dédain, ajusta ses lunettes, les ôta puis les réajusta.

— Mais... c'est à quel sujet ?

— Secret-défense.

Il avala le premier mot… fit :

— Défense ? Bien, je vais voir, madame…

— Granget, madame Granget, vous n'oublierez pas ! Et je veux le voir avec le prévenu Sagnal.

Il s'en alla à petits pas serrés, se retourna deux fois pour voir si la dame était toujours là, qu'il ne s'agissait pas d'un canular. Dix minutes plus tard, elle fut conduite à l'étage, dans un long couloir impersonnel avec une série de portes capitonnées. Des bancs étaient disposés ici et là et au fond elle vit deux gendarmes assis.

— Ah ! Vous êtes là, Lauzier. Vous attendez votre tour ? Vous craignez d'être inculpé pour abus de pouvoir ?

Les nerfs du brigadier lui jouèrent un tour car, contre sa volonté, il quitta son siège.

— Mais que venez-vous faire ici ? C'est une audience privée, vous n'avez pas le droit et…

La porte capitonnée s'entrebâilla. L'homme qui se tenait dans l'ouverture lui fit signe d'entrer. Pour rester impersonnelle face à Jeff : elle l'interpella avant de saluer le magistrat :

— Ah ! C'est vous, André Sagnal. Bien. Bonjour monsieur le juge, avez-vous compris ma démarche ?

— C'est-à-dire que, enfin, non. Je vous reçois exceptionnellement.

— Qu'instruisez-vous, le dossier Charlotte Valiev ou André Sagnal ?

— Dossier Valiev, en effet.

— Et M. Sagnal est inculpé ?

— Non, il est là comme témoin.

— En somme, aucune charge contre lui ?

— Disons des suspicions. Dans son auberge de Vlaniac, il a reçu Mme Valiev.

— Une cliente, simplement.

— Pas ordinaire.

— Était-il censé le savoir, monsieur le juge ?

— Oui et non.

— Que je sache, pour la justice c'est l'un ou l'autre.

— N'oubliez pas que nous sommes dans une période encore troublée. Nous devons employer des procédures adaptées.

— Vous voulez dire expéditives ? Voici la lettre dont j'ai fait état. La signature évoquera son auteur. Voyez.

Le juge Poutrasse lut et se trémoussa sur son fauteuil. Il fit signe à son greffier, d'une dénégation de tête, de ne rien noter.

— Je suis certaine que vous rejoignez les préoccupations de ce haut responsable de la République qui préfère les procédures classiques dans le strict cadre des lois. La justice, rien que la justice. Il soupçonne une mauvaise interprétation des faits et un acharnement de la gendarmerie à mettre M. Sagnal en difficulté, une inimitié peut-être. S'il est coupable de quoi que ce soit, il devra payer, soyons clairs. Mais, pour cela, il faut des preuves solides, au moins une, et là ce n'est pas évident, n'est-ce pas ?

— Mais vous êtes quoi, vous, au juste ? sembla se rebiffer le juge.

— Rien, je ne suis rien. Mais si j'étais quelque chose, cela ne vous regarderait pas, sauf d'être inculpé. Ne me forcez pas à adopter vos procédures « adaptées ».

— Que diable ! Je ne pensais pas à cela, voyons, madame… madame Granget.

— Il y a des situations spéciales, notamment le cas Valiev, qui font intervenir des gens, disons, non répertoriés.

— Des barbouzes ?

— Qu'importe le nom, mais, lorsqu'on doit les pratiquer, moins on en dit, mieux on se porte, monsieur le juge. Bien, j'emmène Sagnal. Vous recevrez une lettre de couverture. Ne soyez pas inquiet. Un conseil d'amie, dès que vous avez du nouveau, quelque chose de sérieux, étayé sur Valiev, informez-en sans tarder le délégué régional à la sécurité du territoire qui transmettra à Paris. On vous en saura gré.

Jeff était resté paralysé sur sa chaise. Il se leva. Dans le couloir, Lauzier rongeait son frein, l'œil noir. Jeff ne lui adressa pas un regard. Madeleine lui adressa un léger sourire avec une inclinaison de tête délicate, puis :

— Je vais rester à l'*Auberge de l'Éventre-Loup* encore une dizaine de jours, venez boire un verre.

Lauzier avança ses lèvres dans une moue incrédule. C'était du lard ou du cochon ?

André Sagnal se remettait doucement de l'intervention grandiose de Madeleine.

— Vous avez un sacré culot !

— Non, une bonne couverture. Bon, à cette heure y a plus de train et puis il faudrait dormir à Langeac. Voyons si un taxi veut nous prendre. Ça coûtera ce que ça coûtera.

Ce fut laborieux. Il y avait une voiture devant la gare, mais le chauffeur déclina l'offre. Toutefois, il dit qu'il avait un neveu qui possédait une Chenard & Walcker et qu'il dépannait des gens quelquefois.

— Allez manger au restaurant *Chez Marcelle*, c'est juste à l'angle de la Verveine Pagès. Dites que Robert vous envoie.

— Y passera même de nuit ?

— Oh ! C'est un fou d'automobile, y vous emmènerait n'importe où, p'ête même en enfer, rien l'arrête, sauf une belle congère ou une jolie fille.

Le neveu, un jeune type, grand, la chevelure ondulée, yeux clairs, assez baraqué, réfléchit trente secondes.

— Merde, j'ai pas de réserve de carburant, j'pourrais aller jusqu'à Saugues, peut-être bien jusqu'à Vlaniac, mais après, pour le retour ? La nuit, tout s'ra fermé.

Sagnal lui proposa de dormir à l'auberge. Ce fut d'accord, il repartirait au matin. Le Touillard aurait bien encore quelques litres d'essence américaine.

Ils se laissèrent emporter.

Ils arrivèrent à grand-nuit. Charlotte et Hortense faisaient une partie de cartes. La Valiev était mieux que la veille. Elle tourna sur elle-même.

— Je suis habillée par Paul Poiret grâce à la garde-robe d'Hortense. Nous avons exactement la même taille, mêmes mensurations.

— Dommage qu'il nous ait quittés, murmura Hortense. Mais Frantz ne s'en plaindra pas, il a toujours trouvé ça à des prix exorbitants. Ma sœur s'habille comme une fonctionnaire.

Madeleine soupira.

— Lorsque tu auras dilapidé ce que nous a laissé père…

Il est vrai qu'Hortense était frivole. Entre sa sœur et elle, c'était cigale et fourmi, mais elles s'aimaient beaucoup.

Jeff était allé au bûcher chercher du bois avec le chauffeur. Lorsqu'il entra, on l'ovationna. Il en fut gêné et fila en cuisine en faisant signe au gars de le suivre.

— Il est pas mal, ce garçon, fit Hortense.

Madeleine trouva la remarque déplacée et le lui fit savoir par un regard réprobateur.

Après avoir regarni le poêle agonisant, il revint un quart d'heure plus tard avec une énorme omelette préparée par le jeune.

— J'aide ma sœur, Marcelle, au restaurant. La popote, ça m'connaît.

Charlotte alla récupérer assiettes et couverts, en passant près de Sagnal elle eut un regard de reconnaissance et dit *mezza voce* :

— Merci à vous deux.

Hortense réclama une bouteille de champagne. Madeleine s'insurgea puis changea d'avis :

— Vous avez ça, Jeff ?

La journée avait mis les nerfs à rude épreuve. Ils se détendirent progressivement et la fatigue les submergea. Charlotte, qui pourtant n'avait pas plus qu'Hortense participé, monta la première. Les quatre dernières marches craquèrent.

Jeff resta un moment pensif.

— Qu'y a-t-il ?... demanda Madeleine.

— Oh rien, Mado, enfin... Sous les pas de Charlotte, les marches du haut ont émis le même grincement que lorsque montait ma mère. Nous avions chacun le nôtre, le mien, celui de mon père et, si dans la nuit l'un de nous descendait, on ne se trompait pas. On ne plaçait pas les pieds au même endroit, et puis la différence de poids.

— C'était une sorte de signature.

— Exactement.

Hortense s'était approprié le jeune en emportant le reste de la bouteille de champagne. Ils discutaient dans le petit salon, parlaient et riaient fort. Jeff profita qu'ils ne puissent entendre.

— Je suis surpris, Madeleine, que vous ayez réussi à emballer cette affaire aussi facilement. Enfin, sauf le juge Poutrasse qui osa, personne n'émit la moindre remarque. Vous auriez pu être une comparse, un imposteur.

— C'est la caractéristique des périodes troubles. Les rouages de l'administration sont encore grippés et, paradoxe, on veut aller vite. Il est vrai que des escrocs en profitent en se faisant passer pour ce qu'ils ne sont pas. Ce qui était vrai hier ne le sera peut-être plus quatre jours plus tard. Alors on se méfie, personne ne veut prendre de risque.

— C'est grave.

— Bien sûr, mais il faut en passer par là, Jeff. Et puis mon ami, l'auteur de la lettre, me sait assez bonne comédienne. Il y avait joint un petit mot gentil en m'appelant Mado, diminutif que vous venez d'employer. Curieux, non ? Cela m'a rajeunie. À cette époque de l'adolescence, il me faisait une cour effrénée, figurez-vous. Mais c'est moi, petite garce, qui l'ai abandonné pour Hubert Perrin-Maillard, grande famille, et son Hotchkiss décapotable. Je ne suis pourtant pas matérialiste, disons que la fusion de ce garçon avec l'Hotchkiss était intéressante. J'étais folle mais n'ai aucun regret.

Rire de gorge en balayant sa frange de cheveux d'un coup de tête. Cette façon de parler rendait Madeleine inégalable. Laduche était cultivé, mais conservait dans son expression une forme campagnarde imprimée par trente ans de sacerdoce dans cette même paroisse de Margeride. Jeff eût aimé avoir une conversation à trois, voire à quatre ou cinq avec Charlotte et Hortense. Là, il est probable que ce voile eût craqué, laissant entrevoir le vernis de ses années d'études au grand séminaire. Il n'en restait pas moins que Sagnal revendiquait son terroir et que le parler un peu fruste d'Octave lui convenait. C'était simplement une autre langue qu'un étranger n'aurait assurément pu comprendre, mais qu'un Français d'où qu'il vienne pouvait apprivoiser, un dialecte émaillé d'emprunts à la langue d'oc.

Madeleine et Hortense montèrent à leur tour. Sagnal approcha deux chaises du poêle, attrapa la bouteille de gnôle et deux verres, fit signe au jeune.

— Approche, tu vas m'en dire des nouvelles.

Ils parlèrent de guerre sans l'avoir voulu. Le jeune avait fait partie des maquisards de la Truyère. Quand ils regagnèrent leur chambre, il était 3 heures.

Dormir lui fut difficile. Être face à un juge l'avait impressionné. Il cogita en demi-somnolence.

Depuis quelques mois, depuis l'arrivée de la Russe, il comprenait qu'il ne fonctionnait plus pareil. Il n'était plus le même. Avant, il pensait auberge-village, c'était son monde. Il en tirait satisfaction. Il n'en demandait pas davantage. Ça rejoignait l'image du lit de laine où il trouvait immédiatement sa place et que pour rien au monde il aurait changé pour un matelas à ressort qui n'accepte pas la forme du corps, que sa trop forte élasticité repousse plus qu'elle ne retient. Chez l'amie de sa mère, au Puy, il y avait dormi, s'y était un peu habitué. Il faut dire que l'enthousiasme de son hôtesse le laissait anéanti et qu'il sombrait à peine avait-elle regagné sa chambre. Il lui arrivait de redouter les trop longues absences du marchand de fromage qui rentrait toujours heureux de ses tournées « cantalouses » et lozériennes.

— Vous somnolez, Sagnal ? lançait son prof de français avec une fausse sévérité. Vous ne dormez pas la nuit ?

— Pas bien, m'sieur.

*

* *

Pour Sagnal, les femmes posaient problème, non qu'il les redoutât, il ne les comprenait pas, enfin c'était compliqué. Émanait-il d'elles des fragrances intimes uniquement décelables par l'inconscient ? Était-ce une façon de se mouvoir pour émouvoir ?

Peu avant que Lauzier ne lui fît ce coup, un soir, seul avec Madeleine, il avait été subjugué par sa façon de se saisir d'un couteau, d'une salière. Des gestes inconnus pour des choses quotidiennes banales. C'était quasi hypnotique et ce fut elle qui le fit revenir sur terre :

— Voulez-vous un peu de vin, Jeff ?

C'était non, mais il dit oui. Se gouvernait-il encore dans cet instant ? Il n'avait pas ressenti le même trouble avec Charlotte. Il s'ébroua, reprit conscience. Il savait qu'il aurait pu partager avec elle une forte amitié. En cas de coup dur, l'aurait-il protégée comme une sœur ?

Pour lui, Valiev n'était pas Charlotte. Restait que le cas Valiev était loin d'être réglé. Le fait d'avoir à prouver qu'il n'y avait rien à prouver quant à une éventuelle culpabilité compliquait tout. L'administration responsable de la sécurité du territoire était empêtrée plus qu'une autre dans les diverses tendances politiques. Les Vlaniacois ne se sentaient pas trop concernés par les luttes politiques intestinales de l'Hexagone, mais dans l'ensemble leur ressenti était que les rouges forts de leurs vingt-six pour cent aux élections, leur programme de république sociale, forts du soutien populaire pouvaient agir en bloquant les investigations dérangeantes. Que les gaullistes intransigeants campent sur des principes républicains de souveraineté, que les radicaux prônent la justice avant tout, démocratie à tous crins, ce qui révoltait de Gaulle qui n'avait aucune confiance en une démocratie sans garde-fou, liberticide autant dire. Il qualifiait cette idéologie, dont ses plus grands adversaires voulaient paradoxalement s'emparer, « la démocrassouille » Pas flatteur. Réalisme gaullien, il en faut, mais pas trop.

Quant aux socialistes, ils surnageaient dans les remous, étranglés entre communistes et radicaux, râlaient contre tout ce qui était pour et l'inverse. Une belle foire d'empoigne. S'y ajoutaient le nationalisme intégral d'Action française, les cathos, le néopaganisme et le fascisme version tricolore qui avait quelques adeptes. Groupuscules qui finiraient par se dissoudre mais qui mettaient du poil à gratter sur une situation déjà bien urticante.

Mais tous étaient certains d'être sur la bonne ligne. Qui plus est, s'exerçait le poids des Russes et des Américains qui estimaient avoir leur mot à dire en tant que sauveur de l'Europe et du monde.

Au matin, le chauffeur démarra sa Chenard & Walcker. Sagnal le regardait.

— C'est le modèle F23 de 39. Le moteur est un peu faible, mais ça marche.

Il fit un clin d'œil à Jeff.

— Dites, la petite dame est généreuse, là j'ai gagné ma semaine. Ça doit être bien par ici l'été, ça se pourrait bien que je revienne avec une belle poule… pour une nuit, ou deux.

Il rigola. Jeff avait prévenu Touillard par téléphone pour qu’il lui délivre dix litres du formidable carburant des libérateurs. Le jeune s’installa derrière le volant, claqua la portière et embraya avec un salut de la main.

VIII

Indécision

SANS SE L'AVOUER, SAGNAL redoutait le départ des femmes. En premier, Madeleine et sa sœur qui n'allaient pas rester à *L'Éventre-Loup* indéfiniment. Hortense, qui était venue pour voir le moulin Richaud, n'y était pas encore allée et ne manifestait aucune impatience. À l'évidence, elle se trouvait bien dans la rusticité de ce qu'elle appelait « la forteresse ». Curieusement, son tempérament fantasque de grande bourgeoise n'y trouvait rien à redire, était-ce un besoin de vie simple, qu'elle se refît une petite virginité sociale ? Il la voyait assez mal abandonner ses précieuses bottines ou ses escarpins pour des sabots. Il eût fallu qu'elle restât quelques mois pour voir si supporter sur le dos autre chose que du Paul Poiret était concevable. Jeff n'y croyait pas. Il doutait qu'elle puisse rester au moulin, sauf que ce Frantz l'imposa. Mais avec Hortense le doute s'imposait quoi qu'il fît pour la combler. Quant à Charlotte, il n'y voyait goutte, incapable d'imaginer la suite. Jeff, avec sa fibre paysanne, aimait savoir où il mettait les pieds, sinon ce n'était pas vivable longtemps. La Valiev aurait pu figurer une porte derrière laquelle on ignore tout de ce qui vous attend, au point de ne savoir s'il est opportun ou non de la pousser. Un présent bancal, un avenir en pointillé.

Un voile planait encore sur sa sincérité. N'avait-elle pas quelques appuis côté russe ? Un repli ne lui avait-il pas été proposé ? Comme pour la mafia, une aide est une dette qu'il faudra payer un jour ou l'autre quoi qu'il en coûte. Du côté français, elle semblait être assez démunie. Le danger venait de là. Faire gober aux RG qu'Alexis Valiev et elle n'étaient rien de plus qu'un couple ordinaire était quasi impossible. Plus les agents français pataugeraient, plus elle serait suspecte. Ils auraient du mal à accepter de s'être fourvoyés. Finiraient-ils par lâcher leur proie ? Il devait y en avoir tant d'autres.

Jeff décida d'aller à Gaillac voir Lauzier. Il mentit à Madeleine en assurant qu'il avait son permis de conduire automobile et emprunta la Topolino sans explications. Il descendit jusqu'au pont en roue libre. Il ne restait peut-être plus qu'un demi-litre de carburant. Au compteur, la flèche était au plus bas. Le brigadier n'avait sûrement pas épongé l'offense du tribunal. Le recevrait-il ?

— C'est une provocation, Sagnal. N'abusez pas de vos appuis, ils pourraient être fragiles.

— Il n'y a pas de guerre, Lauzier, j'ai besoin de vous.

— Non ! Pas possible, vous vous foutez de ma gueule ?

— Voilà, faut sortir la Valiev de ce merdier.

— Vous voulez m'embarquer dans une collusion avec l'ennemi et me faire virer à Biribi ? C'est ça, Sagnal ?

— C'est mieux que le peloton. Calmez-vous. J'ai vu que la cafetière était sur votre cubilot dans la carrée de vos hommes. Offrez-m'en une tasse.

Lauzier faisait la gueule. On voyait que des tas de choses se bousculaient dans sa tête. Pourquoi au juste cet antagonisme avec le patron de *L'Éventre-Loup* ? À vrai dire, il n'en savait trop rien. C'est vrai, Sagnal l'avait souvent pris à rebrousse-poil, mais il avait un *a priori* infondé sur l'auberge. Avait-il été traumatisé dans l'enfance par des histoires de loups que de les évoquer d'une manière ou d'une autre lui était insupportable ? Il porta ses mains à son visage, le dissimula quelques secondes, puis lentement les fit glisser en appuyant des index dans le creux de l'angle formé par la paroi nasale et le globe oculaire, et enfin les joignit devant sa bouche, coudes sur la table.

— Bareille ! appela-t-il. Apportez-nous du café. Oui, elle ne me semble pas coupable, ou alors on est des enfants de chœur. Je vois pas comment vous aider. Buvez pendant que c'est chaud.

Ils posèrent leurs lèvres avec précaution sur le rebord de la tasse et se regardèrent en avalant la première gorgée. Défiance et apaisement mêlés.

— Ça se calme, mais si vous saviez ce qu'on reçoit comme accusations. Tenez, ça c'est d'hier, papier glissé sous la porte, anonymat oblige. Lisez, Sagnal, lisez, c'est à pisser dans son froc.

C'était écrit au crayon à papier.

Jeff le fit *mezza voce* :

— « Monsieur le brigadier en chef, y faut bien qui men coute vous dire que des gens ne son pas corecte dans notre comune. Le maire, y sens fout si vous voyer ce que je veux dire. Y a du trafic de longtant avec l'huile qui vont chercher dans le sud. Au 15 impasse des alouettes, vous trouverez des bidons et des bidons pas déclaré dans la cave, je vous dis que ça. Les gens y zont été trop malheureux pour qu'on le suporte encore. Une patriote qu'a bien souffère avec les Boches et ceux qui disait rien. »

Jeff lui rendit la feuille avec un léger sourire.

— Faut l'encadrer, Lauzier. Qu'allez-vous faire ?

Le brigadier rigola.

— Je vais lui en acheter une bouteille. Oh putain, j'en ai marre de ces conneries. Ici, on a encore de ces saloperies, et plus les villes sont grandes plus y en a. À Vlaniac, vous êtes peinards. Oh ! Je sais bien que ça rumine, mais y gardent ça pour eux. Ils sont moins cons. Faut pas accuser en avril ceux avec qui on va jouer aux boules en juin sous prétexte qu'ils n'ont jamais porté des chaussures à semelle de bois. Faut retrouver les doublettes[1] d'avant-guerre. Non ! Pour Valiev, je vois pas. Si je sais quelque chose, on en parle, d'accord. Mais n'oubliez pas que vous n'êtes pas sorti d'affaire. Je chercherai pas à vous enfoncer, Sagnal, mais faudra que je fasse mon boulot. Vous êtes dans un truc à la con sans le vouloir, c'est possible, mais avouez qu'on peut se poser des questions.

— Merci, Lauzier, venez boire un coup la prochaine fois. Si ça se trouve, j'aurai un morceau de cochon pour la brigade.

— Chasse prohibée, fit Lauzier, paraît que c'est meilleur.

Poignée de main, la première.

Jeff inséra son grand corps dans le petit habitacle de la Fiat Topolino. Il n'aimait rien moins que les guerres. Content, il rentra à *L'Éventre-Loup*. Il avait une nouvelle intéressante pour « ses femmes ». Un sourire éclaira sa gueule de bagnard, car, non rasé comme il l'était ce matin-là, on aurait pu le croire sorti de taule.

Bien que ça ne pût guère avoir d'influence, Sagnal comptait sur les beaux jours pour une éclaircie printanière des ennuis de Charlotte. Avril,

1. *Doublette : la boule lyonnaise se joue par équipes de deux, un pointeur et un tireur.*

les quelques velléités hivernales de mars dissipées, de la neige ne subsistaient que des lèches ici et là et de longues bandes soulignant les fossés. Il y avait encore épais sur les hauts, en forêt. C'était bien, ça ne gênait personne et ça ferait de l'eau.

Pour l'eau, la Margeride n'était pas privée. D'une façon inattendue, son père aimait les paysages africains, les déserts. Il se souvenait avoir, installé sur ses genoux certaines soirées, feuilleté de grands livres sur nos colonies et il restait à contempler les dunes du Sahara, n'arrivant pas à se détacher des vues du Grand Erg, l'Aïr, le Hoggar et le Tibesti avec leurs processions de chameaux, leur population si différente. Un type d'ici, mort lui aussi, avait fait son service militaire à Tombouctou par mesure disciplinaire. Il aimait en parler, disait que depuis il n'avait jamais réussi à étancher sa soif. L'eau n'y faisait rien, mais pour le pinard c'était moins sûr.

Hélas, n'y voyant aucun intérêt, Germaine, sa mère, avait, un jour d'énervement, tout vendu à un brocanteur et arnaqueur de passage. Jamais il ne le lui reprocha, il savait qu'elle regrettait. Pour Jeff, une vie dans ces zones arides eût été impossible. Sans la voir courir, le seul bruit de l'eau lui suffisait. De là à la passion pour le moulin Richaud ?

Délivrés, les quelques champs ensemencés d'orge ou de seigle à l'automne offraient le tapis-brosse encore clairsemé de leurs petites pousses au vert nerveux. Cela ne ferait pas trop baisser le rendement mais les pies et les merles déterraient des graines et malheur aux vers et autres larves qui tombaient sous leur bec avide.

La nature revivifiée sous un soleil encore dolent fit sentir à Jeff qu'il devait se réinsérer. Les affaires Granget, Lauzier, Valiev sans compter le juge Poutrasse, lui avaient fait perdre le cours normal des choses. Il décida que lorsque le brigadier viendrait boire un verre il demanderait à Charlotte de descendre. Cela dit, il ne le ferait qu'avec son accord. Pas coupable, pourquoi la cacher ? Étant entendu qu'il fallait être sûr de la loyauté de Lauzier. Il le relancerait pour qu'il vienne seul, dépouillé de son uniforme tant qu'à faire. Jeff rigola intérieurement en se demandant quelle allure il aurait sans les marques de l'autorité. Il l'imagina plein de tics, cherchant son képi, plaçant ses pouces où était le ceinturon, honteux s'il fût surpris de sa méprise. Lauzier ne serait plus Lauzier. Un bien ou un mal ? Sa coupe de cheveux le sauverait, il resterait Rasdpoils.

*

* *

Depuis 1940, le jazz et ses dérives s'étaient installés dans les milieux existentialistes de la capitale et de quelques grandes villes. En campagne, c'était un mouvement inconnu. À Vlaniac, on n'avait jamais vu de zazou, à peine entendu parler de cette mode à l'esprit contestataire, provocateur.

Ils avaient été pourchassés par les sbires de l'occupant et du régime vichyste. Si les jeunesses collaborationnistes en attrapaient, elles les tabassaient, le cas échéant leur rasaient le crâne, ne supportant pas cette « déchéance » morale, cet exhibitionnisme vestimentaire, prônant selon eux un « avachissement » de la race humaine. Un je-m'en-foutisme assumé, comme une révolte, s'appuyant sur les nouveaux codes de la jeunesse américaine et cette musique syncopée spécifique du rythme swing. Aussi, lorsque débarqua à *L'Éventre-Loup* une bande de ces dandys excentriques, le choc fut violent.

Bien qu'il fasse encore froid, ils arrivèrent dans une voiture américaine décapotée, Packard lourde de chromes, vautrés sur les sièges pour certains, assis carrément sur la capote repliée ou sur les portières en gesticulant et braillant des airs syncopés qu'ils rythmaient sur la carrosserie. Trois garçons et deux filles. Jeff avait entendu le bruit d'un avertisseur. Depuis une minute, le chauffeur le maintenait en action et, lorsqu'ils arrivèrent devant l'auberge, il accompagna les chanteurs en cadence. Puis tout ce beau monde se précipita dans l'auberge.

Jeff fronça les sourcils.

— Eh là, vous autres, où allez-vous ? C'est pas un bordel, ici. Vous allez me foutre le camp, sinon je vous aide.

Celui qui pouvait passer pour le meneur de l'équipe s'assit avec désinvolture sur une table.

— Des chambres, aubergiste, et du vin !

Rigolade générale, on se bouscule.

Le gars était dans les critères vestimentaires zazous de la mode anglo-américaine. Veste à dominante jaune et verte, dessins géométriques fondus sur de fines rayures rouges, les pans très longs, pantalon exagérément large ou serré et chaussures aux semelles de crêpe très épaisses. Chevelure abondante et haute ou désordonnée. Petite moustache à la Clark Gable pour l'un et naissance d'un collier de barbe pour un autre.

— Pour les chambres, y a l'écurie, pour le vin, la fontaine, dit Jeff posément.

— Oh ! là, là ! Le plouc se révolte. Au secours, mes amis. Dis donc, toi, t'es qui ? T'es d'où ? T'es de quand ? Quel siècle ? Tu connais Sartre ?

Chahut ! Jeff tentait de rester calme lorsque descendirent les femmes attirées par le raffut.

— Hé, l'australopithèque a dit ici c'est pas un bordel et voilà ce qui nous arrive.

Il avisa Charlotte :

— Hep ma jolie, toi t'es pour Zouzou, c'est moi.

C'était trop, Sagnal quitta son comptoir. Vu la corpulence, les autres se tassèrent, mais l'hurluberlu continua de pérorer dans la provocation. Jeff se posa devant :

— Dis voir Zouzou, ou tu te calmes ou je te jette dehors avec une baffe.

— Mais c'est qu'y ferait peur, le bouseux.

Alors ce fut rapide. D'un mouvement du bras, Jeff le crocheta à la taille, ses cinquante kilos ne pesèrent pas lourd, il se le mit sous le bras, ouvrit la porte.

— Allez, et d'un, au suivant !

Les types se carapatèrent comme ils purent, mais les filles restèrent.

— Oh, vous savez, monsieur, ils sont fous, mais pas méchants. Vous pouvez nous héberger, s'il vous plaît ?

— Que venez-vous faire ? Ici c'est pas pour vous, ici on est normaux.

— C'est Maurice, Zouzou si vous voulez, il a parié qu'on irait de Paris jusque dans le Massif central pour voir les ploucs. Il a dit que vous mangiez encore de l'herbe et des racines. Moi, c'est Régine et ma copine, Lucienne. Nous, on a la tête sur les épaules.

— À la bonne heure.

Le Klaxon énervé de la Packard retentit. Régine ouvrit la porte, le moteur tournait.

— Allez, on part d'ici, on est chez les dingues ! gueula l'un d'eux.

— Nous, avec Lucienne, on reste, bye bye.

— Putain, vous déconnez ? Et le concert de Boris Vian, samedi ?

Le six-cylindres vrombit et la Packard s'élança.

Elle referma la porte.

— Vous savez, monsieur, on prendrait bien un café.

Charlotte fut la plus prompte :

— J'y vais, suivez-moi les filles.

Madeleine et Hortense se joignirent à elle. En un instant, ce fut un vrai bourdonnement de ruche et des rires. Lucienne resta avec Jeff.

— C'est bien chez vous. Vous y vivez avec ces femmes ?

— Ce sont des clientes, mais aussi des amies.

— Oh, vous savez, si elles sont vos maîtresses ça me gêne pas. Il n'y a pas beaucoup de distractions dans le coin.

Elle le regarda de biais en inclinant la tête, un léger sourire aux lèvres.

— Vous en changez chaque soir ?

Jeff ne répondit pas. Les filles revinrent avec un plateau. Ils s'attablèrent. Jeff fit les présentations sans entrer dans les détails.

— Ici, fit-il, sérieux, il n'y a qu'un plouc, c'est moi. Ces dames sont parisiennes, mais elles aiment bien manger de l'herbe et des racines, d'ailleurs on vous en fera pour midi.

Madeleine appuya en hochant la tête, un air affirmatif avec une petite grimace.

Les deux zaz étaient ravies d'être là. Hortense s'extasiait devant leur tenue vestimentaire. La mode féminine était moins extravagante que pour les hommes, mais elle semblait la découvrir, pourtant depuis 1940... Autres conditions sociales, autre milieu où on reste entre soi. Hortense ne devait pas fréquenter les caves, les bars de Saint-Germain, les boîtes jazz-swing. Connaissait-elle Django Reinhardt, Claude Bolling et Boris Vian ? Johnny Hess ?

Régine dit que Zouzou était un peu dépassé. La mode virait vers d'autres types.

— Vous n'avez pas fait attention à nos copains, Henri et Jérôme ? Dommage, eux sont plus dans le coup. Surtout Jérôme avec son pantalon golf, ses chaussettes jacquard et sa veste pied-de-poule à martingale sur sa chemise à grand col ouvert. C'est plus sport, plus... masculin. Il a trouvé des chaussures sensas avec triples semelles de crêpe et bourrelet mocassin en daim. C'est mon ami.

— Mais, fit Hortense, il est parti.

— Rassurez-vous, ils n'iront pas loin, c'est nous qui avons les sous. Pour ça, on leur fait pas confiance. Alors par force ils vont revenir.

Elle eut un rire clair, sain, bienfaisant. Elle l'embrassa sur les lèvres furtivement comme une mésange vole un fruit.

Sidérée, Hortense en bégaya :

— Mais... mais je...

Régine se retourna et lui fit un clin d'œil complice. C'est du reste le mot qui vint à l'esprit d'Hortense… Complice ? Complice de quoi ? Elle ne fut pas horrifiée par une pensée interlope et, le rouge aux joues, se raccrocha à Frantz comme à une bouée. Elle fit mentalement de larges mouvements des bras pour chasser des images que lui présentait un cerveau libertin qu'elle ne connaissait pas.

Ils déjeunaient en mangeant de l'herbe, en l'occurrence les premiers pissenlits, lorsque les trois zazous entrèrent, fourbus.

— Putain, on est tombés en panne d'essence, et pas une pompe dans ces bleds. On a garé la bagnole comme on a pu. Cinq bornes à pince, on mangerait bien un morceau.

Jeff les fit asseoir.

— Pas de problème, au menu, herbe et racine, ça vous va ?

Sagnal rigolait dans sa barbe. Ah, les flambards, ils en rabattaient. Derrière le pissenlit et les carottes rouges, il enleva les assiettes comme si, bien qu'il manquât le brouet, le festin type Moyen Âge était fini. Ils tiraient un peu la gueule et Zouzou lança :

— Hé, les filles, on a encore un peu de pognon, on pourrait acheter quelque chose, non ? Du fromage ?

— Pas la peine, messieurs.

Jeff s'étira et, à bout de bras, plaça sur la table sa lourde gamelle de fonte.

— Civet de sanglier, allez-y, rab possible.

Madeleine apporta les assiettes et une miche de pain.

Jeff constata qu'un zazou qui a faim et qui mange n'est guère différent d'un quidam ordinaire qui a faim et qui mange. Même un plouc. C'était rassurant. Tous différents et tous pareils.

Hortense nota que Régine la regardait beaucoup, beaucoup trop. Elle souriait avant de plonger son nez vers son assiette et recommençait. C'était quoi ce manège ? Elle craignit de penser de travers et entreprit Lucienne pour sortir d'une sorte de maelström qui l'aspirait vers l'inconcevable. Elle n'était pas totalement ignare et savait que dans ces « chapelles » d'avant-garde on ne priait pas toujours du même côté de l'autel. Depuis combien de temps n'avait-elle pas prié et que la courte échelle ne lui avait pas été faite pour grimper au plus haut des cieux sans que cela n'eût rien de mystique ?

Jeff imagina que Lauzier arrive à cet instant, là l'apoplexie l'aurait terrassé.

Madeleine proposa que tous la suivent jusqu'au moulin Richaud. Il fallait bien qu'Hortense le voie avant de partir. Mais il y avait la Packard sur la route de Saugues qu'il était impossible d'abandonner ainsi, qui plus est décapotée. Sagnal se proposa d'emmener Zouzou avec la Topolino chercher du carburant chez Touillard, mais le réservoir de la Topolino devait être à peu près vide aussi. Le zazou eut une idée. Il trouva une fine branchette et l'introduisit dans le tuyau.

— Je vais voir s'il en reste… Ouais, il en reste.

— Mais au compteur, non.

— Ben, le compteur ne marche pas. Allons-y.

Jeff emporta une nourrice de quinze litres. Touillard était sous le châssis d'une Peugeot 202 beige. Jeff tapa sur le capot pour le faire sortir.

— Ah ben, c'est vous.

— Me faut dix ou quinze litres d'essence américaine. C'est pas pour la Fiat, mais une voiture avec un gros appétit. Avec quinze, elle arrivera juste au Puy.

— J'ai plus rien.

— Pas de blague, Touillard, c'est une question de vie ou de mort.

— Encore, vous aussi, ben dites, c'est une manie. Non, j'ai plus rien.

— Que reste-t-il dans celle-ci ? On n'a qu'à la siphonner, vous remettrez ça plus tard. Cette auto est immobilisée pour combien ?

— Ouh… une huitaine, ils ont coulé une bielle.

S'opposer était impossible, sauf à faire preuve d'une insigne mauvaise volonté. Les quinze litres n'y étaient pas tout à fait. L'accoutrement du zazou déstabilisait le mécano, il tournait en rond comme une musaraigne prise au piège. Jeff paya et tira de dessous le siège de la Topolino une bouteille de blanche.

— C'est pour vous, Touillard, c'est de la bonne et… merci. Dites Touillard, à qui elle est cette bagnole ?

— J'en sais rien, le type a cassé la mécanique à l'entrée du village, dans la descente. Il m'a donné un acompte et j'ai pas eu le temps de voir où il allait. Me semble pas que j'avais d'jà vu passer cette 202. Y en a pas ici, à Saugues, le notaire, lui, il a une 402. Ah ça, c'est une sacrée auto. Les Boches l'auraient bien raflée, mais il l'avait planquée chez le René Dumont qu'a une grange avec quelques tonnes de foin. L'a mise dessous. S'en est fallu de peu qu'elle crame quand les Boches ont attaqué au mont Mouchet, mais l'obus de mortier a touché que la remise.

Touillard se torcha la bouche d'un revers de manche et ricana. Tout ce qui rappelait d'avoir baisé les Chleuhs, c'était un bon souvenir.

— Un service pour un autre. Touillard, prévenez-moi à l'auberge quand le type viendra la récupérer. Enfin, disons la veille. Compris ?

— *Yes*, qu'il fit. Vous voulez la racheter ?

— Allez savoir, elle est belle ! Mais lui en parlez pas, hein !

Le « *yes* » était inattendu. L'influence amerloque était patente, même ici. Le mécano laissa Zouzou partir devant, puis en donnant un coup de coude à Jeff :

— C'est d'jà carnaval ?

— Non, c'est passé ! Celui-là, ils l'ont oublié.

Touillard donna un coup de pouce à sa casquette et se gratta le crâne. Jeff l'entendit derrière son dos :

— Oublié, ma foi.

Le reste de la troupe visita le moulin, sauf Charlotte qui le connaissait et qui ne pouvait prendre le risque de sortir de l'auberge. Hortense n'avait pas imaginé ce que c'était. L'humidité la prit aux épaules, elle eut un long frisson. Régine s'en aperçut.

— Tu vas prendre froid. Viens, on remonte, ils nous rattraperont.

Madeleine vit la scène et craignit que sa sœur n'emporte un mauvais souvenir.

— Tu sais, avec le gros poêle que nous allons installer, ça chauffera tout.

Les garçons s'intéressèrent à la mécanique.

— Ça doit faire un sacré boucan quand ça tourne, ce machin.

Les femmes regardèrent ce qui serait la cuisine, le salon et les chambres.

Que Régine eût tutoyé Hortense ne surprit pas Lucienne. Elle vit l'embarras de Madeleine.

— Vous savez, nous on se tutoie. On est contre les conventions. On parle comme on veut, on s'habille comme on veut, on bais… on choisit le mâle qu'on veut. Toujours avec le même, c'est pas une vie. Moi, j'aime bien savoir comment y sont faits à l'endroit… stratégique.

Elle pivota sur elle-même et laissa le rire l'emporter, contente d'avoir choqué.

Ils retrouvèrent Jeff, Zouzou et les filles tous autour du poêle. La Packard avait retrouvé du sang et, recapotée, trônait tel un trophée devant *L'Éventre-Loup*. La Fiat Topolino était devenue toute petite.

— Tu t'es bien réchauffée ? fit Madeleine en direction de sa sœur, l'œil en embuscade.

La banalité de la question en cachait-elle une autre, plus délicate ?

— Ne t'inquiète donc pas.

— Mais diable, comment avez-vous atterri ici, à Vlaniac ? demanda Jeff.

— Ben, on a tourné un coup à droite, un coup à gauche.

Ils s'esclaffèrent.

Jeff trouvait les circonstances surprenantes. Qu'ils aient atterri ailleurs n'aurait pas été plus curieux, quant à se pointer direct sur *L'Éventre-Loup* ! C'était la troisième fois, après Charlotte Valiev et les sœurs Granget, qu'on lui tombait dessus de façon aussi inopinée et rocambolesque.

Le type à la Monaquatre perdu dans la bourrasque de neige, c'était dans l'ordre des choses, le reste…

Qui plus est, outre l'extravagance des trois situations, les personnages étaient soit dramatiques, tel celui de la Russe, soit comiques et pathétiques pour les cinq zazous mâles et femelles, soit d'une classe bourgeoise complètement dépassée, quasi XIXe siècle en esprit, pour Hortense et ses tenues Paul Poiret. Plus moderne et affairiste pour Madeleine et son aplomb magistral qui eût été redoutable dans les hautes sphères commerciales, voire politiques. C'était la fibre grande famille Pouchet-Fenier qu'Hortense, d'un autre lit, n'avait pas. Quel invraisemblable contraste avec les Vlaniacois ancrés dans la tradition, avec cependant une interrogation vers le futur, et gênés pourtant par l'environnement certes protecteur mais étriqué de ce village de la Margeride ! Sagnal savait que cet enfermement avait été salutaire durant l'Occupation : rien de stratégique dans les environs, les Boches n'exerçaient pas une pression diabolique sur la population, à condition qu'elle restât docile, la crainte y participa. Leurs coups de boutoir étaient dirigés contre les résistants, la chasse aux sympathisants, arrestation, interrogation, cruauté, exécution. Puis l'incroyable rassemblement des maquisards au mont Mouchet et dans la Truyère les força à une action d'envergure.

Sagnal pensait à la Peugeot 202 beige en réparation chez Touillard. Serait-ce celle venue chercher Charlotte Valiev ? Cela n'indiquait pas que le chauffeur fût le même. Elle avait peut-être fait l'objet d'un prêt temporaire, mais savoir à qui elle appartenait vraiment l'intéressait. Jeff n'en avait pas parlé à Lauzier, une voiture, avait-il dit ? Sans autres précisions. Le brigadier ignorait la Peugeot 202 beige, sinon il lui aurait été facile par la préfecture de connaître si dans les départements de Haute-Loire, d'Ardèche et de Lozère il en circulait un ou plusieurs exemplaires, avec le nom des propriétaires.

À condition qu'il n'oublie pas, il fallait attendre le coup de fil de Touillard.

Tous les trois ou quatre jours, il allait prendre son pain chez Bachelard. Vu l'affluence, ça devenait urgent, les zaz avaient tout bouffé. Jeff se demanda s'ils auraient de l'argent pour le payer de l'hébergement et des repas. Il s'habilla rapidement et fila vers le bourg. Il cogita. En marchant, il le faisait toujours, ne laissant que rarement son esprit au repos.

Il n'avait pas parlé de prix non plus avec les femmes Granget. Serait-il devenu philanthrope ? Depuis le retour de Charlotte, les clients se faisaient rares, bizarre. Avec le printemps revenu, les représentants étaient à nouveau en chasse. Qu'il n'y eût plus de forestiers était normal, les coupes se font en début d'hiver, sève descendue. Quelquefois, la neige occasionnait des dégâts sur les lignes téléphoniques et électriques, ça n'avait pas été le cas, pas plus que pour les arbres qui se couchaient sur la route sous son poids et que le service départemental venait scier à deux ouvriers, au passe-partout ou à la cognée. Cette activité lui amenait du monde. Non ! Globalement, les tombées neigeuses n'avaient pas été « mouillées » et celles qui l'étaient ne duraient pas. La poudreuse ne s'accroche pas trop aux ailes[1] des sapins, elle glisse vite sous son propre poids et ne fait pas des fourreaux de glace autour des câbles. Pour ça, il faut une grosse humidité suivie par un froid intense. Cela dit, une chose l'inquiétait pour son commerce. De plus en plus de petites boutiques fermaient et la guerre, s'ajoutant à la désertification agricole amorcée en 1918, n'avait rien arrangé. Pour les représentants, c'était du gagne-petit, mais le soir ils pouvaient tout de même faire leurs comptes sur un coin de table du restaurant avec un petit boni.

Lorsque Jeff voyait un gars grimacer en jetant son crayon sur son carnet de commandes avec lassitude, il apportait un verre.

— Allez, un apéro maison.

---

1. *Ailes : les plus grandes branches des sapins, celles du bas.*

— C'est pas de refus. Je suis *passé à travers*[1] à Gaillac, la mère Gérard ferme, et à Langeac c'est Richard qui va arrêter. Il liquide son stock. Bon, ça va peut-être profiter à ceux qui restent, espérons, mais c'est pas mes clients, va falloir s'accrocher. Les collègues vont faire la gueule, on va tous se retrouver sur le dos de la même bête.

Il arriva devant la boulangerie. Heureusement, Bachelard tenait le coup, même avec un peu moins de monde.

Pour l'instant, à *L'Éventre-Loup*, ce n'était pas la morosité. En fait, dans ce marasme latent, Jeff avait de la chance. Il avait prévenu Madeleine et Hortense : « Soyons attentifs pour Charlotte, un de ces quatre Lauzier va rappliquer, je l'ai invité, mais tenons la porte fermée en permanence, ça nous laissera du temps. Je veux garder l'avantage de lui présenter Charlotte, je veux pas qu'il y tombe dessus. Si un client s'arrête, il frappera. Mais rien ne vous empêche d'aller au bourg. » Madeleine en avait l'intention, ne fût-ce que pour voir Marguerite Cheminot et lui présenter Hortense. Elles y allèrent le lendemain très tôt. Madeleine voulait être seule avec sa sœur ; les zazous se levaient tard. Charlotte devait être réveillée, mais elle avait découvert un amas de livres dans la soupente et s'était plongée dans la lecture. L'air était très frais mais, trompées

1. Passer à travers : *ne faire aucune vente, faire chou blanc.*

par un soleil radieux, elles durent revenir pour se couvrir davantage. Les jonquilles étaient sorties dans les prés, merveilleuse floraison, ainsi que quelques narcisses à la fragrance puissante. Madeleine avait mis dans un sac les bottes que lui avait prêtées Maguy.

— Dis-moi, sœurette, je me trompe ou cette Régine s'intéresse à toi ?

— Mais, voyons, à quoi songes-tu ?

— Tu sais, dans ce milieu philosophico-existentialiste machin chouette… les codes ne sont pas les nôtres. Note que, certains des nôtres n'étant pas reluisants, je ne les blâme pas, c'est l'expression d'une contestation, d'une provocation qui pouvait leur coûter cher sous Vichy et l'Occupation. C'est aussi, bien qu'inconséquent, une forme de courage. La morale classique leur passe au-dessus de la tête. Alors tu vois ce que je veux dire. Nous sommes grandes, sœurette, nous savons ce qu'est la vie. Mais, vois-tu, juger est compliqué. Siméon disait, car il avait un avis très tranché sur ce point : « Le modernisme, si extravagant et laid fût-il dans certaines de ses applications, peut participer à l'évolution. »

Hortense posa sur elle un regard d'enfant sage, naïf et peut-être opportuniste dans le sens où elle profitait de cette question posée de manière délicate par sa sœur et qu'elle n'aurait osé aborder.

Ce fut tout sur le sujet. Madeleine lui sourit affectueusement et lui donna le bras. Elles allongèrent le pas. Leur entente n'était pas feinte. Elles arrivèrent sur la place. La porte du bistrot était grande ouverte. Maguy astiquait ses verres avec énergie.

— Alors, j'pense qu'vous avez hérité des toqués à la grosse voiture, ils sont passés au village. Ils cherchaient où dormir, j'y ai dit où s'trouvait *L'Éventre-Loup*. J'savais pas s'ils y étaient venus ou s'ils avaient foutu le camp. Si l'avenir est comme ça, j'ai la trouille.

— Ils sont pas méchants, ils cherchent des choses introuvables.

— Ah !

— En fait, ils croient les avoir trouvées, mais elles finiront par s'évaporer.

— Ben, y sont pas tirés d'affaire.

— Tenez, merci pour les bottes. Je vous présente ma sœur cadette, Hortense.

Ce fut instantané :

— Hortense ! J'adore ce prénom, c'est celui d'une cousine. La pauvre, son mari l'a emmenée dans le Pas-de-Calais, vous vous rendez compte, le Pas-de-Calais ! Mais il s'en est fallu d'un rien qu'elle se retrouve en Afrique, à Pétaouchnok. Cet homme a la bougeotte.

Amusée, Hortense hochait la tête, compatissante. Maguy reprit :

— Notre grand-mère paternelle l'appelait Hortensia, elle disait que ça faisait princesse. Je vous offre un café ?

Elle s'affaira avec son petit réchaud à alcool.

— C'est pas du cent pour cent café, mais presque, et j'ai du sucre. La tournée est pour moi. Oh ! Vous savez ce que j'ai pensé en voyant le zigoto à la veste à carreaux jaunes ? Au carnaval, ma parole.

— Nous aussi, renvoya Hortense.

Maguy était dans sa poche.

— Je ne l'ai pas dit à Mme Madeleine, mais comme ça serait bien que vous restiez chez nous.

— Et mon mari, que devient-il ? pleurnicha Hortense en riant.

Maguy servit avec un petit air morose.

— Encore un mois et ce sera la plus belle saison. Là, y a que les jonquilles, mais sinon tout est en fleurs. Mais pour le bistrot c'est la plus mauvaise saison, plus assez froid pour un café, pas assez chaud pour les limonades, reste le vin… Ah ça ! Le vin, oui, ça va encore. Je vais peut-être faire la bière.

— On reviendra, Maguy. On va voir le curé. Il s'appelle ?

— Laduche. Enfin, Duchagrin. Il est brave, mais rouge, communiste, quoi.

Maguy, en agitant une main en éventail, pinça les lèvres avec un petit air rigolo.

— Allez-y, il est toujours là le matin. Des fois, après, il va voir ici et là des vieux ou des malades, s'il a pas les gosses.

Le curé était sous le parvis abrité en partie par une avancée du toit. Son abdomen volumineux faisait remonter sa soutane sur le devant, dévoilant ses chaussettes.

— Mesdames, bonjour, je vous prends à témoin, je n'ai même plus de punaises pour afficher mes petites notes paroissiales. Je les traite de « sales punaises », la pointe se tord une fois sur deux. C'est plus la qualité d'avant.

— On va bientôt retrouver du bon matériel, monsieur le curé. Voici ma sœur, Hortense.

— Vous avez une demeure historique. Si cela vous intéresse, j'ai une bonne documentation sur le lieutenant-colonel Richaud. Un brave. Nous pourrions en parler.

— Certes, lorsque nous serons installées. Pour l'instant, comme vous le savez, nous logeons à l'*Auberge de l'Éventre-Loup*, chez Jeff Sagnal.

— Vous ne pouviez pas mieux tomber, enfin, pour la région. Ici, rechercher un palace serait vain.

Laduche eut un petit rire grelottant, puis reprit :

— Je vous ai vues sortir de chez Maguy, elle a dû vous parler des individus qui sont arrivés dernièrement dans une grosse voiture américaine. Elle m'a alerté, assez inquiète. J'ai compris qu'ils étaient ce qu'on appelle, je crois, « des zazous ». Je n'en avais jamais vu, mais dans les journaux collaborationnistes il y avait souvent des articles haineux sur leur déchéance morale, sur leurs manies, leurs habitudes vestimentaires, leur fainéantise et leurs vices. Des dessinateurs les caricaturaient toujours un parapluie sous le bras, même en plein soleil. Enfin…

— Il y a trois garçons et deux filles. Ils ont en effet leur originalité.

— Heureusement, cette… mode essentiellement parisienne a épargné nos campagnes.

— Mais, s'ils venaient à la messe, monsieur le curé, vous les accepteriez ?

— Quelle question ! Ce sont des enfants de Dieu. Ils sont chez Jeff, l'auberge doit être au complet. Combien êtes-vous… neuf ?

Madeleine compta.

— Eh bien, le patron et nous, cela fait trois, plus les zaz, cinq, ça fait huit en fait.

— Ah, j'avais compté neuf, peu importe.

— En passant devant la boulangerie, nous avons perçu des odeurs extraordinaires.

— C'est samedi, le jour de la pâtisserie. Bachelard se défend assez bien. Je vous conseille les religieuses.

— Cela va de soi, sourit Madeleine. Bien, nous allons en prendre et rentrerons à l'auberge en flânant, il fait si beau. À bientôt.

Le ventre en avant, Laduche les regarda partir, ses notes dans une main, la boîte de « sales punaises » de guerre dans l'autre. Ça disparaîtrait, mais c'était devenu le qualificatif pour tout ce qui ne durait pas, qui se déglinguait… Oh ! Ça, c'est des crayons de la guerre, lorsque la mine se casse tous les quatre mots, ou du dentifrice vendu en petites galettes dures, roses, imprimées Gibbs, sur lesquelles il faut s'activer avec la brosse pour en retirer quelques éléments, obtenir une mousse sans consistance. Beaucoup de choses usuelles étaient concernées, mais le pire c'était le charbon de guerre qui brûlait difficilement, avec pas mal de pierre ou cette infâme poussière de charbon mouillée appelée « la moure », qui dégageait une fumée soufrée ne consentant à s'enflammer que déposée en faible épaisseur sur un feu de boulets déjà ronflant. La campagne n'en souffrait pas trop. Ici, en Margeride, le bois, comme l'eau, ne manquait pas. Pour le dentifrice, son emploi modéré ne posait aucun problème.

Au retour, Madeleine interrogea Hortense :

— Qu'en penses-tu ? Pourquoi le curé a dit « neuf », que nous étions neuf à l'auberge ? Cela ne t'a pas surprise ? Neuf, oui, avec Charlotte Valiev, mais comment pourrait-il le savoir ?

— Une simple erreur peut-être.

Hortense n'avait pas le réflexe inquisiteur de sa sœur, pour elle tout était normal dans la mesure où elle n'en subissait aucun dommage. Laduche avait tenté une manœuvre : si Madeleine avait compté neuf, c'eût été l'aveu involontaire qu'il y avait une autre personne. Valiev ? Finaud, le curé.

Crois-tu que les zaz imaginent que Charlotte se cache ? Cela me semble visible, ils ne sont pas bêtes, mais ils ne disent rien. Tu sais d'où ils sortent cette voiture ?

— Oui, je l'ai demandé à Régine. Un copain guitariste la leur prête. Elle m'a invitée dans la boîte de jazz où il joue, elle croit que je suis parisienne. C'est son ami, mais je crois qu'il y en a beaucoup.

— Des deux côtés ? fit Madeleine, le regard en coin.

Hortense baissa la tête et pouffa.

*

* *

Jeff avait décidé de ne rien demander sur les intentions des uns et des autres quant à maintenir leur hébergement à *L'Éventre-Loup* et jusqu'à quand ? Madeleine avait totalement abandonné cette notion de départ. Hortense, s'il avait fallu la croire, serait retournée en Alsace depuis déjà quinze jours. Bien que ce fût flatteur pour lui, il n'y était pas habitué. Les clients qui restaient le plus étaient souvent des couples d'entre deux âges venus pour trois jours, parfois une semaine. Mais cela, c'était surtout du temps de sa mère. Depuis la guerre, il se souvenait de Toulousains avec leur petite fille, dont il n'avait pas oublié le prénom, Agathe. Pour les zazous, ils partiraient mais ce ne semblait pas être à l'ordre du jour. Du reste, leur attitude avait légèrement évolué.

Le mentor, Maurice, posait beaucoup de questions sur ce qu'était la vie de Jeff dans le coin. Il fallait qu'il fît un effort pour croire cela possible. Mais peu à peu émergeait un intérêt pour tout ce qui était culture de la terre. La vigne semblait le passionner. Sauf pour les filles, Jeff avait pris le parti de tutoyer les garçons. Un matin, il entendit les marches du haut craquer et jeta un œil sur la montée d'escalier. Maurice descendait. Il était en maillot de corps et caleçon.

— Ça sera trop grand pour moi, mais vous auriez pas de quoi me fringuer plouc ?

Jeff ne tint pas compte de l'insolence du mot. Il l'examina, le jaugea.

— Vu ta corpulence d'arbalète, garçon, j'ai p'ête bien quelque chose dans les frusques que je portais au lycée, ma mère ne jetait rien. Je ne faisais pas quatre-vingt-dix kilos à l'époque. Suis-moi, si les filles arrivent, t'es pas présentable. Si ça te dit, je t'emmènerai sur la parcelle du bas, la vigne. Faut que j'attache, après l'hiver, la neige, le vent, y a des sarments qui se baladent. Si t'attaches pas, dès que les pousses tendres sortiront, la moindre bourrasque en cassera en les entrechoquant.

— D'accord !

— Après, on passera le petit soc pour retourner entre les allées. J'fais ça avec Bijou, c'est le mulet du Sylvestre, celui qu'a les vaches et les moutons. Lui, on le voit jamais. Y a que les femmes et les gosses qui vont chercher le lait à la traite du soir. Les bêtes vont sortir, bientôt les vaches, après les moutons sur les parcelles plus sèches, si ça dit à tes copains, peuvent aller les garder, le Sylvestre dira pas non. C'est histoire d'avoir un homme au cas où un chien errant attaquerait le troupeau, sinon les bêtes monteront et redescendront toutes seules. Elles savent même l'heure.

André Sagnal alla fouiller dans des malles.

Lorsque Maurice revint, hormis la coupe de cheveux il eût été méconnaissable. C'était très improbable, cette métamorphose. Jeff avait trouvé un pantalon de coutil, une chemise et un pull de grosse laine. Il y avait ajouté un béret.

— Ça, c'est pour le soleil, mais avec ta tignasse… Pour le reste, on doit faire à peu près la même pointure, de toute façon t'as pas le choix, voilà des bottes. Bon, eh bien tu ressembles à quelque chose, un vrai péquenot. Allez, au travail.

Laduche sonna les cloches à toute volée. Rien qui eut un rapport liturgique avec la prochaine messe dominicale, un simple rappel que

Pâques approchait. Il le faisait de temps à autre, deux semaines avant la fête. À brûle-pourpoint, ça marquait davantage ses ouailles. « Pâques approche, soyez prêts. » Cette pratique lui évitait bien des discours, il disait : « C'est la voix des anges. » Pour les confessions, bien que toutes les femmes sachent quel était leur jour, il sonnait la plus petite cloche qui tintait clair. Ding, ding, ding, ding, répété trois fois à intervalles réguliers. Difficile d'échapper à ce rappel.

Arrivés à la vigne, Jeff montra au Zaz comment attacher avec un refendu de *vernes*[1]. Il lui en donna une grosse poignée.

— J'les conserve dans l'eau. Ils sont juste souples comme il faut.

La première rangée fut compliquée pour Maurice, puis peu à peu il prit le coup de main pour la torsion des liens. À midi, ils remontèrent. Lucienne eut un haut-le-cœur en le voyant entrer, pas trop reconnaissable, mais ça ne pouvait être que lui. Elle bloqua au bord de ses lèvres le « Zouzou » qui ne correspondait plus…

— Mau… Maurice, mais d'où tu sors ?

— On a attaché la vigne ce matin, voilà. Demain, on retournera les allées avec Bijou.

---

1. Vernes : *arbustes qui croissent au bord des cours d'eau. Ne font que de longues tiges fines et flexibles, très robustes une fois sèches, que l'on refend. Servent pour attacher.*

— Bijou ?

— Tu sais bien, c'est la mule de Sylvestre.

Maurice s'amusait. On l'entoura. Il montra ses mains.

— C'est pas un boulot pour dactylographe, je vous dis que ça, mais ça vide l'esprit. Je me sens tout neuf.

— Hou… Parce que tu as un esprit ? le chambra Régine.

Effervescence à *L'Éventre-Loup*, tous y allèrent de leurs quolibets. Henri et Jérôme étaient pliés. Les filles étaient, elles, plus réfléchies, leurs moqueries étaient plutôt une interrogation.

— Quel effet ça te fait d'être habillé comme ça ?

— Tu vires paysan ?

— Et pour la traite des vaches, tu vas être à ton affaire, toi qui aimes les grosses mamelles.

Rigolade, Maurice se dégagea en disant qu'il allait rentrer la Packard dans la cour de l'auberge. Jeff lui fit signe, une énorme clé en main, qu'il allait ouvrir le portail.

Les filles, avec leur côté « pragmatique ménager », n'avaient pas perdu de vue qu'ils étaient partis pour quarante-huit heures et qu'à macérer dans leur jus les hommes allaient finir par faire fuir un bouc à cinquante mètres.

Elles, mine de rien, prévoyantes, avaient du petit linge et ce qu'il faut aux femmes pour être nettes en toutes circonstances, et puis il y avait Hortense,

Madeleine et Charlotte pour les dépanner. Elles mirent le problème sur la table, si l'on peut dire, et réclamèrent à grands cris une grande lessive masculine des vêtements et des corps. Il n'y avait pas de douche à *L'Éventre-Loup* et Jeff proposa une large futaille découpée au troisième cercle de métal et qui provenait d'un chai. Elle fut remplie d'eau chaude. Mais les filles réclamèrent la priorité et l'après-midi, après avoir fait fuir les hommes, Jeff y compris. Régine et Lucienne se déshabillèrent et entrèrent ensemble dans le baquet en s'aspergeant, sous le regard envieux de Madeleine. Pas l'envie du bain, encore que… plutôt un regret de ne plus avoir ce corps gracile qui n'avait pas encore eu le temps de s'alourdir. Qui plus est, il se dégageait du spectacle un érotisme dérangeant dans la mesure où il lui était difficile d'y rester indifférente. Elles se savonnèrent l'une et l'autre et réclamèrent les services d'Hortense pour le rinçage. L'eau n'ayant pas eu le temps de réchauffer, ce fut une douche presque froide qui les fit hurler. Puis elles s'envolèrent vers les chambres en raflant culottes et chemises au passage.

Lorsque les hommes rentrèrent de leur balade, l'eau était à nouveau fumante. Pas question d'entrer à trois dans le baquet, et puis les garçons sont plus pudiques que les filles. Ce fut individuel et rapide. Madeleine, comme l'eût fait leur mère, ramassa le linge dans une corbeille en osier.

— Demain, tout ça à la rivière.

Jeff dut dévaliser la réserve de ses fringues d'ado et en fit un tas dans le salon.

— Allez, essayez d'y trouver votre vie.

À poil, ils fouillèrent fébrilement. Bien que Jeff n'eût pas été incorporé, il savait comment ça se passait lorsque, à la caserne, encore en civil, les gars découvraient leur paquetage. Il fallait faire des essayages multiples et des échanges pour trouver des tenues qui aillent. Il faudrait deux à trois semaines pour que de troc en troc ils réussissent à avoir une tenue adaptée à leur morphologie, surtout pour la tenue dite « de sortie » à cause des filles.

Alors qu'ils commençaient à s'équiper tant bien que mal, les deux jeunes femmes débarquèrent et, avec des cris d'Indiens, tournèrent en sautant autour d'eux. Panique. Ils détalèrent en perdant, ici un slip, là une chaussette. Les Granget, c'est ainsi que souvent Madeleine appelait son couple fraternel, étaient restées dans la cuisine avec Jeff.

— Ah, les petites garces ! fit-il, tandis qu'elles applaudissaient.

Il y avait là l'expression d'une insouciance enfantine. Quel âge avaient-elles ? Entre dix-neuf et vingt-trois ans peut-être. Jeff, qui ne pouvait trop s'investir dans des considérations philosophiques sans prendre de risque, pensa que le plus clair de leur jeune vie s'était bâti dans le contexte libéral intello et existentialiste, associé à cet élan de mode extravagante, supporté par une nouvelle musique, une littérature engagée et libérée. Le courant zaz, une forme de contestation, de fronde. La guerre terminée, allait-il s'essouffler ? Cependant, il pourrait laisser des traces. Certes, ils avaient des *a priori* choquant sur tout ce qui n'entrait pas dans cette mouvance artistique néolibérale. Les campagnes, les paysans en faisaient partie. Ils avaient investi *L'Éventre-Loup* avec un peu de mépris, en repoussant devant eux une culture qui n'était pas la leur, des traditions qu'ils ne comprenaient pas : « Les ploucs. » Ils étaient venus à la rigolade pour voir ces vestiges de l'ère paléolithique, dont l'activité était encore si proche des gravures rupestres de chasse, des scènes de vie pastorale de cette époque. Vivre à l'aide de ses bras excluant pour certains ignares que ça puisse marcher en relation avec un cerveau.

Comme l'avait dit Lucienne, Zouzou n'était déjà plus dans le coup. La mode prenait un tournant. L'après-guerre n'avait plus besoin de cette forme de révolte. Sûrement moins poétique, c'était production et consommation. Le comportement devenait plus viril, moins foldingue. N'était-ce pas ce que recherchait Maurice en se rapprochant de la nature ? Ce grand type dégingandé avec sa touffe de cheveux bizarre venait de se rapprocher de la faune agreste du terroir. S'agissait-il d'une conversion ? Une évolution à l'envers ? Allait-il abjurer sa foi païenne, jeter les dieux du jazz et du swing au feu ? Jeff l'avait regardé travailler lorsque d'une allée à l'autre ils se rapprochaient. Il y voyait une application, un sérieux dans l'accomplissement de cette tâche ordinaire, à cent lieues peut-être de ses capacités intellectuelles, de ses acquis universitaires.

Avec son bon sens paysan, Sagnal se demandait de quoi ils vivaient. Il ne semblait pas qu'ils travaillassent de façon constante. N'ayant rien de voyous, lui paraissant honnêtes, de quelles combines assuraient-ils leur subsistance ? Des parents fortunés ? Moralement, il n'aimait pas ça. Cela dit, il devait reconnaître qu'il vivait lui aussi du travail de ses père et mère, à ceci près qu'il donnait de sa personne en tenant son auberge sans aucun personnel. Certes, ce n'était pas un investissement laborieux, l'auberge était rarement pleine et marquait souvent le pas. Mais l'entretien d'une telle bâtisse était exigeant et les terres aussi. Il n'avait rien à se reprocher.

IX

Tout arrive

AÉRER LES PIEDS DE VIGNE fut remis à plus tard. La pluie, la première après la neige, noyait la campagne. Un rideau de grisaille était tiré sur Vlaniac. S'y mêlait une légère brume qui en renforçait l'opacité. Le lavage du linge en rivière était reporté. Les garçons restèrent, un peu décontenancés, dans les frusques de Jeff. Seul Maurice avait l'air d'être à l'aise dans son accoutrement. Cela annonçait une journée de désœuvrement.

Il se produisit une cassure. Hortense annonça brusquement son départ pour le lendemain, ce qui dégrada la relation affective du groupe. Une petite mélancolie s'insinua. Maurice se proposa pour l'accompagner à Langeac avec la Packard.

— Je viendrai avec vous, annonça Madeleine.

Ils établirent le parcours ferroviaire, Langeac-Le Puy, Le Puy-Saint-Étienne et Paris *via* Bourges avec un changement à Saint-Germain-des-Fossés. Alors qu'à l'aller les horaires et les correspondances allaient à merveille, lui permettant de rejoindre Le Puy en fin de journée, pour le retour c'était plus compliqué, car les changements exigeaient d'énervantes attentes. Il lui faudrait dormir à Saint-Étienne. Le *Guide Michelin* lui indiqua le *Grand Hôtel.*

Effusions désolées pour son départ, les adresses furent échangées.

Sur le quai, les deux sœurs s'étreignirent, puis Madeleine ne voulut pas laisser partir Hortense sans savoir :

— Dis-moi, sœurette, ça s'était bien passé avec Régine ?

Hortense ne fut pas étonnée, elle connaissait sa sœur qui ne restait jamais avec quelque chose sur l'estomac.

— C'était nouveau, oui, ma chérie, oui, très bien.

Paroles sibyllines. Des larmes perlèrent qu'elle effaça d'un léger revers de l'index.

Faisant fi du « *E pericoloso sporgersi*[1] », la recommandation inscrite en italien sur les portières des voitures, Hortense tira sur l'épaisse bande de toile pour sortir la vitre du cran d'arrêt, puis la laissa glisser. Elle sortit le buste jusqu'à la taille et, une main sur son chapeau, agita l'autre bras en larges balayages. Madeleine pensa à la chanson de Mireille et Jean Sablon, elle avait vécu

1. E pericoloso sporgersi : *il est dangereux de se pencher.*

cet énorme succès en 1936 et était encore diffusée à la radio. Paroles de Jean Nohain : *Puisque vous partez en voyage.*

Elle en fredonna l'air qu'elle aimait beaucoup. C'était son petit côté midinette, l'amour, le cœur et l'âme, une passion qui donne à la seconde précédant la séparation une intensité folle, quatre jours frôlant l'éternité… quatre jours, un gouffre, un déchirement.

Privée de l'originalité d'Hortense, *L'Éventre-Loup* accusa le coup. Jeff apporta un jeu de tarot. Ils y consacrèrent la soirée sans enthousiasme. Lucienne énerva tout le monde en gagnant outrageusement. La bouteille de gnôle les réconcilia. Lucienne, galvanisée par son score, était très excitée, elle but beaucoup et ne cessait de rire pour des riens, c'était un contraste étonnant face à l'apathie générale. Épuisés, ne sachant plus comment réanimer la soirée, ils décidèrent d'aller au lit. Pour finir sur une note optimiste, Jeff lança :

— Allez, demain f'ra beau, on ira chercher le mulet.

Il monta le dernier. C'était l'habitude dans une auberge, le patron ne va pas se coucher avant que tous les clients le soient. Il fit quelques petits rangements, plaça les tasses pour le petit déjeuner du lendemain, puis, le moulin entre les jambes, moulut son mélange café-orge grillée et emplit le compartiment *ad hoc* de la grosse cafetière

« collectivité ». Il gagna sa chambre. Sans allumer, comme un vieux garçon, il rangea correctement ses vêtements sur le dossier d'une chaise et, nu, c'était son habitude, se coucha.

Il ne put rien faire. Lucienne était dans son lit, prête. L'attaque fut trop rapide, trop précise, trop violente. Elle ne lui laissa aucune alternative. En fait, elle se servit toute seule puis murmura : « Demain, je m'occuperai davantage de toi, d'accord ? » avant de s'échapper en raflant sa chemise de nuit abandonnée. Ce fut pour elle, avec le jeu, l'alcool et le reste, tiercé gagnant. C'était très éloigné des rites érotiques pratiqués en Margeride. La morale, si tant est qu'il eût été souhaitable qu'elle intervînt dans cette affaire, n'aurait eu aucune chance. Un quart de seconde avant qu'il ne soit trop tard pour réfléchir, Jeff pensa à leur différence d'âge, mais il ne fut pas assez prompt.

Ils n'eurent pas à récupérer Bijou, le mulet. Pluie battante. C'est le jour que choisit Lauzier, que l'on avait presque oublié, pour pointer le museau de sa Juvaquatre à *L'Éventre-Loup*. Il était à peine 7 heures. La portière, heureusement claquée avec force, sonna le branle-bas. Jeff souleva un rideau de la grande salle et le vit.

— Vite, vite, Charlotte, grimpe et pas de bruit.

Preuve que Lauzier ne se doutait de rien, il s'attarda en ouvrant le capot qui devait avoir été mal fermé et l'abattit avec violence. Ça résonna comme un gong fêlé. En un tournemain, Sagnal débarrassa la table des tasse de faïence, soucoupe et petite cuillère en trop. Rien de compromettant ne traînait.

Il bondit pour déverrouiller la porte.

— J'vous ai vu arriver, Lauzier. Vous êtes tombé du lit ? Le café est chaud, une tasse ?

— Pourquoi pas ? Une tasse de café, c'est pas une corruption de fonctionnaire, hein !

Le chef de brigade eut un sourire assez neutre.

— Je suis venu sans mes hommes.

Jeff le servit.

— Des nouvelles pour la Valiev ?

— Non, ça traîne en longueur. Y z'ont trop de trucs sur les reins. Si ça se trouve, rien sera réglé dans un an.

— Et pendant ce temps, où elle est ?

— Je vais vous surprendre, Sagnal, à mon avis elle est pas loin. Quand on a perdu une chose qui doit être dans sa cuisine, par exemple, on va voir ailleurs bêtement alors qu'elle y est, mais on cherche pas où y faut. Elle est intelligente, c'est le raisonnement qu'elle fait. J'en mets ma main au feu.

— Vous avez p'ête raison.

— J'ai raison, Sagnal, mais, voyez-vous, avec la lettre produite par Mme Granget qui manifestement veut vous protéger, ce qui la regarde, je suis pieds et mains liés. Ma hiérarchie a une sacrée pétoche. À la limite, je dirais bravo Mme Granget, c'est chacun son tour, ils m'emmerdent bien assez. Par exemple, ce matin, j'aurais pu perquisitionner chez vous… Impossible.

— Je peux vous accompagner, on fait ça entre nous, Lauzier, vous serez tranquille.

Le chef de brigade éclata de rire.

— Bien sûr, bien sûr. Dans ce cas, ou elle n'est vraiment pas à *L'Éventre-Loup* ou elle est trop bien planquée et j'ai aucune chance, sauf de démolir la maison.

— Ah ! Je vous l'accorde, vous faites un sacré métier. Vous savez sûrement que j'ai des pensionnaires ?

— Oui, deux hommes et trois femmes, à ce qu'on m'a dit.

— On ne vous a pas trompé. Mais c'est le contraire, trois hommes et deux femmes. Ils dorment. Et Madeleine Granget aussi.

— Vous avez leurs papiers ?

— Je sais, je prends des libertés avec la loi, mais non, à part leur prénom je ne sais pas qui ils sont. C'est des zazous parisiens qui sont venus voir à quoi ressemblaient les ploucs. Faut l'faire.

— Eh bien, figurez-vous que je vous emmerderai pas avec ça. C'est lorsqu'on veut trop me persuader d'être clair que j'y vois noir. Mais bon, à l'occasion demandez-leur.

— En plus, ils ont une grosse voiture américaine, une Packard, elle est dans la cour.

— Je sais. On me l'a dit. Bon, je suis fatigué, Sagnal, tout ça m'intéresse pas. Les zaz, je les déteste pas, ils sont fous de jazz et moi aussi. Ça rapproche. Allez, si Charlotte Valiev vient boire un coup, prévenez-moi.

L'escalier craqua faiblement. Madeleine apparut et attaqua direct :

— Ah ! Bonjour brigadier, me détestez-vous ?

— Je n'en ai pas le droit, madame.

— Ne doutez pas, Lauzier, que j'apprécie votre ténacité. Il en faut en ce moment, n'est-ce pas ? Mais il importe que vous et moi défendions nos convictions. Il faut être honnête avec soi-même. Ne doutez pas non plus que j'eusse pu obtenir quc Sagnal fût exonéré de tout sans autre forme de procès. Sur des personnes très haut placées, ma parole a du poids, mais je ne l'ai pas fait. Et puis Sagnal est un fétu, qui peut-il intéresser à part vous ? Pour Valiev, je vous l'accorde, c'est différent.

Lauzier baissa la tête, non par soumission, mais il rumina quelque chose qui ne sortit pas. Puis il se redressa, salua sans raideur :

— À bientôt. Ah ! Sagnal… Pensez au sanglier.

La Juva ne fit pas la coquette et démarra sans se faire prier. Jeff le regarda partir en bougonnant, puis explosa :

— Nom de Dieu de nom de Dieu ! Il sait, le bougre. Il sait qu'elle est là.

Madeleine confessa avoir entendu la conversation du haut de l'escalier.

— Bien sûr qu'il sait. Comment ? Ça, je donne ma langue au chat. Il a joué finement, il est bien, ce garçon, fit-elle pour elle-même.

— Curieux, il n'a pas parlé d'Hortense.

— C'est une finesse. Faire croire que quelque chose lui a échappé signifie une faiblesse. Cela ragaillardit l'adversaire et l'affaiblit en même temps, car il reprend confiance. C'est dans les excès de confiance que l'on commet des erreurs. Vous me suivez, Jeff. Il est bien, ce garçon, il est bien.

Il fallut aller tirer Charlotte de sa cache et lui expliquer.

— J'étais sur le point de descendre, je commence à en avoir assez de ce jeu.

Madeleine la calma :

— Ne brusquons pas les choses, ma petite, ce n'est pas la plus mauvaise solution, mais c'est trop tôt.

Les zazous-ploucs descendirent, les garçons, puis les filles. Jeff remit la tasse de Charlotte sur la table. Il était 8 heures et tout le monde avait faim. Lucienne était égale à elle-même, enjouée, spirituelle, mais elle ne regarda pas son amant de la nuit. Pourtant, tout indiquait qu'elle n'avait pas été frustrée, que son attaque n'avait pas été vaine.

Jeff eut l'impression que Lauzier progressait plus vite que lui dans cette recherche de vérité. Le fait que Madeleine le trouvât bien le vexait un peu. Mais elle avait raison. Cela dit, il était défavorisé face au militaire. *Primo*, ce n'était pas son métier ; *deuzio*, il était seul et relativement isolé. Lauzier pouvait aller au-devant des événements, lui les attendait. À ce propos, il n'avait pas eu de nouvelles de Touillard. Avait-il terminé la réparation de la Peugeot 202 beige ? La visite du chef de la brigade de Gaillac l'aiguillonna. Il appela le garagiste.

— Pour le 13 à Vlaniac, le 19 à Saugues. Merci.

— Allô Touillard, ici Sagnal, où en êtes-vous avec cette bagnole ?

— Elle est prête. Il doit venir demain matin, mais c'est pas sûr.

— Quelle heure ?

— J'sais pas, j'suis pas de la police.

Touillard n'avait pas l'air d'apprécier ce que lui faisait jouer Sagnal. Il devrait faire le pied de grue s'il voulait savoir qui était l'homme et où il allait. Si tout se passait bien, rien n'indiquait pour autant que cette auto fût celle ayant véhiculé Charlotte Valiev. Il fallait y aller.

Le lendemain, il emprunta la Topolino. Au croisement de la route Grandieu-Saugues, il vit le curé adossé au parapet du pont sur la Vierre. Il ralentit.

— Vous allez à la pêche, curé ?

— Non, j'attends le car, c'est pas son arrêt, mais j'étais en avance et je fais un peu d'exercice. Il me prendra en passant.

— Je vous emmène. Allez, montez.

Laduche n'osa pas refuser.

— Vous allez faire des courses ?

— Je vais voir mon collègue de Saugues.

Ils échangèrent des banalités et Jeff s'arrêta sur la place de la collégiale. Il le regarda s'éloigner en se demandant où il allait « planquer » de façon à voir le garage Touillard et ses abords. Il avait pris la précaution d'emporter un gros morceau de pain et du fromage, plus une chopine de vin, disant qu'il avait à faire à Langeac et qu'il ne voulait pas aller au resto. Un instant, il craint qu'une des filles veuille venir. Il aurait été dans l'embarras. Mais non. Il se casa un peu de biais dans l'habitacle. À midi, il n'avait rien vu d'autre que Touillard entrant et sortant du garage, discutant avec un client. Il pleuvait, il n'avait pas chaud. Il commençait à en avoir marre, lorsque vers les 14 heures il vit le curé passer sur le trottoir d'en face et entrer chez Touillard. Son embonpoint lui donnait une démarche heurtée. Laduche allait-il acheter une auto ? Rien ne s'y opposait. Mine de rien, le curé avait un esprit moderne. Il l'était plus que Lebreton. Le maire, lui, était traditionaliste et gaulliste. Lui, évolutionniste et communiste, enfin presque. Pris dans ses pensées, il ne vit pas de suite le museau de la 202 passer le portail. Le temps de réaliser et de démarrer, elle lui fila sous le nez. Il n'avait pas eu le temps de voir le conducteur. Il ne pouvait la coller, resta à une centaine de mètres. Ils roulèrent une douzaine de kilomètres en direction du Puy, puis consciencieusement le pilote actionna sa flèche directionnelle droite. Elle se balança hors de la carrosserie en s'allumant. Il freina et s'arrêta devant une ferme. Jeff ralentit, mais risquait de se faire repérer. La portière de la 202 s'ouvrit vers l'avant et le haut du corps d'un homme en noir apparut… Laduche s'extirpa.

— Merde ! Ça alors, le curé.

Il dut passer devant, impossible de s'arrêter. Qui venait-il voir ? Dans le rétro, il le vit, déjà loin derrière, revenir vers l'auto avec un homme. Puis un virage le lui dissimula. Il dut tourner assez loin dans un espace aménagé pour le débardage de buttes[1]. Le temps de revenir, l'auto avait disparu et Duchagrin aussi. Était-il entré dans la cour de la ferme ou était-il reparti ? Perplexe, il revint vers

1. Buttes : terme local pour grumes ; sapin ébranché, écorcé et écimé en attente de chargement.

Saugues aussi rapidement que lui permettait le petit moteur de la Fiat Topolino, espérant le cas échéant rattraper une 202 bien plus puissante. Il se retrouva à l'entrée de la ville, s'apprêtant à la traverser pour récupérer la direction de Vlaniac lorsqu'il vit Laduche. À l'évidence, on venait de le déposer. Il fit ni une ni deux, joua de l'avertisseur, baissa sa vitre et lui fit signe.

— Je rentre, curé, si vous en avez terminé avec vos visites je vous rapatrie. Il est 16 heures, ça vous gagnera une bonne demi-heure sur le car, montez.

— Vous aviez à faire dans le coin ? C'est quoi cette auto ?

— Celle de Mme Granget.

— Ah ! Et les zazous, ça va ?

— Très bien, l'un d'eux, Maurice, s'intéresse à la culture, figurez-vous. Je l'ai emmené travailler à la vigne. Votre collègue va bien ?

— Oh ! Il est plus âgé que moi, il redoute d'entrer dans une maison de retraite pour curés. Vous voyez d'ici l'ambiance, pas de femmes, sauf les sœurs.

— Eh ! Dites, vous vous y intéressez sur le tard.

— Pas sur le tard, beaucoup viennent se mettre à genoux devant moi chaque mois… je veux dire, au confessionnal.

Duchagrin gloussa.

Jeff le monta jusqu'à l'église et rentra. Il avait appris beaucoup, mais ne savait pas quoi. Avec qui avait-il rendez-vous ? À qui appartenait cette 202 que contre toute attente il le vit récupérer chez Touillard ? Le curé était dans le coup pour Charlotte Valiev. Il savait lui aussi qu'elle était à *L'Éventre-Loup*. Il ne pouvait donc agir seul. Arnaud était-il l'instigateur, celui qui avait amené Charlotte à Saugues pour qu'elle prenne le car et arrive à Vlaniac comme une simple touriste, celui qui l'avait extraite de l'auberge et celui qui l'avait ramenée ? Finalement, les bienfaits, pour lui, de la fameuse lettre pouvaient s'avérer contre-productifs en empêchant l'enquête d'aboutir. Oui, il semblait maintenant évident que le lien dans toute cette affaire était Arnaud, le chef des résistants communistes, un type un peu secret, mais qu'il appréciait.

Sagnal ne voyait que lui. Avait-il eu des rapports à Paris avec le PCF durant sa période de clandestinité ? Y avait-il connu Charlotte et, depuis, stupidement, essayait-il de la soustraire à la justice française, craignant que personne ne croie à son innocence, le pilote Valiev pesant trop lourd dans la balance ?

C'était l'attitude incohérente d'un homme amoureux. Arnaud était-il son amant ? Il rentra à l'auberge.

Vu le temps, Madeleine et les filles avaient fait la lessive dans le grand baquet. Elles avaient tendu des cordes pour l'y étendre et faisaient ronfler le poêle. La chaleur humide qui se dégageait était un peu suffocante. Madeleine anticipa la question de Jeff :

— Ça sera sec dans la nuit.

Les zazous jouaient aux cartes, rigolaient et s'invectivaient. Madeleine et Charlotte avaient pris les fauteuils dans l'angle du salon et lisaient. Jeff s'approcha :

— Charlotte, il faut en finir, vous ne pouvez pas rester cloîtrée ici. Voilà c'que je viens de faire, de découvrir et, compte tenu de ce que je connais de vous, voici ce que je pense.

Il déballa tout ce qu'il venait d'échafauder après avoir déposé le curé. En ajoutant :

— J'ai raison, Charlotte, au moins pour Arnaud ?

— Oui !

Elle posa son livre avec lassitude.

Madeleine intervint :

— Arnaud est un type bien, je suppose, mais il est trop angoissé. Certes, en ce moment notre justice peut commettre des erreurs dans son désir d'en finir, mais rien de tel que de s'expliquer.

Sagnal reprit les choses en main :

— Je remonte de suite voir le curé, qu'il demande à Arnaud de venir. Je le fais avec Lauzier pour un rendez-vous ici à l'auberge au plus tôt. Et avec toi aussi, Charlotte.

— Il est tard, se risqua Madeleine.

— Je n'en ai pas pour longtemps.
La portière de la Topolino claqua.

— S'cusez-moi, curé. J'ai oublié de vous féliciter pour votre conduite automobile.

— Tournez pas autour du pot, Jeff. Je vous avais vu, Touillard m'avait prévenu. J'ai passé mon permis en 1912 à Remiremont, sur un camion Latil avec des roues à bandage. C'est pas d'hier. Bien, on va pas faire des allers-retours en questions oiseuses, Jeff. J'allais voir Arnaud, et finalement ça aurait été bien que vous vous arrêtiez. On aurait déjà avancé. La 202 appartient au notaire Provost. Oui, celui avec qui vous chassez.

— Mais je croyais qu'il avait seulement la Peugeot 402.

— Non, nous avions besoin d'une voiture pour la transmission de certains documents. Voire d'armes et de dynamite. La 202 est au nom d'un ami qui n'existe pas, Provost sait exploiter des relations à la préfecture. Eh oui, quand on est coincé, faut pas refuser les combines.

— Mais…

— Ne m'interrompez pas, Jeff ! Je vais vous dire des choses dont je ne parle jamais car patauger dans l'arrière-guerre ne m'intéresse pas. On l'a vécue, c'est suffisant. Donc Provost était des nôtres, personne ne s'en douta. Arnaud était la courroie de transmission. Soit dit en passant,

Touillard aussi. Les autres, vous les connaissez. Il y eut les combattants du mont Mouchet, du pont du Crépoux, de Pauillac, Pinols, Clavières, Chastel pour ne parler que de ceux-là, et les civils qui ont trinqué avec. Sagnal, les amochés vous en avez hébergé. Cela dit, je pense que vous avez fini par comprendre qu'Arnaud était une pièce majeure chez les patriotes. Il lui fut donné des responsabilités autres que de résistance, disons politiques. Il y avait déjà un maillage, certes distendu et sous-marin, avec des cellules bolcheviques sur le territoire. Il allait dans la banlieue parisienne pour recevoir des ordres qui ne pouvaient qu'être transmis de vive voix. Je n'étais pas toujours en accord avec lui. Le grand frère soviétique me semblait devenir... envahissant, je n'aimais et toujours pas ses airs paternalistes. Le socialisme pour le peuple, oui, mais en toute indépendance. Il y rencontra Mme Valiev. Je vous passe les détails. Si les RG n'étaient pas tombés par hasard sur le passé d'Alexis Valiev, ils se seraient mariés lorsque le IIIe Reich, l'empire nazi, aurait rendu les armes. C'était leur projet. Là, Arnaud s'est enfoncé dans une psychose absurde. Charlotte arrêtée, procès bâclé, et hop, en taule, pour combien ? Impossible de le raisonner. Il était submergé par une invraisemblable paranoïa. Depuis quelque temps, il évitait de sortir de la ferme devant laquelle je me suis arrêté... des amis. Il devait reprendre la 202 pour monter à Paris mais n'osait pas se pointer à Saugues, craignant de se faire coincer. Il me fit contacter par Léonard, le lunetier, pour que je m'en charge. Il arrivera demain matin au siège du parti. Lui n'a aucune responsabilité dans une quelconque action d'espionnage. Nous sommes en démocratie, il a le droit d'aller où il veut, de fréquenter qui il veut dans les limites de la loi. C'est pour ça que sa conduite est stupide, aucune preuve ne peut lui être collée sur le dos, pas plus qu'à Mme Valiev. Là, pour le coup il a fait de la mauvaise résistance.

Laduche leva les bras et les yeux au ciel.

— Si au moins il n'avait pas été amoureux.

Il eut un sourire fataliste, trotta jusqu'à un petit placard encastré dans le mur de sa cuisine. Il en retira une bouteille et deux verres.

— C'est un alcool spécial qui vient des Alpes, j'y ai de la famille du côté de ma mère, à Gap. C'est du genépi, une plante qui ne pousse qu'à deux mille mètres d'altitude et qu'on laisse macérer. C'est un peu moins fort que votre gnôle, mais pas tant. À la vôtre et qu'on en finisse. Même sous la torture, je ne pourrai plus rien dire.

Sagnal rentra totalement vidé. Si ça n'avait tenu qu'à lui, il serait monté se coucher. Ce n'était pas physique, une trop forte tension morale. Il eut une pensée fugitive pour Lucienne. Un charmant petit ange rose voleta. « Demain, je m'occuperai de toi. » Charlotte leva la tête vers lui :

— Alors ?

— Ça va aller.

Il s'effondra sur le siège qu'elle venait d'abandonner. Le visage soucieux de la Valiev se détendit, elle sourit et, en passant devant les zazous, brouilla les cartes étalées.

— Allez, les filles, en cuisine ! Il est 21 heures.

Jamais il n'aurait imaginé que Vlaniac fût le centre d'autant d'histoires en si peu de temps. L'affaire Valiev resterait en grande partie inconnue des villageois, les zazous allaient s'évanouir, Lucienne ne tiendrait pas parole. Restait Madeleine. Elle avait donné de sa personne, s'était engagée pour le soutenir, avait fait jouer ses appuis. Sa force morale l'avait impressionné. Il ne savait pas quel genre de sentiments il y attachait. C'était confus. Il n'osait pas lui demander si la date de son départ était décidée, pourtant elle était là, devant lui, absorbée à demi par sa lecture car, à plusieurs reprises, elle le regarda, une interrogation dans les prunelles. En fait, elle suivait le cours de ses pensées et les exprima :

— Pensez-vous, Jeff, que j'aie un instant pu envisager un pareil séjour à Vlaniac ? Et, mon Dieu, que cette petite Topolino me fasse un coup pareil ? Allons… impensable, Jeff. Je ne l'ai pas embrassée, mais je le ferai. Elle est romanesque notre histoire, n'est-ce pas ? C'est un petit bout de vie que je suis bien aise d'avoir vécu, Jeff. Dommage, tout a une fin.

Elle chantonna :

— « Puisque vous partez en voyage, puisque nous nous quittons ce soir, mon cœur est en apprentissage, je vais sourire avec courage… la, la, la la la la lalère… » Mais je la sais en entier. Plus tard, peut-être… je pourrai vous la chanter.

Sagnal ne releva pas le « notre histoire », mais l'adjectif possessif, tel un trait, se ficha en lui quelque part malgré l'épaisseur de sa couenne. Il toussota et se leva.

— J'étais éreinté. Ça va mieux, Madeleine, j'ai même faim. Je n'ai pas mangé grand-chose de la provision que j'avais emportée.

Maurice, Jérôme et Henri parlaient à voix basse. Régine émergea de la cuisine :

— Hélas, vous allez bientôt redevenir vous-mêmes, vos hardes seront bientôt sèches. En attendant, mes seigneurs, vous pourriez placer la table.

Jeff appela le chef de la brigade de Gaillac.

— Lauzier, salut, Sagnal. Bon, elle est là.

— Ben oui, je sais, et alors ?

— Réunion à l'auberge lorsque Arnaud rentrera. Prépare les bracelets.

— Tu arrêtes tes conneries, Sagnal. Non ! C'est le règlement, faut que vous veniez à la brigade si vous devez faire des dépositions.

— D'accord. Pour moi, ce sera rapide : RAS et je signe. Après, si tu nous laisses repartir, civet de sanglier à *L'Éventre-Loup*.

— Cette fois, vot… ton compte est bon, Sagnal : corruption et atteinte à la santé d'un fonctionnaire. Engorgement du foie à la clé, ça va faire chérot.

Lauzier avait hésité sur le vous, le tu. Mais après tout…

*

* *

Jeff s'était promis de renouer avec le bourg. Il avait bien vécu jusqu'à présent comme un sauvage. Mais il ne savait pas comment s'y prendre. Il n'allait pas sonner ou frapper à toutes les portes pour dire : « Eh, me voilà, Sagnal, bon, on se voit pas souvent mais ça va changer. » Certes, il les connaissait tous, bonjour-bonsoir, les chasseurs oui, un peu plus. Le maire, chaque fois qu'il lui tombait une dent, autrement dit pas souvent. Finalement c'était bien avec Lauzier qu'il avait le plus de contacts, incroyable ! Sa manie de suspecter *L'Éventre-Loup*, de soupçonner l'auberge de maux qu'il se forgeait dans sa tête. Lauzier était impressionnable. Il n'était pas bête mais il enrageait de ne pas comprendre, que la solution d'une affaire se défile, lui échappe alors qu'il pensait la tenir. *L'Éventre-Loup* en faisait partie.

En tant que gendarme c'était un homme pragmatique. Efficacité et réalisme, pourtant les siècles passés lui inspiraient de la défiance, des présomptions sur des choses abominables qui ne pouvaient s'être passées que dans ces temps lointains, mais qui avaient peut-être laissé des traces, des habitudes difficiles à se défaire pouvant porter à commettre encore des horreurs. Lauzier était-il au courant de l'histoire des sœurs Morel ? Pas sûr, beaucoup de gens la méconnaissaient et ça virait peu à peu vers la légende, les contes des soirées paysannes où il était apprécié que l'on fît peur aux femmes. Calcul ? Ne se réfugiaient-elles pas, terrorisées, dans les bras de leur époux le soir dans l'alcôve ? Ceci étant, l'affaire avait fait l'objet d'une déposition enregistrée par la maréchaussée de Gaillac à laquelle l'homme, un dénommé Blaise Eugène Laplace, marchand d'étoffe, sis à Cahors, encore bouleversé, alla raconter sa mésaventure. Vrai ou pas ? Avait-il mystifié tout le monde avec cette histoire très bien ficelée ?

Un gros rigolo, le Blaise ? Les incrédules étaient nombreux, encore aujourd'hui on en parlait. Mais Sagnal voulait y croire. Ça s'était peut-être passé chez lui.

*
* *

Rien à faire, à *L'Éventre-Loup* ça sentait la débâcle. Un iceberg s'était déjà détaché de la banquise, Hortense, d'autres allaient suivre, dans quel ordre ? Charlotte, peut-être emportée par son Arnaud, puis les zazous, groupés ou dispersés, et puis Madeleine. Évoquer son départ énervait Jeff. Rien ne l'énervait davantage que les situations où il ne pouvait agir, subissait. Dire que, à part Lauzier, quelques clients occasionnels, les chasseurs et Octave, le guenilleux, il avait vécu quasiment seul sans s'en apercevoir vraiment. Là, subitement, après la tourmente des zaz, la douce folie d'Hortense, le drame de Charlotte et la rigueur imposée par Madeleine, il ne voyait plus cela possible.

Duchagrin attendit le retour d'Arnaud et l'informa de la situation. Le patriote resta pessimiste. Charlotte n'allait-elle pas bêtement se jeter dans les bras de la gendarmerie ? Il n'avait pas confiance en Lauzier qu'il connaissait bien. Il ne l'accusait pas d'abus de pouvoir, sachant bien que le brigadier respectait les ordres de sa hiérarchie. Mais la réunion fut acceptée. Il forgea une défense béton, ayant bien l'intention pour impressionner de parler des leaders communistes qu'il avait rencontrés. Un Parti communiste en passe de prendre le pouvoir, ça se respecte. Le curé lui conseilla d'y renoncer. Jeff lui avait dit que Lauzier semblait être dans de bonnes dispositions, que le braquer ne servirait à rien qu'à perdre du temps.

— Présentons-nous comme des innocents, pas comme des coupables qui se défendent.

Arnaud râla, mais Madeleine intervint :

— Je vous comprends, Arnaud, mais il est temps d'abandonner nos réactions de Français occupés. Nous sommes libres grâce à nos alliés, nos forces, l'engagement des résistants et la vaillance de notre peuple. Lauzier n'est pas un nazi, c'est un gendarme et eux aussi ont donné. Il fallait bien que certains de ces militaires restent pour l'ordre public, certes sous Vichy, mais qu'y pouvaient-ils ? M. le curé a raison, allons-y à mains nues. Ayez confiance, Arnaud.

Le surlendemain matin, Jeff, Charlotte, le curé, Arnaud et Madeleine, ainsi que le maire, prévenu par Laduche, se casèrent tant bien que mal dans la mystérieuse Peugeot 202 beige pilotée par le patriote résistant amoureux. Ils se présentèrent dans les locaux de la gendarmerie de Gaillac. Lauzier resta debout, raide derrière son bureau, une solennité qui ne fit pas bonne impression.

— Asseyez-vous, mais ça va être rapide. Le rapport est accablant.

Arnaud se tendit. Le curé regarda Jeff.

— Voilà, il n'y a rien dans les dossiers ouverts à l'encontre de M. André Sagnal et Mme Charlotte Valiev. Toute enquête à leur égard est levée. Il s'agissait d'un regrettable malentendu. J'ai ici une lettre arrivée hier à l'autorité de Saugues, venant du ministère de l'Intérieur, bureau de la sécurité du territoire. Vous n'étiez pas inculpés ni témoins. Comme il n'y a pas de levée d'écrous, je ne peux pas vous dire que vous êtes libres, mais je garde Arnaud Lagier…

Charlotte se leva brusquement, fit basculer sa chaise et se précipita dans les bras d'Arnaud.

— Non ! cria-t-elle.

Alors Lauzier leva les bras.

— Ça va, ça va, c'est une blague, mais si j'avais eu besoin d'une preuve…

Arnaud repoussa tendrement Charlotte et alla vers le brigadier. Il lui tendit la main et lui donna l'accolade en disant :

— T'es quand même un gros dégueulasse, Lauzier.

Rires, sanglots, paroles confuses.

Lebreton se leva, une main sur le cœur, Laduche le tira par le pan de sa veste.

— Dis, tu vas pas nous faire un discours. Mais si on va boire un coup, j'dis pas non, monsieur le maire, et c'est toi qui payes.

— Merde alors, comme t'y vas, curé.

Rigolades.

Lauzier les raccompagna, il n'était pas fâché que cette affaire soit classée. Il n'aimait pas avoir le cul entre deux chaises, c'était le truc à se faire dézinguer par un camp ou par l'autre, rien à gagner, que des coups. Jeff y alla à la bonne :

— Alors Lauzier, tout le monde est innocent. Ce civet de cochon, ça te dit ou pas ?

Contre toute attente, Lauzier lança :

— C'est bien d'être innocent, mais faut pas en abuser. J'ai entendu ça dans la bouche d'un procureur. Il avait de l'humour.

— C'est joli, fit Madeleine.

Ce fut le moment choisi par une petite femme maigriotte, un cabas en toile cirée noire à la main, pour gravir le perron avec vivacité.

— S'cusez-moi… Dis, Robert, pense aux patates, tiens, voilà le sac, dis à ton copain qu'on prendra encore cinquante kilos s'il en reste. Ça fait deux fois que t'oublies, finira par plus y en avoir.

Lauzier se tortilla, embarrassé, son autorité venait de vaciller.

— C'est ma femme, Françoise, elle a toujours peur de manquer, elle se croit encore sous les Boches.

Il tenta de rire, elle se retourna :

— Penses-y, hein !

Le brigadier redevenait « homme ».

— C'est Octave Larue, tu sais, çui vers la petite combe. Faut qu'j'y monte avec la Juva, c'est pas réglementaire, mais j'vais pas rapporter ça sur le porte-bagages du vélo. Pour octobre, si t'en veux, je lui dis.

— Je les prends chez Sylvestre, merci. Alors, le civet ? Samedi, ça te va ?

— Allez ! C'est du braconnage ?

— Ben oui. Je l'ai tué y a huit jours. Bon, j'organise ça.

Lauzier releva son képi, comme s'il avait voulu y planquer cette confidence sur une pratique qu'il combattait depuis des lustres.

Avant de s'engouffrer dans la voiture, Charlotte prit Madeleine par le bras et s'approcha de Jeff :

— À vous, Jeff, et aussi à toi, Madeleine, j'ai menti sur bien des points, rien d'important. Mais ce n'était pas facile pour moi. J'étais persuadée que la vérité sur la relation avec Arnaud m'accuserait. Alors je l'ai un peu malmenée. L'ami de mon mari, le mécano de son escadrille. C'était puéril, mais le vrai a existé, Alexis m'en parlait. Mais il l'avait perdu de vue. Lui-même me disait-il la vérité ? Croyez que c'était douloureux pour moi de vous tromper.

Elle les embrassa.

— Merci.

Lorsqu'ils arrivèrent à l'auberge, après avoir déposé le curé et le maire, la grosse Packard était devant la porte. Le coffre était ouvert. Lucienne sortit avec quelques vêtements qu'elle mit dans l'auto, se retourna vers Jeff, haussa les épaules avec un air navré :

— On y va, Jeff, désolée, hein ! Régine va te payer le séjour.

Les autres descendaient les marches. Maurice-Zouzou avait l'air d'un clown triste avec sa veste trop longue. Pour passer, la mode zazou exigeait l'exubérance. Pour les deux autres, avec leurs *knickerbockers* et leur veste cintrée à martingale, ça allait. Il était temps de changer de garde-robe. Régine s'approcha :

— On te doit combien, Jeff ?

Il leva une main en signe de refus.

— Ça va.

Il porta le regard en direction de Lucienne.

— Mais si vous voulez me faire plaisir et si rien vous presse, attendez samedi, après-demain, on fait la fête.

Les zazous se regardèrent.

— Alors on fait quoi ? les houspilla Lucienne.

Maurice interrogea Jeff :

— Si on peut passer le mulet, demain on reste.

— C'est d'accord.

Ce petit entracte détendit l'atmosphère, c'était dur pour tous de partir comme ça.

Charlotte s'approcha des filles :

— Voici Arnaud.

— Dommage que tu l'aies piqué avant nous, fit Régine. Tant pis, on s'en passera.

Elle se pendit au bras de Sagnal, comme une petite fille qui quémande une friandise à son père :

— Dis voir, Jeff, ce soir tu nous racontes cette histoire des sœurs Morel ?

— Oui, mais j'vous préviens, vous n'allez pas dormir de la nuit.

Ils s'engouffrèrent dans l'auberge en riant.

Étrangement, Madeleine s'était éclipsée. Cette ambiance de départ ne lui convenait pas et elle culpabilisait à l'idée qu'elle aussi allait devoir quitter *L'Éventre-Loup.* Certes, elle reviendrait, le moulin désormais, sauf de changer d'avis, l'attachait. Qu'allait faire Hortense ?

Elle y avait déjà songé et ses conclusions étaient les mêmes : elle ne viendrait pas. Hortense était trop versatile, fantasque et éprise de la vie brillante de la ville. Elle s'emballait sur des projets qui ne lui correspondaient pas, histoire de se prouver qu'elle pouvait sortir de son carcan bourgeois, mais n'allait jamais loin. Pourtant, au début, Madeleine y avait cru, enfin elle avait cru surtout en Frantz. Lui, plus âgé qu'elle, à deux doigts de la retraite, aurait sûrement aimé faire marcher le moulin. Elle avait puisé dans sa cagnotte au-delà du raisonnable, sans se démunir pour autant. Elle avait eu pour Richaud le même coup de cœur que Siméon Pouchet-Fenier, mais au-delà elle se sentait confrontée à sa propre impuissance.

Sans vouloir entrer dans des détails scabreux, Madeleine se demandait comment Hortense et Régine s'étaient mutuellement réchauffées lorsqu'elles étaient remontées du moulin. Elle voyait mal sa sœur s'engager à corps perdu dans une… relation… enfin quoi, une relation. Elle n'ignorait pas cependant que le sexe est l'imprévisibilité même. Combien de vertueux avaient succombé ? Peut-être des effleurements du bout des doigts, peut-être un baiser à la commissure des lèvres qui s'éternise ? Pour autant, qui ne sait qu'il n'y a rien de plus dangereux si le terrain s'y prête ? Elle les avait retrouvées devant le poêle, il s'agissait d'un autre réconfort où seuls les sens du ressenti, odeur-chaleur, intervenaient, le cœur n'était pas indispensable. En tout cas, il y avait eu quelque chose. Au fond d'elle, n'en aurait-elle pas été contente ? Après tout, une félicité, fût-elle de courte durée, n'est pas à dédaigner. Ça lui donnait envie de rire. Il n'y avait pas de quoi être triste, la vie est un chemin sinueux semé de chausse-trappes traîtresses et de pièges délicieux. Est-ce une faute que d'y tomber ?

Au lycée, n'avait-elle pas eu une petite faiblesse pour cette Francine ? Ne lui avait-elle pas pris la main avec émotion lors d'une des séances de cinéma organisées par les sœurs du pensionnat

Sainte-Sophie, une fois par mois ? Tout au plus une complicité, mais l'attirance était là. Elle balaya ça de son esprit en une caresse, il n'y avait pas de place pour un geste brusque qui eût souligné une faute.

Dimanche, elle serait seule avec Jeff, comme aux premiers jours de son arrivée à *L'Éventre-Loup*, et alors ?

Sagnal n'avait pas à préparer le sanglier, d'ailleurs il était un peu tard. Non, il avait voulu tester la magnanimité du brigadier. En temps de chasse, il le préparait dans une grande bassine de cuivre et remplissait des bocaux de verre qu'il stérilisait. Il avait toujours une réserve importante au cas où. Un bocal, ça faisait pour trois bons mangeurs. Ils seraient douze. Cinq suffiraient, mais il en sortit six de sa cave.

Laduche, le couple Lebreton en seraient, Lauzier et sa femme, Charlotte et Arnaud, lui et Madeleine, plus les cinq zazous. Il ajouta Marguerite Cheminot.

Maurice était retourné dans la grande chambre qu'il avait partagée avec Henri et Jérôme. Il y récupéra le pantalon et le pull de Jeff et jeta sa veste à carreaux sur le lit.

— À quelle heure on attaque demain, Jeff, avec le mulet ?

— J'irai récupérer la bête au lever du soleil, retour ici, le temps de la bâter. Le soc est sur place dans la cabane. On f'ra deux grandes heures jusqu'à midi et dans l'après-midi on aura fini. J'ai pas l'intention de travailler, c'est toi qui te taperas le boulot. J'te montre sur vingt mètres, après tu te démerdes, mais si tu m'arraches un cep, je vais gueuler.

Il était visible que la confiance de Jeff lui faisait plaisir. Lucienne se moqua :

— Tu as perdu ton temps, Zouzou. Combien d'années d'études pour décrocher ta maîtrise sur la civilisation grecque, ses historiens, ses philosophes ? Alors qu'en cinq minutes tu peux conduire une mule, cultiver une vigne, faire du vin, le vendre et gagner ta vie.

Les zaz gueulèrent comme des potaches :

— Aux chiottes, Hérodote ! Aux chiottes, Hérodote !

— Merde, vous avez raison, je me suis planté.

Madeleine atténua la déception feinte :

— Notez, Maurice, qu'il est plus facile de devenir vigneron après avoir présenté une thèse que le contraire. Cela dit sans vouloir être vexante.

Lucienne ajouta son grain de sel :

— Oui, mais fini les bars à Saint-Germain, les boîtes de jazz, les cafés mondains, le swing, la littérature, les « cholies madmazelles, ja, bedis nijons pergés, le ronde de mollet, atch !... »

Les zaz entonnèrent par dérision :

— Maréchal, nous voilà... le sauveur de la France...

Puis Régine et Lucienne s'aperçurent que Charlotte et Arnaud n'étaient plus là.

— Madeleine... où est Charlotte ?

Mme Granget-Pouchet-Fenier fit un geste vulgaire qui eût été déplacé dans une si grande famille. Avec une jolie grimace éloquente, elle leva le pouce vers les chambres. Les garçons comprirent. Ils se ruèrent dans la cuisine, raflèrent des gamelles et des cuillères, grimpèrent à l'étage en faisant un boucan du diable, puis ils entonnèrent la *Marche nuptiale* de Mendelssohn dans des sonorités discordantes...

— Arnaud, une chanson ! Arnaud, une chanson !

C'était peut-être beaucoup demander dans l'instant. Ils redescendirent et reprirent les mots de Zouzou lorsqu'ils étaient arrivés à *L'Éventre-Loup* :

— Aubergiste, du vin !

Arnaud descendit le premier.

— Excusez-nous, on était fatigués.

— Eh oui, on le comprend, fit Madeleine, mi-figue mi-« raison ». Hein vous autres qu'on le comprend ?

Ils n'auraient pas fait mieux en ayant répété la scène et en chœur :

— Oh oui, on le comprend.

Ce fut une déferlante de rires et de quolibets.

— Vaut mieux être fatigué après qu'avant.

Et d'autres blagues plus lestes. Pour ne pas l'embarrasser, tout se calma lorsque Charlotte se montra. Les mines étaient rieuses, comme s'ils partageaient. Madeleine, en maîtresse de maison, lança :

— Allez, fini la récréation, à table.

Pas d'ambiguïté, cela pouvait s'adresser à tous.

Après cette journée, la soirée tint ses promesses et Régine remit ça sur le tapis :

— Les sœurs Morel, Jeff, tu nous racontes ça ?

Jeff, alla chercher des verres et une bouteille de blanche. Puis il recula sa chaise, allongea les jambes.

— Les anciens y attachaient de l'importance. Il faut dire que le témoin a déposé en gendarmerie, la maréchaussée à l'époque. Le document existe, j'en ai ici la copie. Bref, un jour de novembre, en 1862, le sieur Blaise Eugène Laplace venait de Langeac. C'était une sorte de colporteur, un négociant, plus exactement, qui faisait dans les étoffes. Il fut pris par la neige, mais il crut passer avec un bon cheval et une carriole capotée, un bon tas de couvertures sur les jambes. Hélas, il se rendit vite compte que le cheval n'appréciait pas la situation. Il renâclait, la neige s'épaississait. Il se crut coincé dans la tourmente. Il finit par descendre pour prendre le cheval par la bride. Il l'encouragea sur plus de deux kilomètres et, alors qu'il allait renoncer, il aperçut le relais de poste au travers d'un rideau de neige, l'auberge qui n'était pas encore *L'Éventre-Loup*. Il était minuit. Il y parvint. Le grand portail était ouvert, il salua l'intelligence des propriétaires, entra son attelage. Détela l'animal et le protégea dans un appentis. Puis, empoignant sa mallette de cuir, il toqua à la porte. Ne recevant aucune réponse, il tourna la lourde poignée de fonte. La porte s'ouvrit. À l'intérieur, une chandelle brûlait sur une petite table. Une clé, une seule, pendait à un tableau avec le numéro 4.

Jeff se tourna, montra l'entrée.

— Elle devait être là et, si vous regardez bien, les trous de goupilles de bois pour les clés existent encore. Une seconde chandelle attendait qu'on l'allume. Il le fit et grimpa. La 4 est en face, c'est la mienne, indiqua Sagnal. La maison était glaciale. Il se dit que les propriétaires devaient être chiches, mais ce n'était pas grave, il était à l'abri, son cheval aussi et sûrement qu'au matin le poêle ronflerait. Bien qu'il n'en eût jamais essayé, l'étroitesse du lit lui fit penser à un cercueil. Le sommier était dur. Il fallut du temps pour que son corps le réchauffe. Une porte claqua et le sortit d'une amorce de sommeil. Puis un rire sonore, un peu halluciné, résonna et des paroles incompréhensibles, sortes d'altercations, suivirent, puis des chocs, des raclements, un peu comme si un client déplaçait les meubles. Des gens sans gêne, pensa Laplace. Il tourna et se retourna pour retrouver le sommeil, mais des pas très distincts se firent entendre dans le couloir et semblèrent s'arrêter devant sa porte. Les poils de ses bras et ses jambes se dressèrent et une onde désagréable parcourut son échine. D'un bond, il fut debout, s'empara d'une chaise et la bloqua sous le loquet. Il colla son oreille contre le battant d'où lui parvenait nettement une respiration de forge. La porte craqua légèrement, comme si l'on s'y appuyait. Il prit sa mallette faite d'un cuir très rigide avec des renforts d'angle en métal. Une arme comme une autre. Puis ce fut une galopade, des cris et ce rire fou, dément qui faisait vibrer les cloisons. Il se décida à gueuler pour rompre une terreur grandissante : « Allez-vous bientôt finir cette mascarade, ça suffit à la fin ! » Puis il ouvrit sa porte brusquement, prêt à affronter qui se montrerait agressif. Rien, le couloir était vide, il se pencha sur la balustrade. En bas, la chandelle brûlait encore. Plus aucun bruit. À 8 heures, le jour pointa. Il avait mal dormi, à moitié habillé. Il descendit avec la hâte de boire une boisson brûlante, une soupe, et dire au patron ce qu'il pensait de ses clients. Il n'y avait personne nulle part ni aucune lumière. Il appela en vain. C'était quoi ce relais de poste, un coupe-gorge ou une maison de fou ? Il pensa qu'on avait pu dérober son cheval. Il sortit, sa voiture et sa marchandise, le cheval aussi étaient là. Il devait avoir faim. Il attela. La neige s'était arrêtée. Il n'avait qu'une hâte, foutre le camp. Il balança sa mallette sur le siège, grimpa sur le marchepied et s'aperçut qu'il n'avait pas payé. À contrecœur, il revint sur ses pas avec en main le montant approximatif du coût de la chambre. Il tourna la poignée et poussa la porte. Fermée. Il fit plusieurs tentatives, puis, avec un fort bâton qu'il conservait sous son siège, il tambourina l'huis. De guerre lasse, il regarda par le trou de serrure, la chandelle éclairait encore l'entrée, une longueur de vie anormale. Très intrigué, le sieur Laplace reprit la route et arriva péniblement dans le bourg de Gaillac. Il s'informa auprès d'une brave femme qui foulait la neige, emmitouflée dans un long châle, si d'aventure il y avait une maison servant à boire. Elle lui indiqua une gargote ou brûlait un feu. Il entra. « Auriez-vous quelque chose qui puisse me réchauffer, mon ami ? — Ça, oui ! Un vin chaud, j'aurai qu'ça. » Il but à se brûler tant il avait besoin de chaleur intérieure. Le gargotier s'informa : « Et avec ce temps vous avez dormi dans votre carriole ? Et ça retombe, regardez ! Vous auriez pu vous r'trouver raide et le cheval avec. — Non, mais j'aurais mieux fait, j'me suis arrêté dans la tourmente, sur la route du haut, dans ce relais de poste. Des gens impossibles, personne ce matin, je suis parti sans payer et, cette nuit, quelle sarabande ! Des clients fous, ma parole, oui, fous ! J'ai même eu peur. » L'homme le regarda par-dessus son épaule en mettant une bûche au foyer. « Vous dites avoir dormi là ? — Oui, et je me suis gelé. — Mais, mon bon monsieur, c'est impossible, le relais est fermé depuis deux ans. Oh, hélas, c'est pas les malfaisants qui manquent. Si la porte était ouverte, peut-être qu'une bande de brigands était entrée. Vous avez eu de la chance qu'ils ne vous dépouillent pas ou vous assassinent. Les chemins sont pas sûrs, si vous n'avez pas besoin d'venir par chez nous, mieux vaudrait vous en retourner. » Le patron n'avait pas envie de discuter là-dessus, l'affaire ne lui parut pas honnête et le bonhomme non plus. « Vous pouvez toujours le signaler à la maréchaussée, la canaille est peut-être encore dans la place. » Le sieur Laplace alla faire sa déposition. Les gendarmes le laissèrent parler, l'enregistrèrent sur un procès-verbal et le firent signer. Ce n'est qu'après qu'ils lui signifièrent que les anciennes tenancières, les dames Morel, avaient mis la clé sous la porte, disparues deux ans auparavant, sans laisser d'adresse, après avoir remis, comme chaque mois selon les termes du bail, l'argent de la location au notaire de Saugues qui gérait les affaires de la succession des comtes d'Uzière.

L'auditoire était resté suspendu à ses lèvres, surtout les femmes. Jeff remplit les verres de gnôle avec un sourire, tout en poursuivant :

— Les gens du hameau voisin, Vlaniac, crurent plutôt à un assassinat, quelque chose de sordide et de maléfique. Il faut dire que chaque version était invérifiable, mais que les sœurs Morel abandonnent l'auberge était incompréhensible. Elles l'avaient pourtant fait. S'étaient-elles senti menacées ? Non, dans la tête des gens, il y avait eu tuerie et les corps avaient été emportés. Ça ne tenait pas mieux la route comme explication, mais on aime se faire peur. La rumeur enfla, c'était suffisamment inquiétant et mystérieux pour que la gendarmerie le signale en préfecture. Pour ne pas affoler la population du canton, il fut ordonné de s'en tenir à la première version, si bancale fût-elle. Des voleurs, des fous à la rigueur, c'était toujours mieux que des assassins. Leur disparition avait eu lieu en septembre 1860. La version macabre ne fut pas acceptée par tous au hameau de Vlaniac. Selon certains, moins enclins aux maléfices et autres diableries, les sœurs Morel avaient organisé leur départ et elles étaient parties avec un comparse venu les chercher. Ni vu ni connu, leur motif resterait ignoré. Voilà, je vous ai raconté d'une manière moins administrative à peu près ce que le sieur Laplace a déposé aux gendarmes et les suppositions et remous engendrés dans la population. Les gendarmes ne se sont pas précipités à l'auberge pour savoir si une bande s'y était réfugiée. C'était pas un temps à mettre dehors un militaire maigrement doté en vêtements d'hiver, et encore moins à prendre des risques au cas où.

S'ils prirent la peine d'enregistrer l'histoire, c'était que dans le grand désœuvrement hivernal ça ne faisait aucun mal de montrer à l'administration qu'ils servaient à quelque chose. Plusieurs jours après, ils y montèrent par acquit de conscience et trouvèrent porte et portail cadenassés, ce qui correspondait à l'ordre donné au notaire par le comte d'Uzière, aussitôt les sœurs Morel parties. L'affaire fut classée sans que cela empêchât qu'elle fît tache d'huile dans le canton et au-delà. Un voile de mystère et de crainte recouvrit le relais de poste où personne n'aurait voulu ne serait-ce que passer devant, la nuit. Cela dit, jusqu'à la moitié du XIXe siècle, des bandes couraient la montagne et commettaient bien des crimes en Margeride, Gévaudan et Cévennes. Ça, c'est la vérité, le reste…

Il y eut une minute de silence. Chacun digérait l'affaire où se mêlaient banditisme et criminalité, avec une forte dose de superstition, d'occultisme lugubre, de sortilèges et de phénomènes irrationnels, paranormaux.

Charlotte s'était blottie contre Arnaud.

— Ça fait froid dans le dos, tout de même.

Madeleine, avec son sang-froid habituel, répondit qu'à son avis le sieur Laplace avait monté une sacrée cabale et qu'il n'avait pas pris grand risque en décrivant le numéro de la chambre, l'emplacement de la table et des clés, des choses qui, à peu de chose près, pouvaient se remarquer dans d'autres auberges. C'était assez facile.

Le groupe de zazous était resté coi. C'était tellement éloigné d'une culture exhibitionniste et rebelle, imprégnée d'une philosophie tous azimuts, irrationnelle, gorgée de musique jazz et swing et ne croyant à peu de choses autres qu'au plaisir du moment. Ceci étant, Maurice trouva que l'anecdote était une bonne illustration des croyances rances endémiques des campagnes, crédules, où la crainte du surnaturel, des esprits vagabonds et des loups-garous dépassait la peur des voyous. Il dit que la seule question intéressante à se poser était quel avait été le motif de Laplace. Était-il fou lui-même ?

Il continua :

— Votre remarque, Madeleine, est juste, mais selon moi le raisonnement est plus simple. Le dénommé Blaise... machin, pour un motif inconnu, mais sûrement contestable, n'avait rien inventé quant à la description des lieux. C'était tout bonnement un client, ne serait-il venu au relais de poste qu'une fois, deux ans auparavant. Avait-il été mal reçu ? En concevait-il une rancœur malsaine pour nuire d'une façon définitive à la réputation de l'établissement, ignorant que les sœurs Morel n'y étaient plus depuis deux ans, occises ou pas ? N'était-il pas passé devant le relais sans s'y arrêter ?

Jeff reprit :

— Voilà comment, durant des siècles, se construisirent les légendes qui nourrirent nos campagnes reculées où il ne se passait pas grand-chose. Un tiers de réalité, un de superstition, un de crédulité et un grand tiers de conneries. Signé Marcel Pagnol… « Mais, papa, fit remarquer Marius, ça fait quatre tiers. — Mais, grand imbécile, ça dépend de la grandeur des tiers ! » La repartie est mémorable. Et ça colle encore aux basques de *L'Éventre-Loup*. Notre chef de brigade Lauzier a toujours ça sous le képi, dès lors rien de ce qui pouvait se passer ici était vraiment normal.

Des sourires se dessinèrent, mais Lucienne confia à la petite assemblée que, si les sœurs Morel avaient été trucidées dans l'auberge, elle n'y aurait pas dormi une nuit de plus, préférant à tout prendre se réfugier dans la Packard.

Maurice commenta sa crainte d'une façon très confuse :

— Ma chère Lucienne, deux choses. *Primo*, tu te réfugies dans un habitacle d'acier, portes verrouillées, défense matérielle, physique. *Deuzio*, la modernité de l'auto t'éloigne définitivement des modes et fonctionnements moyenâgeux avec cette connotation mystérieuse, mystique, défense morale. Dommage, non ?

Régine se leva et agita les bras au-dessus de sa tête :

— Fin du premier cours sur les atteintes physiques et morales des us et coutumes ancestrales, les arcanes psychiques de l'esprit et de la conscience humaine. Qui veut une tisane ?

Reprise en main de la réalité. Jeff resservit un verre de gnôle aux hommes. Les femmes, sauf Lucienne, posèrent une main sur leur verre. Puis Régine, avec un sourire interrogateur :

— En fait, c'était peut-être vrai. Quelle preuve peut-on avancer contre l'irrationnel fantasmagorique ? Allez, que ceux qui veulent dormir dans la Packard lèvent le doigt.

Madeleine donna le signal :

— Il est tard, au lit ! Demain, Zouzou a une dure journée.

*

* *

Jeff se leva très tôt pour voir ce que leur réservait le ciel. Des lueurs incertaines cherchaient quelles teintes choisir entre une amorce d'or encore diffuse et des stries rosées bordant quelques nimbostratus sans agressivité. Dans quelques instants, le soleil dépassant les collines leur conseillerait d'aller voir ailleurs. La journée devrait être belle. Sans se poser plus de questions, Jeff s'habilla pour grimper chez Sylvestre récupérer le mulet.

Il emporta une topette de blanche pour le fermier, qu'il approvisionnait en pinard de temps à autre.

Sylvestre vivait en autarcie. Ses cochons, ses patates, ses légumes et fruits, son lait et son fromage, volailles et œufs lui permettaient d'avoir cette vie libre, mais une liberté exigeante. L'argent qu'il recevait des ménagères auxquelles il vendait son lait lui servait pour l'achat de son paquet de gris hebdomadaire, les feuilles de papier « le Zouave » et du produit pour traiter le pis des vaches pour éviter les mammites qui sont dures à soigner. Il n'aimait pas faire venir le vétérinaire de Saugues, ça coûtait.

Le fermier, vieux garçon, ne dérogeait pas à la règle. Qu'on en voie un ou dix, ils étaient tous dans un état équivalent qui leur appartenait. Pas propres tels que la modernité l'exige, c'était sûr, ils ne paraissaient pas sales non plus. Ils avaient dépassé le stade de dégueulasses, se lavaient-ils quelquefois en entier, comme on dit ? L'eau de la source est glacée aussi bien l'été et brûler des bûches pour en faire chauffer une bassine !… Sylvestre, pour ce qui était des parties du corps toujours à l'air, visage, mains, avant-bras aux beaux jours, était comme cuivré. Les mains, surtout, semblaient vernissées et il n'était plus possible qu'aucune crasse y adhère. Il n'était pas rebutant de lui serrer ses grosses paluches habituées à manipuler la terre, les pierres de ses champs, le bois de ses forêts et ses bêtes. Curieusement, pas d'odeurs désagréables n'en émanaient. Il sentait tout ce que son travail exigeait avec une fragrance dominante douceâtre de lait et de fromage qui se retrouvait chez lui dans le moindre recoin.

Il commençait à avoir le corps un peu cassé, mais marchait encore sans problème, à la manière d'Octave, le chemineau, bras et jambes écartés, la tête en avant, mais toujours sur le qui-vive.

Le surprendre eût été difficile, qu'il fût à la ferme, aux champs ou en pâture. Sylvestre était l'archétype des vieux paysans isolés de la Margeride et du Gévaudan, bien qu'ils ne fussent pas tous construits de la même façon. Il avait encore bonne ouïe et bonne vue et reconnaissait le visiteur de loin. S'il levait la main, c'est qu'il était d'accord pour le voir, sinon il entrait chez lui et personne n'aurait pu l'en faire sortir. Le seul élément moderne, c'était son poste de radio au coffre de bois verni, le haut en forme de chapeau de gendarme, avec un petit cadre circulaire qui jadis s'éclairait, mais l'ampoule était grillée depuis longtemps. Il en prenait soin et manipulait les boutons de ses gros doigts durcis au travail avec des gestes calculés d'apothicaire pesant de l'arsenic pour les taupes, tapotant de l'index sur la petite pelle de cuivre pour faire huit grammes à un dixième près.

Pour Jeff, c'était un instant privilégié que ces rencontres avec Sylvestre. Il sentait que cet homme lui correspondait. Nul besoin de faire des phrases, de se faire reconnaître. Il regretta de n'être venu avec Madeleine. Il aurait immédiatement compris s'il l'acceptait. Le vieux le purifiait des *écorniflures*[1] de Lauzier, pour monter en grade à ses dépens. Pour cela, il eût été nécessaire que le brigadier se persuadât « honnêtement » de sa culpabilité dans l'affaire Valiev, d'une autre importance que de verbaliser pour un braconnage de sanglier. Enfin ne plus en parler était le mieux.

Le contraste entre anciens et les nouvelles générations était patent.

Les mentalités des premiers étaient immuables, mais finiraient par s'épuiser dans l'avancement des âges. Celles des autres évoluaient, Jeff s'était demandé si c'était en mieux. À voir les dissensions, ces divisions qui entamaient l'harmonie du bourg depuis la fin de la guerre, cette tendance à épier son voisin, à estimer combien de grains de café il mettait dans son orge était crétine. Certes, il existait des motifs plus sérieux, mais dans l'ensemble, à Vlaniac, les différences entre les familles étaient modestes et les petits commerçants qui

1. Écorniflure : *qui cherche des problèmes par une action contestable. Sans relation avec écornifleur (pique-assiette).*

ne tiraient de leur activité qu'un maigre profit ne pouvaient déclencher d'envies.

— Ah ! Tu viens pour Bijou. Fais attention, y a une femelle en chaleur dans le coin, peut-être chez Clovis, tiens-le serré. Une fois chez toi, ça ira. S'y t'emmerde, tu le prends aux naseaux et tu serres, y s'calmera.

— Je sais, t'inquiète. J'le ramènerai ce soir.

En redescendant par le bourg, Sagnal salua Maguy qui sortait de la boulangerie.

— On fait un petit repas demain pour le départ des zazous, on t'attend.

Maurice était prêt. Ils descendirent à la vigne. Le mulet ne montrait aucune excitation.

— Écoute-moi, c'est simple. Il comprend pas le patois, c't'animal, alors tu lui parles en français. « Allez va », pour avancer, « Holà », pour arrêter. Et si tu veux qu'il aille moins vite c'est : « Doux, la bête, doux. »

Jeff fit la première rangée avec lui, puis lui confia l'araire. Il y eut quelques zigzags, ses maigres soixante kilos étaient un handicap. Puis Maurice pesa davantage sur les mancherons et finit par tracer droit. Jeff, les mains dans les poches, laissait faire.

Ils travaillèrent jusqu'à midi et remirent ça après le repas jusqu'à 18 heures. Sagnal reprenait les mancherons de temps à autre, car Zouzou donnait de sérieux signes d'épuisement.

X

Attaque anarchiste

LE LENDEMAIN, LE CURÉ, LEBRETON et Marguerite Cheminot arrivèrent ensemble dans la voiture du maire, une Citroën C4 1930 coupé, assez bien conservée. Lauzier, contrevenant à la discipline militaire qui n'autorise pas l'utilisation du matériel à des fins personnelles, vint avec la Juva, seul. Il faut dire qu'il n'avait pas vraiment d'autres moyens à sa disposition ou alors il eût fallu qu'il fasse venir un taxi de Saugues, répugnant à la bicyclette qui l'eût fait déchoir. Il s'excusa pour l'absence de sa femme, souffrante. Ils seraient donc quatorze à table. C'était bien, Maguy qui était superstitieuse avait dit à Jeff : « Si on est treize, je viens pas. »

L'Éventre-Loup bourdonna comme une ruche. Lauzier faisait tache, n'ayant pu s'empêcher de venir en uniforme. Jeff pensa que Françoise n'était pas venue à cause de ça. Néanmoins, il laissa son képi dans la Juva. Il était rarement vu tête nue et s'il était appelé Rasdpoils c'était que la coupe ultra-réglementaire dégageait ses tempes et l'arrière de son crâne très haut. Sans son couvre-chef, Lauzier avait une petite tête et la brosse offrait de lui un air de séminariste prêt pour la tonsure. Il y eut un léger flottement entre lui et les zazous qu'il considérait comme des marginaux excentriques, donc dangereux.

Jeff avait abandonné la cuisine aux filles. Le fumet du civet flottait à hauteur de narines et Lauzier alla traîner de ce côté. Charlotte l'attira vers le fourneau :

— Tenez, brigadier, goûtez ça, est-ce assez assaisonné ?

Elle récupéra de la sauce dans l'énorme gamelle de fonte avec une grande cuillère et la lui porta aux lèvres, comme s'il eût été un bébé. Lauzier dut ouvrir la bouche, aspira, claqua de la langue.

— Fabuleux, madame Valiev, fabuleux !

— Dans peu de temps, je serai madame Arnaud Lagier, brigadier, mais appelez-moi Charlotte.

— Parfait, parfait. Moi, c'est Robert.

Il esquissa un petit rire timide. Timide, Lauzier, ça alors ! Mais n'était-ce pas sa vraie personnalité dissimulée sous une autorité bourrue et souvent maladroite ?

Tous s'installèrent comme ils le voulurent autour de la longue table. Maguy aidait Madeleine à découper le pain sans s'arrêter de parler et Madeleine hochait la tête pour qu'elle comprît qu'elle suivait, mais elle eût été incapable de dire sur quoi portait cette avalanche de mots.

Jeff n'avait pas d'apéritif, il mit directement les bouteilles de vin sur la table.

— Allez, monsieur le curé, servez tout le monde, j'apporte la charcuterie.

Des coups furent frappés à la grosse porte de chêne. Tous se retournèrent. Jeff jeta un coup d'œil par la fenêtre et dit :

— Ben, c'est Octave.

Il ouvrit.

— Dis donc, manant, tu as le nez creux. Remarque, j'ai honte, j'aurais dû t'inviter, pardonne-moi. Allons, tu es le bienvenu.

Le chemineau entra et fut ovationné. Il était gêné et tournait sa tête en tous sens avec de petits hochements et des mouvements du buste, comme s'il voulait avancer mais que ses jambes ne lui obéissaient plus.

— J'suis pas v'nu manger, Jeff, mais j'dis pas non. J'ai trouvé ça sous ma porte t'à l'heure.

Il tira un billet assez chiffonné d'une poche, le défroissa et le tendit à Sagnal.

— Lis voir.

Jeff le fit pour lui-même, puis à haute voix :

— Écoutez ça : « Les planqués, les cocos, la calotte, les bourges, les gaullistes, les espions et les dégénérés ensemble. Cinq ans de guerre pour ça. Ah, elle est belle la France ! »

Tous se demandèrent s'il fallait rire ou non.

Lauzier réclama le papier :

— Ça, c'est un anarchique.

Madeleine rectifia :

— Oui, anarchiste, vous avez raison, brigadier. Vous avez un foyer libertaire et révolutionnaire dans le canton ?

Le gendarme avait subitement repris le dessus. Lauzier se leva, comme si c'était nécessaire à sa réflexion. Il se tourna vers Octave :

— Et t'as vu quelqu'un ?

— Ah ben non, j'sais pas quand c'est qu'il est venu c't'animal.

— La contestation est saine en démocratie, fit Maurice.

— La contestation oui, mais pas le bordel ! Et le bordel ça commence comme ça, rectifia Lauzier.

— C'est une grosse blague, se hasarda Lebreton, j'vois pas qui dans la commune… Bon allez, ça va pas nous couper l'appétit, hein !

Le plat de charcuterie était devant eux. On reprit ses esprits et la valse des fourchettes commencée *andante* fut rapidement *forte*. On commenta tout en engloutissant.

Laduche, qui avait enfoncé un bout de sa serviette sous le col romain de sa soutane, remarqua :

— Y en a pour chacun, il me semble. Les planqués, c'est pour Sagnal ; coco pour Arnaud Lagier ; calotte, je vous fais pas un dessin ; bourges, à l'adresse de Madeleine Granget ; gaulliste pour notre maire ; espion, pour Mme Valiev Charlotte et dégénérés pour les zazous. Mesdames et messieurs, désolé, ça me semble clair. Y a que Maguy et vous, Lauzier, à être épargnés.

— Ben ça coûte cher d'insulter la République.

Le billet avait-il une relation avec cette réunion amicale ? Si oui, qui était au courant ?

— Ça, c'est la droite, émit Laduche.

— Tu rigoles, c'est la gauche et compagnie, radicaux compris ! s'insurgea Lebreton. C'est pas un gaulliste qui aurait écrit ça. Mais, reconnut-il, ça serait de l'extrême droite que ça m'étonnerait pas.

— C'est un des Croix-de-Feu ? lança Arnaud. La plante est morte, mais y a peut-être bien encore quelques mauvaises racines.

Laduche, adepte fervent du facétieux Pierre Dac, répliqua en se marrant :

— Une citation du maître mais je vous la fais courte : « Rien n'est jamais fini tant que ça n'est pas totalement achevé. »

Les zazous restaient en retrait, mais le nom de Pierre Dac les fit réagir. Ils applaudirent l'humoriste et le résistant de Radio Londres : « Les Français parlent aux Français. » Lauzier semblait peser les propos de chacun. Heureusement, Jeff, aidé d'Henri, apporta le civet de sanglier. Heureux intermède plus facile à digérer que toutes les combinaisons politiques imaginables et les coups foireux. Le fumet, une fois le couvercle ôté, réconcilia toutes les tendances, les bouteilles circulaient et se vidaient.

Lebreton, toujours à l'affût d'une blague licencieuse, lança :

— Chacun a eu son compte, sauf les cocus, bon Dieu !

Inattendu, cela fit jaillir le nom de Lucien, non qu'il le fût, mais parce qu'il était garde-barrière, et de garde-barrière à chef de gare le pas est vite franchi. Alors il entonna d'une voix pâteuse sur l'air d'*Il était un petit navire* : « Il est cocu le chef de gare, il est cocu le chef de gare » et *bis repetita* avec tra, la, la, la d'appui car il ne savait plus le reste des paroles. La boutade d'une spiritualité contestable était loin des anarchistes bouffeurs de République vertueuse, mais en rapport direct avec le dessous de la ceinture. On oublia le refrain assassin, on se gava de cochon, et les zazous ne furent pas les derniers. Ils avaient abandonné les façons un peu précieuses des premiers jours sans pour autant manger selon le mode local, les coudes écartés sur la table et, sans les décoller, porter les aliments à la bouche en baissant simplement la tête pour la rapprocher de l'assiette. Le vernis craquait, ils n'étaient plus si loin de l'homme de Neandertal, fourchette mise à part. Sagnal posait sur eux un regard amusé.

Lauzier n'était pas le dernier à faire honneur au civet, mais il était tracassé par ce billet. Le gendarme reprenait peu à peu le dessus. Il se tourna vers Madeleine :

— C'est qui à votre avis ?

Elle répondit qu'elle ne connaissait pas les gens du village à part ceux qui occupaient cette table. Octave avait entrepris Maguy avec des histoires de chasse qui n'avaient pas l'air de l'intéresser. Il reprit trois fois du civet. Les maigriots ont souvent un appétit d'ogre. Le brigadier tira le billet de sa poche où il l'avait mis d'autorité, l'examina.

— Faudrait faire écrire le même texte à toute la population pour comparer. Y a des spécialistes. On le coincerait bien, cet âne bâté.

Laduche suivit Jeff et insista pour une blague. Autant calmer les esprits, sinon on allait en avoir pour six mois de soupçons. Le mieux était de ne pas en parler, le feu s'éteindrait tout seul. Lebreton fut d'accord :

— Silence radio, c'est le mieux.

Et comme s'il eût craint qu'Octave ne comprenne pas, il se tourna vers lui, mit son index sur sa bouche avec un hochement de tête. Le vieux répondit à sa manière en tournant la sienne en tous sens, avec ses avancées du buste caractéristiques. Il semblait content qu'on lui donnât de l'importance en sollicitant son silence.

Maurice, l'ex-Zouzou, râla pour la forme :

— Merde, c'est quand même nous qui en prenons le plus gros coup. « Dégénérés », c'est pas rien.

Maguy n'avait pas dit un mot mais était parvenue à se libérer d'Octave et de ses histoires cynégétiques qu'il enflait démesurément. Le vin et puis la goutte firent que les perdrix s'abattaient par centaines autour du moulin Richaud, que les lapins devenaient dangereux tant ils pullulaient et que les sangliers prenaient l'allure de monstres préhistoriques. Il se régalait d'être écouté et abusait de la complaisance de la bistrote. Marguerite était très réservée dans cette ambiance cosmopolite. Lauzier devait l'impressionner, car l'image du gendarme était indélébile, qu'il portât ou non son képi. Les zazous lui avaient fait peur lors de leur passage tonitruant au village et elle ne savait trop comment se comporter avec eux. Qui plus est, qu'ils le veuillent ou non, ils affichaient leur culture et leur philosophie du moment, ce qui ne facilitait pas l'échange. Seuls le curé, Madeleine, Jeff et Arnaud, très discret, participaient à leurs envolées littéraires. Lauzier y prenait part dans la mesure où il parvenait à orienter la conversation sur la musique américaine. Ce fut le premier à quitter l'auberge. Il réprima un salut militaire avant de regagner la Juva. Il était chaud, mais pas imbibé au point de provoquer le courroux de son épouse à qui il avait dû promettre de ne pas rentrer tard. Octave demanda s'il pouvait l'avancer en direction du bourg. Sauf interpellation légale, et hors sa femme, jamais Lauzier n'avait véhiculé un civil dans l'auto de service. Il eut un blocage que Jeff rompit :

— Mais bien sûr, Octave, que notre brigadier va t'emmener.

Le « notre » fit pencher la balance, il était des leurs, comment refuser ? Régine, qui dévoila faire son droit, questionnait le maire sur les problèmes rencontrés en tant que responsable municipal et comment il y faisait face en tenant compte des lois.

— Des lois ? fit Lebreton, surpris.

— Eh bien oui, le cahier des charges est assez volumineux, autant pour la gestion de la commune que vis-à-vis de votre droit de police. Ce n'est pas rien.

— Oh, ça alors, moins on en parle, mieux on se porte. Nous, on cherche à tout régler à l'amiable, sinon on s'en sort pas. Si je parle de loi, sauf pour une histoire criminelle, y vont foutre le feu à la mairie.

— Tout de même !

— C'est comme ça, ma petite dame. Remuer la loi, c'est comme remuer du fumier trop frais. Faut y laisser dans un coin en attendant que ça sèche. Le temps passe dessus, ça enlève le purin et l'odeur devient supportable, c'est déjà ça. Faut pas aller trop vite.

La comparaison était saisissante pour une étudiante qui ne pouvait aborder un problème sans ouvrir son Dalloz. Les mots fumier et purin n'y étaient pas.

— Justement, le temps ça compte. Plus on attend, plus ça se complique, non ?

— Croyez pas ça. Ce qui se serait envenimé n'existe plus quinze jours plus tard, des fois un peu plus, jamais beaucoup. Alors !

Amusé, Duchagrin avait suivi la petite joute.

— Le maire a raison, le temps... Ah ça, il a bon dos ! On n'en a pas assez, on gueule, on en a trop, c'est pénible d'attendre, c'est souvent sa faute. Mais c'est une erreur de croire qu'on peut le maîtriser, on ne peut que le suivre si on peut. Ça, c'est aussi une forme de philosophie, c'est celle de la campagne.

Régine regardait Lebreton comme une bête curieuse et, pour essayer d'emporter le morceau, elle assena en riant :

— Mais vous êtes tous hors la loi de la République !

— C'est des mots tout ça, mademoiselle. Ici, c'est la République de Margeride avec plein de petits fiefs indépendants comme Vlaniac.

Le maire explosa dans un gros rire.

— Les Chleuhs ont mis un bout de temps pour le comprendre. Ici, on aime la discipline, enfin chacun la nôtre, et chez eux, ça y savent pas faire.

Lebreton poussait le bouchon un peu loin, mais… N'y avait-il pas du vrai sur le comportement très indépendant des descendants de Vercingétorix ? Il se leva et fut imité par Laduche.

— Allez, nous on rentre. J'espère que la C4 pourra te ramener à l'église, Duduche. Elle aime pas les côtes, la garce.

Duduche ? C'était nouveau ce surnom pour le curé. Plus familier, presque tendre.

Jeff se proposa pour les porter jusqu'à Vlaniac, mais ils refusèrent.

L'ambiance tomba d'un cran. On parlait encore mais le ton des voix était contenu. Madeleine avait entrepris les jeunes sur leurs perspectives d'avenir. Ce n'était pas tout à fait clair dans leur esprit même si les études entreprises indiquaient forcément une direction. Le « cela dit », le « mais » restaient en suspens. Les filles étaient plus avancées dans ce registre que les garçons. Le cas de Maurice en était l'illustration, bien que ses hésitations n'apparussent pas comme sérieuses. Sa vie au cul d'un mulet ? Professeur d'université, à terme maître de conférences ?

Deux éléments et non des moindres, ceux-là même responsables de cette réunion, Charlotte Valiev et Arnaud Lagier, sauf quelques banalités, n'étaient pas intervenus. Ils ne formaient plus qu'un seul être et s'excluaient du cercle, rien d'anormal. Il ne restait plus que neuf personnes à *L'Éventre-Loup*. Demain, moins les zazous, quatre. Après-demain, moins les amoureux, plus que deux. Faisaient-ils ce décompte, Madeleine et Jeff ? Possible, car leurs regards se rencontrèrent et s'accrochèrent. Deux, c'était en fait le double de la présence humaine permanente à l'auberge. Jeff y était resté seul des années. Manifestement, il s'interrogeait. Il avait été nécessaire que se produisent des événements sortant carrément du cadre de Vlaniac pour qu'il s'aperçoive ne pas être sur la bonne voie. Un aiguillage se présentait. La métaphore SNCF était aisée. Quelle consigne son cerveau allait-il donner ? Le mécanicien allait-il sauter de la machine pour tirer sur le levier qui ferait passer la loco en vitesse de manœuvre sur d'autres rails. D'un côté il savait ce qui l'attendait, de l'autre c'était l'inconnu. Bon ou moins bon ?

Il était tard lorsque Jeff se décida, qu'importe ! Bijou était dans l'appentis, il ne l'avait pas remonté, le repas avait eu la priorité. Il dit simplement :

— Je vais rendre le mulet.

Et, au ton de sa voix, tous comprirent qu'il voulait être seul. Il faisait déjà sombre lorsqu'il se présenta devant la ferme de Sylvestre. Le vieux garçon sortit, un bout de pain dans une main et du fromage dans l'autre.

— Ah ! Te v'là, mais j'tira pas peine. Ça a fait ?

— Ça a fait, Sylvestre, merci. Tiens, paye-moi un coup.

— J'ai que du tien, t'as rien contre, dis voir ?

Jeff rigola.

— Si y t'va pas, ajoute un verre de blanche par litre pour faire de la cartagène[1] ?

— J'en ai, mais c'est pour des qui viennent me voir des fois. Mon neveu surtout, lui il aime ça, la cartagène. Mais putain, la dernière fois il a un peu trop appuyé et en partant il a arraché une partie d'ma volière avec une aile de son auto, tu sais l'Ochekis[2].

— Bon, bouge pas Sylvestre, j'vais mettre Bijou à l'écurie et j'arrive.

Lorsque Sagnal revint, le vieux regarnissait son poêle.

— Sont encore là, tous ?

Le vieux ne leva pas la tête mais la question était posée.

— Tu sais, j'bouge pas, mais avec les femmes qui viennent chercher le lait j'sais bien tout c'qui s'passe à Vlaniac.

Il ajouta :

— Vont pas rester ?

Jeff leva un bras en signe de lassitude.

1. Cartagène : préparation locale. Un verre de gnôle, ou plus, pour un litre de vin.

2. Ochekis : déformation de Hotchkiss, marque de voiture.

— Y partent demain, j'crois bien, restera que la dame Granget, la proprio du moulin Richaud. Mais elle partira elle aussi.

— Ah ! Ben bon Dieu, t'vas t'trouver aussi couillon que moi. Y t'faudrait quelqu'un pour tenir l'auberge. Y t'manque une *payse*, Jeff, voilà c'que j'en dis.

— Le mieux serait que je vende, mais à qui ? Y a pas assez de passage. On peut vivre avec, mais faut avoir besoin de rien. Tu manges et tu dors gratis, c'est tout. Bien sûr, on est libre, ça ! Tu sais que je porte encore quelques habits du père. Tiens, cette canadienne par exemple.

Sylvestre posa les verres sur la table, prit la bouteille et servit. Ils trinquèrent sans échanger un mot. Pensif, le vieux le regardait par-dessous ses sourcils. Il avait toujours le même pull marron, devenu avec la fonte musculaire due à l'âge un peu grand pour lui. Dessous, il devait en avoir un autre plus léger et sa chemise, et peut-être un maillot de corps. Hiver comme été, dehors comme dedans, Sylvestre restait dans cet accoutrement. Lui, encore, chauffait un peu sa carrée par un gros cubilot de fonte, mais d'autres sur le plateau chauffaient jamais, à part l'âtre où brûlait toujours un morceau de branche. Ça permettait de faire leur fricot. Mais il faisait aussi froid chez eux qu'à l'extérieur, alors ils restaient toujours habillés, peut-être même que l'hiver ils ne se déshabillaient pas pour dormir. L'âtre, c'est bien connu, on s'y brûle le ventre et on s'y gèle le cul. Jeff, gamin, avait dormi dans une de ces fermes des hauts plateaux, son père y avait un copain, ils allaient chasser ensemble. Ils montaient à pied par les *drailles*[1], deux bonnes heures avec un gros sac sur le dos, des choses que l'ermite ne pouvait trouver qu'au bourg. Sucre, café, farine, huile et du pétrole pour la lampe, un pain de seigle. Ils y dormaient le vendredi et le samedi, rentraient le lendemain. Parfois, au début de l'hiver, il faisait passer un billet par un forestier ou un gars de l'EDF si une ligne avait été un peu trop secouée par le vent. C'était une demande de médicaments, oh, pas grand-chose, de l'aspirine, remède miracle multifonction et une pommade révulsive en cas de coup de froid. Le jour baissant très vite, ils y dormaient et le lendemain, sur le rebord intérieur de la fenêtre, l'eau du verre que montait son père pour la nuit avait gelé. Il se souvenait de n'avoir pas eu toujours envie d'y monter, mais Germaine, sa mère, insistait : « Tu vas pas laisser ton père aller là-haut tout seul, André ? T'rends compte, s'il lui arrive quelque chose. » Il s'était demandé ce qu'il aurait pu faire dans ce cas, et puis son père était indestructible à ses yeux. Mais Germaine

1. Draille : *chemin de terre caillouteux pratiqué par les bêtes qui montent en pâture.*

jouait à ce moment-là sur la corde sensible, et aussi le sentiment de culpabilité. Alors, ronchon, il sortait du lit douillet, car le père partait tôt, dès la pointe du jour, et il savait que les premiers pas dans le froid seraient pénibles. Parfois, il regrettait qu'il n'y ait pas classe où la chaleur qui régnait compensait la sévérité du maître, M. Félix, qui n'était pas commode.

Ils restèrent ainsi de longues minutes, laissant leur regard attiré par les lueurs du poêle au travers des quatre petites ouvertures occultées de mica[1] translucide. Juste avant cette pause, Jeff avait dit pour être poli :

— Oui, ça j'dis pas, une femme ça s'rait pas mauvais. T'y crois, toi ?

Sylvestre ne quitta pas de suite les lueurs des yeux. Puis il prit la bouteille et resservit une rasade à chacun. Il était clair qu'il triturait la question dans sa tête. Jeff l'observait sans insistance, car il aurait rompu le fil qui les reliait. À trop vouloir pénétrer chez les gens, ils vous ferment la porte au nez. Chez les paysans, on connaît la valeur de la parole. Pourquoi répondre du tac au tac ?

Il était facile de dire oui ou non, mais il y aurait eu offense. On ne bâcle pas, tu me demandes mon avis, tu me fais confiance, il faut que je réfléchisse.

1. Mica : minéral sous forme de feuilles translucides.

Des fois que ta vie en dépende… Le vieux but une gorgée et, conservant le verre en main, dit :

— Oui, Jeff, j'y crois. Mais p'ête bien qu'y t'faudrait chercher, garçon. C'est pas en restant dans l'étable que tu ramèneras la vache qui s'est foutu le camp.

— Bon, j'vais voir.

— Et surtout, emmène une poignée de sel pour l'avoir et une corde pour la tenir.

Sylvestre se tordit le cou en baissant la tête. Jeff ne vit plus que la galette de feutre sombre du béret. Il rigolait.

André Sagnal rentra à l'auberge. Il fut surpris qu'à 23 heures passées il y eut encore de la lumière au rez-de-chaussée. La porte s'ouvrit avant qu'il ne touche la poignée. Madeleine sur un ton de reproche :

— Vous êtes parti sans prévenir, Jeff. Je savais que vous aviez emmené le mulet mais pensais que vous auriez fait l'aller et retour. C'est pas bien, j'étais inquiète.

— Oh ! Comme ça, une idée m'a traversé l'esprit, alors fallait que je parle avec Sylvestre.

— Vous avez eu une longue conversation ?

— Ça oui, il m'a dit : « Oui, Jeff, j'y crois. »

— C'est tout ?

— Oui, c'est l'essentiel.

Madeleine ne pouvait pas le questionner. Elle digéra comme elle le put ces paroles sibyllines, se replia sagement sur sa base arrière.

— Alors vous êtes rassuré ?

— Pas encore. Tout ne dépend pas de moi.

Elle changea de sujet :

— Les zazous sont couchés depuis peu, ils ont tout rangé et nettoyé les chambres, ils partent demain après le petit déjeuner. Charlotte et Arnaud aussi, ils vont s'arranger pour les porter jusqu'au Puy avec la Packard. Ils seront un peu serrés.

Jeff se retint *in extremis* : « Et vous ? »

Finalement, le billet vengeur était passé à l'as. Ils allèrent se coucher. Madeleine l'interpella avant qu'il entre dans sa chambre :

— Jeff, j'ai changé vos draps, c'était pas du luxe, soit dit en passant. Il vous faudrait une femme.

Ils s'étaient donné le mot ou quoi ? Une femme, une femme, comme si ça se trouvait au coin d'un bois. Clovis, le propriétaire de la mule qui excitait Bijou, s'était fait chambrer dans un repas de « classards » pour être encore célibataire à cinquante ans. Il avait eu un mouvement d'épaules signifiant son impuissance. Il avait touillé dans son assiette, puis levé une main en essayant de se disculper :

— Ç'aurait été bien d'en choisir une sur le catalogue de Manufrance. On peut y mettre une annonce, mais y a pas de photo. C'est comme prendre un numéro dans un sac à loto. Moi, j'y f'rais pas.

Ce n'était pas d'une grande élégance, mais c'était Clovis, un certain bon sens.

XI

Suite

Au matin, les zazous furent debout à 8 heures. Charlotte et Arnaud suivirent. Les filles dissimulaient leur émotion par des rires un peu forcés. Les garçons rigolaient pour rien, histoire de faire de l'air.

— On reviendra pour la vendange, lança Maurice, lequel, bien qu'ayant retrouvé l'intégralité de sa garde-robe zaz, ne parvenait plus à redevenir Zouzou.

Profitant que tous étaient dehors autour de la grosse Packard, Charlotte s'approcha de Madeleine, l'entoura de ses bras :

— C'est dégueulasse, on vous laisse tous tomber.

— Tu t'inquiètes, ce n'est pas nécessaire, ça ira.

— Tu vas le quitter ?

La question n'était plus d'ordre général, c'était personnel. Charlotte insista :

— Je sais, Madeleine, et toutes les filles le savent, que crois-tu ? Nous ne sommes pas aveugles. Tu es si attentionnée. En plus, ce grand sauvage est amoureux de toi. Mais si tu attends qu'il le dise ?

— Je sais, Hortense m'a déjà encouragée à me jeter à l'eau. Ce n'est pas dans mon caractère, je préfère vaincre que de me rendre.

— Elle pouvait difficilement faire autrement. Tu l'as percée à jour, non ?

— Comment ça ?

— Ma chérie, que crois-tu qu'il se soit passé avec Régine ? Elle a franchi le pas en oubliant son Frantz l'espace d'un quart d'heure. Alors elle rééquilibre en te poussant vers la félicité. Elle est bien, ta sœur. Elle est partie assez brusquement, tu ne comprends pas pourquoi ?... Elle était en train de tomber amoureuse. Alors là, ça aurait sacrément compliqué les choses.

— Et Régine aussi ?

— Non. Je crois que Régine prend son plaisir avec Hercule ou Aphrodite, comme ça vient, ou les deux ensemble. Hortense était une proie facile, fantasque, faussement libérée, morale bourgeoise grande maison, je suppose. À cent lieues de pratiques particulières. Ou bien, outrée, elle l'envoyait balader ou, dépassée, laissait faire, incapable de lutter.

Malicieuse, Charlotte éclata de rire alors que la troupe réintégrait l'auberge bruyamment pour le dernier petit déjeuner.

Le départ fut outrageusement joyeux. Régine, la plus légère, prit place sur les genoux d'Henri et Charlotte sur ceux d'Arnaud.

Le gros moteur ronfla. Jeff gueula :

— Vous arriverez à Langeac, mais faites le plein, sinon…

Il avait en poche l'argent que lui avait donné Lucienne. Bien qu'il n'en voulût pas, il l'avait gardé. Avec un sourire complice, elle avait chuchoté :

— En attendant la monnaie de ma pièce, tu vois ?

Pour voir, Jeff voyait et, en restant dans l'esprit métaphorique, à la monnaie de sa pièce, l'occasion se présentant, il aurait volontiers ajouté un bon pourboire. C'était un léger rappel à une situation qui, il ne pouvait l'ignorer, n'aurait aucune chance de se reproduire, mais c'était bien qu'elle y pensât.

Alors que la voiture roulait déjà, Jeff bondit, tambourina sur la carrosserie. Maurice freina, baissa la vitre en rigolant :

— Vous venez avec nous ?

Jeff passa la tête dans l'ouverture.

— Hé ! Arnaud, tu planes ou quoi ? Et la 202 que t'as rentrée sous l'appentis j'en fais quoi ?

— Ah ! Merde, j'ai oublié d'en parler, un type viendra la récupérer.

— Qui ?

— J'sais pas, un gars de la Résistance, je sais pas quand. Il s'appelle Frédo.

Madeleine et Jeff restèrent devant le porche alors que la Packard avait disparu depuis quelques minutes. Ils se ressaisirent et se regardèrent, une interrogation dans les yeux, avec une mimique froissée, incrédule, mi-optimiste et une pointe de nostalgie, déjà.

— Allez, rentrons, Jeff.

Il écarta les bras et les laissa retomber sur les muscles du haut des cuisses. C'était un signe d'impuissance devant la force de la vie qui a vite fait de s'imposer sans ménagement, que ce soit sentimental ou bassement matériel. Sans la regarder, il interrogea Madeleine :

— Et la spiritualité dans tout ça ? Serait-ce la bouée en cas de naufrage ?

Surprise par une telle interrogation, elle eut un regard inquiet, le trouva perturbé et rectifia par un raisonnement plus classique :

— Ce ne sont ni plus ni moins que des prières, Jeff. Moi, je ne prie pas, enfin je ne prie plus depuis la mort de ma fille.

— Pardon, vous aviez une fille ?

— Oui, elle aurait vingt-cinq ans. Cette mort fut pour moi l'injustice absolue. Je l'ai rejetée avec une violence inouïe.

— Une maladie ?

— Mentalement, elle n'était pas bien. À sa naissance, nous savions qu'elle ne vivrait pas. Hector, le fils d'Hortense, est autiste. Je crois que nous traînons de mauvais gènes par la famille de ma mère, une vieille noblesse déchue. Il y a hélas d'autres exemples. Certaines de ces grandes familles commirent une consanguinité coupable. Cousin-cousine, par volonté d'intérêts, ne pas disperser les fortunes et les terres sur des tiers inconnus. Préserver le cercle. Bien, n'en parlons plus. Je vais faire une lessive des draps de vos pensionnaires. Il fait beau, ça séchera vite. Si vous avez du petit linge, donnez-le-moi. Je veux laisser une auberge en bon état à mon départ…

— Vous n'avez pas l'habitude, Madeleine, c'est un travail trop dur.

— Ne vous mêlez pas de ça, monsieur Sagnal, un patron ne discute pas avec sa servante. Sauf à demander certains services et qu'elle fût disposée à les lui rendre. Je vous laisse la vaisselle, vous savez que ce n'est pas ma préférence.

Sans qu'il y eût un rapport direct de prime abord, il revint à l'esprit de Jeff la repartie de Charlotte, la Russe, quant au fait qu'elle craignait apparaître comme une ourse du Caucase à ne pas rechercher le contact avec la population de Vlaniac.

Il s'était affublé du même nom : « Je suis aussi un ours. » Pour autant, en riant, elle avait banni que de la même race ils puissent s'accoupler. Aucune femme du bourg et de la région tout entière n'aurait osé pareille image. Madeleine également avait eu une phrase ambiguë lors du déjeuner avec les forestiers. Alors qu'elle l'aidait en cuisine, elle avait déclaré : « Je peux faire beaucoup pour vous être agréable. » Et lui, sauvage, s'était dit qu'il allait la mettre au grillage anti-chevreuils. Que le maître puisse quérir des services d'une servante pouvait être diversement interprété. Il chassa l'ambiguïté.

Il se sentait un peu déconnecté des choses du sexe. Il ne savait pas quoi comprendre, craignait de se fourvoyer et de fantasmer inutilement. Ces deux femmes lui avaient-elles adressé un appel sous le sceau de l'humour ? Pour Charlotte, bien trop jeune pour lui, il pensait à une boutade, certes légère, une blague. Pour Madeleine, c'était différent. Une femme comme elle pouvait-elle se permettre des allusions de cet ordre tout en restant impassible ? Il y avait un obstacle tout bête, la différence de culture dont l'orgueil de Jeff s'accommodait mal. Qu'il eût été du même niveau ou que ce fût elle, le risque d'une tentative eût été moindre, voire inexistant. Là, il n'était sûr de rien. Qu'il se méprît et fût rembarré par Madeleine eût été insupportable. Avec Lucienne, il ne s'était pas posé de questions. Elle avait mené l'affaire rondement. Son expérience était patente, elle ne voulait pas s'éterniser, avait pris les choses en main d'autorité avec vigueur. Sauf qu'il fût contre ce genre d'attaque surprise sans préliminaires ou que sa tendance sexuelle fût autre, un homme en capacité est défait d'avance. Ça avait été une bataille courte et audacieuse. Elle avait, bien que ce mot évoque davantage la préparation d'une bataille moins tendre, fourbi l'arme pour accomplir ce qui devait l'être, avec toutes les chances de vaincre.

*

* *

Le curé avait son rite personnel durant la semaine sainte, il n'avait pas épargné sa peine pour secouer ses cloches de plus en plus fréquemment à l'approche de Pâques. Dire qu'on ne savait pas eût été se foutre du monde. Il n'était pas inquiet, d'ordinaire ça portait ses fruits et ce fut encore le cas.

Bonhomme, mais l'œil aux aguets pour que dans une famille il vît qu'il manquait quelqu'un. Il savait faire la différence entre un homme qui se faisait tirer l'oreille pour la messe ou un paysan ayant une vache à vêler ou une clôture à réparer d'urgence défoncée par un taureau énervé, ou encore une récolte qu'un orage menaçant eût ruinée.

Sous le porche entrait à grandes brassées le peuple vlaniacois endimanché et gai. Une fraîcheur présidait toujours à cet événement liturgique majeur, comme s'ils avaient été lavés de tout péché, qu'aucune mauvaise pensée ne les atteignît, au moins dans le temps de l'office.

Quoi qu'en pensaient beaucoup sans l'exprimer ouvertement, la confession avait une action purifiante, symbolique certes, car tout n'y était jamais dit, mais tout de même. Jeff se souvenait de son enfance dans ce temps de Pâques. La résurrection ne tenait pas essentiellement au fait que le Christ se fût miraculeusement extrait du tombeau pour monter vers le Père, tel que l'enseignait Laduche. C'était autre chose, de petits faits du quotidien qui devenaient délicieux au printemps. Et, en ce jour-là, c'étaient les culottes courtes retrouvées, les sandalettes au lieu des brodequins, les chemisettes à la place de gros pulls. Les mères faisaient des efforts, même celles qui tiraient le diable par la queue pour que leur progéniture soit bien habillée, quitte à détricoter du vieux et retricoter du neuf, à tailler et retailler des effets anciens pour leur donner un aspect nouveau. À cela s'ajoutait la floraison plus ou moins précoce des pommiers et des cerisiers avec leurs petits bouquets de fleurs roses et blanches, puis, plus en profondeur, la renaissance de tout. La petite Gisèle, qu'il n'avait quasiment plus regardée de l'hiver, se consacrant avec les copains aux batailles de boules de neige et glissades, reprenait une place sans cesse croissante. Perturbé, il délaissait les jeux de billes où il excellait pour rôder vers la murette, injuste séparation des courettes de récréation, filles-garçons, y jetant un regard furtif en prenant garde que les copains ne le voient, au risque d'une avalanche de quolibets. Il ne comprenait pas tout à fait le pourquoi de cette attirance, comparait plus ou moins cet élan à l'amour qu'il portait à sa mère, mais ça ne collait pas, pourtant il l'aimait, sa mère, alors quoi ? Lorsque son esprit était trop accaparé par la fillette, il éprouvait le besoin d'entourer sa mère de plus d'amour et il descendait à la rivière pour lui cueillir des jacinthes aux tiges craquantes et délicates, grappes fleuries à la saveur olfactive sublime mais entêtante. Il faisait tout pour éviter qu'elle soupçonnât son attirance. Une honte coupable l'aurait submergé. Mais Germaine savait et elle souriait de son comportement brouillon, faussement désintéressé, lorsque, l'accompagnant au bourg, ils la rencontraient avec sa propre mère. Elle l'agaçait : « Tu viendras jouer ? » Lui n'avait pas envie de jouer. Il aurait aimé lui prendre simplement la main et aller se promener, le cœur prêt à se rompre. Le sexe jouait lâchement son rôle, mais il ne le savait pas encore. Il était un peu trop tôt pour qu'il lise Colette, il l'avait fait avec avidité plus tard et un paragraphe avait attiré son attention dans un de ses romans, *Sido* peut-être. Dans un établissement thermal où la mère de Colette allait prendre les eaux, la romancière décrivait hardiment les postures de toute jeune fille. En fait, des gamines qui, inconsciemment ou non, prenaient des poses inconvenantes. Assises sur un muret, les jambes relevées, laissant entrevoir à de vieux messieurs leur culotte blanche sous des jupettes écossaises plissées. Où finit l'innocence et quand s'insinue la perversité ? Il avait vu la culotte de Gisèle des tas de fois sans que cela n'éveillât rien de spécial en lui, sauf une fois à la fin de vacances d'été où ils jouaient sur une meule de foin. Gisèle faisait comme les garçons et, sans malice, jambes ouvertes, se laissait glisser jusqu'au sol. Il n'avait pas eu de sœur et n'avait aucune cousine « éducatrice ». Certes, des copains savaient, mais les descriptions qu'ils faisaient de la chose étaient brouillonnes, confuses, voire incohérentes. Lui ne savait pas exactement ce qui se dissimulait à cet endroit où encore tout était mystère.

C'étaient là ses meilleurs souvenirs de printemps en période pascale.

Le sermon pascal était attendu.

On laissa les portes ouvertes, il ne faisait pas vraiment chaud, mais c'était préférable à l'humidité. Le curé n'avait pas cru bon brûler un demi-stère de *fayard*[1] pour le confort de ses ouailles. Précautionneux, Laduche avait posé sur ses

---

1. Fayard : *nom régional du hêtre.*

épaules une courte mais chaude cape de laine. Comme à son habitude, il commença en ouvrant les bras.

— Chères sœurs et chers frères. Pâques ! Pour la signification de ce mot, il faut remonter à la vielle racine sémantique *pashahu* qui veut dire « apaiser ». Comprenez-vous ce qu'en ce jour cela représente ? A-pai-ser, c'est ce dont nous avons besoin au-delà de tout, car c'est de là que se forgera le reste de nos vies pour l'année liturgique qui s'ouvre grâce à la résurrection du Seigneur. Apaisement des corps, apaisement de l'esprit et vigueur de l'âme. Rien ne peut durablement être entrepris par un esprit chagrin, contrarié, opprimé. Ici, hélas, « du chagrin », de temps à autre vous en avez. Mais, grâce à nos enfants, ce Duchagrin-là s'est transformé en Laduche. J'aime beaucoup.

Au premier rang, remue-ménage et rigolade chez les garçons, les filles, elles, plus réservées, chuchotaient derrière leurs mains avec de petits gloussements.

— Cela dit, dommage que le rite de l'agneau pascal n'ait pas perduré dans la symbolique du sacrifice d'Abraham. Certes, on en parle encore. À l'origine, sa connotation mystique était relative, l'intérêt se combinait à la foi. L'origine est le sacrifice d'une bête pratiqué par les pasteurs nomades en vue d'assurer au printemps la fécondité de leurs troupeaux. C'était tout de même une sorte de prière. Mon Dieu, faites que les portées soient nombreuses et saines. Il n'est pas anormal de demander l'aide de Dieu, c'est aussi une preuve de soumission au Très-Haut. De quoi aurions-nous honte ? La liturgie chrétienne est le dialogue de Dieu avec son peuple. Mais, mes chers frères et sœurs, demander exige de savoir donner. Savons-nous donner ? Savons-nous faire preuve de générosité ? Je vous laisse méditer. Jadis, on invitait le curé, mais cela ne se fait plus.

Il laissa les sourires éclore et les fidèles se trémousser d'une fesse sur l'autre avant d'ajouter en provoquant le rire :

— Je sais que vous y pensez, mais de grâce pas tous à la fois.

Il étendit les bras pour maîtriser les rires.

— Pour revenir à l'agneau pascal, il représente avec l'œuf, notre œuf de Pâques dont il est l'émanation, le retour à l'alimentation carnée. Ce ne serait pas une si mauvaise idée de perpétuer cette fête à l'échelle du village, mais je ne doute pas que dans quelques cuisines de Vlaniac des gigots frémissent déjà. C'est la raison qui fait que ce sermon sera raisonnablement court. Je vous l'accorde saint Augustin aurait fait mieux, mais les gigots l'auraient-ils supporté ? Mes très chers amis, nous avons respecté notre foi du mieux qu'on a pu. Noël, l'Épiphanie, les Cendres, le carême. Pâques est à l'apogée, au sommet de cette hiérarchie spirituelle et liturgique. Pour nous qui, dans l'ensemble, avons la chance de nous réjouir, soyons joyeux, louons le Seigneur pour les bienfaits qu'il nous accorde et prions pour ceux dans la peine. Je vous attends, mes amis, retrouvons-nous dans l'eucharistie à la table du Seigneur. Alléluia.

C'était un sermon léger qui satisfit tout le monde. À la sortie, le curé, devant le porche, saluait les familles qui s'écoulaient. Les visages étaient réjouis. Le maire s'approcha :

— Dis voir Edmond, j'ai eu peur que tu dévoiles manger chez moi à midi.

— Je le dirai dimanche prochain si je mange mal.

*

* *

Jeff et Madeleine ne participèrent pas. Ils descendirent au Puy avec la petite Topolino. C'était la première fois que Jeff fermait l'auberge une journée entière pour son plaisir. Madeleine avait suggéré cette escapade. En cours de route, à l'aller, ils ne parlèrent pas du moulin, mais des zazous, de Charlotte et de Lauzier, enfin de l'affaire Valiev. Jeff reconnut qu'ils avaient tous, pour des raisons diverses, modifié sa façon de voir.

— De voir quoi, Jeff ?

— Ben un peu tout, ce que j'engloberais dans « ma vie ». L'auberge, la solitude qui jusqu'ici ne m'avait pas dérangé outre mesure. Là, avec toutes ces semaines la maison pleine de monde, je m'interroge. Je vais être obligé d'épouser Marguerite Cheminot.

Il éclata de rire, mais ça sonnait faux.

— Je vous approuve, Jeff, c'est une femme bien. Elle tiendra votre maison.

— Ne vous foutez pas de moi, Mado.

— Tiens, vous reprenez une nouvelle fois le nom que m'avait donné mon ancien amoureux, vous savez, celui qui nous a aidés dans l'affaire.

— J'aime abréger les prénoms pour les gens avec lesquels je peux être familier.

— Pour Jeff, on ne peut faire plus court. À propos, je voulais vous demander si l'histoire troublante des sœurs Morel avait réellement existé, c'est un peu surréaliste, les esprits, les ectoplasmes, les spectres. Les voix d'outre-tombe, les ricanements sataniques…

Elle eut un rire moqueur avec un mouvement de tête charmant, remettant une mèche de cheveux en place. Mais elle retomba, et pour Jeff c'était mieux.

— Vous croyez que l'on peut encore en être là ?

— Parfaitement, à ceci près que l'on ne sait pas si le dénommé Laplace a menti et dans quelle mesure. À l'époque, ici en Margeride, la superstition était grande dans les esprits. Il était facile pour lui d'affabuler sur une situation maléfique, occulte, pouvant créer une grande peur et personne pour le contrarier. Dans son récit aux gendarmes, des éléments restent plausibles. Mais il y a des failles.

— À mon avis, il aurait fait un bon romancier, votre Laplace.

— Peut-être.

— Et la fameuse note où nous en prenions tous pour notre grade ? Des nouvelles ?

— Non, le curé a raison, c'est une blague, mais de qui ?

— À mon avis, quelqu'un de cultivé, c'était bien tourné. L'idée de ces accusations personnalisées est séduisante, je dirais même rigolote.

— Bah ! Je n'y pense plus.

Au retour, ils restèrent dans leurs pensées en échangeant quelques regards satisfaits. C'était une belle journée, de celles dont on regrette qu'elles doivent s'achever, ne sachant si le lendemain apportera pareille félicité. Brusquement, alors qu'ils passaient le pont sur la Vierre, Madeleine ralentit. Jeff crut qu'elle allait prendre le chemin du moulin Richaud, mais elle s'arrêta, laissa tourner le moteur et tourna très lentement son buste vers lui.

— Je n'ai pas voulu gâcher la journée, Jeff, je pars demain. Je suis désolée.

C'est ce que Jeff redoutait. Il resta inerte, soudainement pétrifié. Il regarda autour de lui à la recherche d'un point d'appui et s'arrêta sur l'image du matin où une petite femme marchait fermement en direction de *L'Éventre-Loup* et qu'il héla : « Où allez-vous comme ça ? » Puis cette esquisse un peu floue disparut et il ne vit que la route qui s'étirait devant lui jusqu'à ce que la perspective joigne les deux côtés. Rien ne pouvait être plus pesant que cette image de solitude, car il était sûr qu'arrivé là où ses yeux le portaient il retrouverait le même alignement sans fin, désertique.

Tout s'était bloqué en lui, ses yeux restaient fixes, ses lèvres ne tremblaient même pas, ses mains étaient posées sur le haut de ses jambes. Seule sa pomme d'Adam montait et descendait et de légers hochements de tête indiquaient la profondeur de sa réflexion. Il serra sa lèvre inférieure entre ses dents, la mordit.

— Demain matin ?

— Oui, pas trop tard. Il y a de la route jusqu'à Paris.

— Cette balade, c'était votre cadeau d'adieu ?

— Non ! Je n'ai pas associé les deux choses. C'est indépendant, mais en fait je n'aime pas cette notion de « cadeau d'adieu ». Ce n'était pas un cadeau.

— Un adieu, alors ?

Madeleine ne répondit pas.

Dans le cœur, l'âme, le corps de Jeff, le combat était âpre. Il avait cru l'aimer, mais comment aimer une femme qui vous abandonne ? Comment avait-elle pu ne pas comprendre ? Ce raisonnement était idiot, il n'avait jamais laissé échapper le moindre indice de ce qui se passait en lui. Il ne savait pas faire. Il fallait deviner, c'était hasardeux. Il s'aperçut qu'il n'avait jamais prononcé les mots qu'aime entendre une femme amoureuse. Il manquait encore d'assurance pour exprimer ce qu'il ressentait. Lorsque son initiatrice, cette amie de sa mère mais bien plus jeune, qui l'hébergeait durant sa scolarité au Puy-en-Velay l'avait entrepris, il avait subi et peu à peu s'était enhardi. Mais il ne prenait jamais l'initiative, attendait que les mains de la dame l'explorent et le trouvent. Son manque d'« enthousiasme » venait-il de là ? Avait-il assimilé une fois pour toutes que la femme devait prendre l'offensive, se sacrifier en quelque sorte sur l'autel ?

Elle non plus ne disait rien. Il y avait le marchand de fromage entre eux. Il lui fallait maîtriser les fortes émotions qui font parfois dire n'importe quoi. Là, les mots d'amour n'étaient pas nécessaires, voire dangereux avec un adolescent pouvant s'enflammer comme de l'étoupe et qui ne comprendrait pas que ce feu s'éteignît trop vite. Je t'aime rime-t-il avec demain ?

Amour, blessure, ressentiment, haine ? Est-ce inéluctable ?

Jeff savait qu'il ne la haïrait pas, elle avait été « réglo » en tous points. Non, s'il devait détester quelqu'un, autant commencer par lui. N'avait-il pas refusé tout ce qui se présentait jusqu'à cette marchande de légumes de Gaillac qui avait perdu son mari en 1940, à Dunkerque. Elle vendait ce que produisait son jardin, faisait intelligemment des variétés qu'on ne cultivait pas ici, sinon, tous ou presque ayant une terre produisant l'essentiel en patates, choux et haricots, elle n'aurait rien vendu. Jeff aurait pu faire du jardinage, mais en dehors de ses arbres fruitiers et de sa vigne il ne se cassait pas les reins. Cette femme encore jeune, pas plus de quarante ans, avait l'œil sur lui et elle ajoutait toujours à ses achats une salade ou deux tomates, un morceau de courge. Elle était paysanne, ne cherchait pas à copier les femmes de la ville dans leurs attitudes, leurs expressions, non, elle était et restait une fille de la terre. Un visage très légèrement poupin, rieur, des joues subtilement colorées par le grand air, des yeux magnifiques. Un corps délié, qui eût davantage intéressé Manet ou Renoir que Boucher.

Deux techniques, deux modelés des corps, deux sensualités. S'il avait eu à choisir, il aurait penché pour Manet. La peinture, et surtout les impressionnistes l'intéressaient. Ce coté artistique – il ne le dévoilait jamais, avec qui aurait-il pu le faire à Vlaniac ? – était un petit héritage de sa mère. Il ne s'était pas mis en avant avec les zaz mais aurait aimé en parler. Mais un bouseux, un plouc avait-il le droit d'aborder ça ? Madeleine et Hortense, oui, sûrement, mais il eût fallu qu'elles restassent davantage. Il n'aimait pas se précipiter pour montrer ni ses sentiments ni ses passions.

Depuis plus d'un an, il ne venait plus s'approvisionner au marché du jeudi. Il se débrouillait avec les légumes de Sylvestre. La dernière fois aurait pu être la bonne. Leurs mains s'étaient rencontrées alors qu'il cherchait une belle botte de carottes sur l'étal. Le contact n'avait pas excédé quatre secondes, mais elle n'avait pas enlevé sa main et le regardait avec les yeux en embuscade, puis : « Tenez, prenez celle-là, monsieur Sagnal. » Un dimanche, elle avait tenté d'infléchir le cours du destin, était venue avec une petite carriole attelée d'une mule aux harnais agrémentés de grelots qui tintinnabulaient joyeusement lorsque la bête prenait le trot. Elle était accompagnée, pour qu'il n'y ait pas d'équivoque, d'une femme un peu plus âgée. Elles avaient commandé un Clacquesin-grenadine. Ce jour-là, Jeff attendait des clients. Il ne s'était pas occupé d'elle plus que ça. Le strict nécessaire pour ne pas paraître ours, ce qu'il était. Ceci étant, dans ses va-et-vient entre salle et cuisine, il se voyait épié. Elles chuchotaient en penchant la tête l'une vers l'autre sans le quitter des yeux. En servant, il imaginait leur échange :

— Qu'en penses-tu ? Il est bien, non ?

— Oui, ça ! Mais qui sait c'qu'y a d'dans ? Les veaux s'achètent pas en leur caressant le poil. Faut mettre les mains là où y faut pour voir s'ils feront de la viande ou pas. Mon premier mari, tu sais, l'Antoine, était maquignon avant guerre, il savait.

— Et où tu veux que je mette les mains, dis voir ?

Elles maîtrisèrent un fou rire alors qu'il passait devant elles avec une pile d'assiettes. Elles se levèrent.

— On y va, monsieur Sagnal, merci. Peut-être qu'on viendra déjeuner un jour.

— C'est ça, merci, au revoir mesdames.

Avant de passer la porte, elle s'était retournée :

— Moi, c'est Juliette, vous le savez.

Jeff avait acquiescé d'un hochement de tête. La copine ricana :

— Au moins, tu risques rien de venir seule, c'est pas lui qui te violera, ma belle.

Ils ne s'étaient pas revus.

Une fois, la Marguerite Cheminot qui le blaguait toujours sur son apathie avait dit :

— Tu vois, Jeff, finalement t'es un bon gars. Tu laisses les plus belles aux autres. Elles ne sont pas contentes, mais finissent par se dire : « Bon ! Le Jeff, y veut pas, j'prendrai un autre. »

Quel homme pourrait lui en vouloir ?

Le matin fatidique ne fut que la continuation du jour précédent dans le sens où Jeff n'avait pas dormi. Il était commun de dire que le matin effaçait les problèmes de la veille. Là, hélas, ce n'était pas vrai. À minuit, il était descendu sans but précis, avait fait réchauffer un reste d'orge grillée et ne l'avait pas bu. Il était remonté se coucher et était resté assis, le dos contre la tête de lit en bois sculpté de festons de rose sur le haut.

Commençait-il à apprendre sur le tard ? Rejetterait-il enfin l'autodestruction sentimentale ?

Lorsqu'il descendit préparer le petit déjeuner, il fut suivi de peu par Madeleine.

— Bonjour Jeff, bien dormi ?

— Comme un loir, mentit-il.

— Vous avez de la chance.

— Au fait, vous allez faire quoi avec le moulin ?

— Il n'y a plus d'humidité maintenant, l'entreprise va le fermer après avoir changé la serrure de la porte principale. Je crois qu'ils passeront dans la semaine. Tout va dépendre d'Hortense. Je crains qu'elle n'ait changé d'idée. Si elle ne vient pas, je vais vendre. Pensez-vous que quelqu'un veuille y entretenir du feu, le temps de l'hiver. Le poêle sera livré en septembre, c'est un modèle alsacien, Frantz l'a choisi.

— Oh ça, je pense qu'Octave ne demanderait pas mieux. Faudrait faire livrer trois ou quatre stères de fayard.

— Si vous pouvez vous en occuper, Jeff, je vous redevrai ça. Pour le prix, je vous laisse mon téléphone de Paris. Je vous enverrai un mandat. Attention, au début, il faut que le poêle soit mis en température très progressivement. Il tient longtemps. Un passage le matin et un le soir. Octave comptera ses heures.

— Il va aimer ce travail régulier et va vous bénir, soyez-en assurée.

— Tant mieux. Bien, je vous appellerai à mon arrivée. Je demande à l'entreprise de Langeac de vous remettre les clés lorsqu'ils en auront fini.

Elle griffonna son numéro et ajouta son adresse : *72, rue de Miromesnil. 8e.*

Ils burent leur café mélange en silence. L'atmosphère se tendit. Madeleine redoutait-elle trop d'épanchements ? Jeff transporta son petit bagage et le rangea derrière le siège avant de la Topolino.

— Je ne vous remercie pas, Jeff. Il y aurait trop à dire. Vraiment heureuse de vous avoir connu. Et rappelez-vous ce qu'il me semble vous avoir dit : faites un peu de réclame pour *L'Éventre-Loup*. Vous devriez avoir au moins une à deux chambres d'occupées chaque nuit. La propriété est superbe, vous ne vous en rendez même plus compte.

La notion moderne du commerce échappait à Jeff. « Réclame », c'était pour des biens pour des tas de choses, pas pour une auberge. Il promit, le cœur en berne, mais souriant.

Ce fut la séparation d'une cliente avec son hôtelier, mais elle l'embrassa et il sentit que ses mains se refermaient sur ses bras plus que nécessaire.

Madeleine ne s'était-elle plus souvenue de ce qu'elle avait avoué à Lucienne quant à son inclination pour Sagnal ? Pourquoi renonçait-elle ? Finalement, ressentait-elle ses sentiments trop incertains ? Était-elle victime d'un tempérament trop fort, rétive à toute faiblesse, qu'elle fût du corps ou de l'esprit ?

Jeff, un sourire amer aux lèvres, se dit qu'une seconde panne de la petite Fiat eût été salvatrice, une vraie panne, pas un dépôt dans l'essence de mauvaise qualité, qu'il y eût une pièce à commander à Paris. À condition que Marcellin Touillard ne sache à qui s'adresser, ça aurait pu durer largement assez pour qu'il se reprenne, qu'il ferme *L'Éventre-Loup* et parte avec elle dans le Midi, à Sète, où il aurait pu revoir son copain. Oui, Sète, ça aurait été bien. Il y alla en pensées. Les vaguelettes de la plage longeant l'étang de Thau lui caressaient les orteils. Des pêcheurs, le pantalon retroussé au-dessus des mollets, nu-pieds, l'incontournable casquette de capitaine rivée sur le crâne, rentraient directement sur la plage. Ils sortaient des barques bleues des cagettes de sardines brillantes en s'interpellant. Certaines s'en échappaient et des gosses un peu déguenillés se bousculant les ramassaient en criant. Elle, pendue à son bras, évitait de se mouiller les pieds et, lorsqu'une vague plus forte remontait trop haut sur le sable, il l'enlevait en passant un bras sous ses genoux et la serrant de l'autre à la taille, tournait sur lui-même pour l'étourdir. Les clichés se succédèrent en trois secondes et la bulle explosa alors que, sur le port, ils attaquaient en riant une bourride.

Le vin des sables n'eut pas le temps de leur rafraîchir le palais.

Le moteur de la Topolino tourna. Elle abaissa la vitre :

— À bientôt Jeff, je vous donnerai des nouvelles sitôt arrivée.

La petite auto roula, faisant crisser les pierres. Sur la route asphaltée, elle prit de la vitesse. Un bras s'échappa de la fenêtre, s'agita, et ce fut tout.

Jeff n'avait pas bougé. Il eut l'impression d'un gâchis. Un formidable gaspillage infantile dans le sens où l'on peut à la rigueur comprendre qu'un enfant ne puisse saisir les bonnes choses qui lui sont offertes. Une ignorance naturelle qui ne devrait plus exister pour un adulte. Il fit le tour de l'auberge pour aller récupérer du bois au bûcher. Même en été, il tenait le feu, ça chassait l'humidité apportée par la forêt alentour. Ces fameux Bois du loup d'origine qui n'avait guère changé. Les jeunes sapins remplaçaient les vieux que les tempêtes couchaient ou ceux abattus par les forestiers. Cycle éternel. Pour le feu de l'âtre, les paysans faisaient pareil, mais il laissait un peu le foyer agoniser l'après-midi pour le ressusciter vers 18 heures.

Lorsqu'il revint avec sa brassée, un ronflement attira son attention, l'espace d'un instant il pensa au retour de Madeleine, qu'elle eût oublié quelque chose. Mais non, c'était un moteur beaucoup plus puissant. Il resta planté devant la porte. Une 402 se plaça devant le portail. La longue berline, fleuron de Peugeot, était superbe. La porte s'ouvrit et Jeff se trouva face à Gérard Provost, le notaire.

— Bonjour Sagnal, ça va ?

— Ça va, notaire, que faites-vous dans l'coin ?

— J'ai un repas à organiser pour la communion de Françoise, ma petite nièce, le mois prochain. Sa mère, ma sœur Josy, voulait faire ça au Puy, c'est idiot. Pouvez-vous prendre ça en main, Jeff ? Nous serons vingt-cinq à peu près.

— C'est possible, mais faudrait que je prenne un extra en cuisine et une fille en salle, impossible de faire ça tout seul.

— Pas de tralala, hein, charcuterie, votre plat de patates au four… après, à vous de voir. Il y aura un gâteau, mais on le fera faire chez un pâtissier, à moins que Bachelard puisse le faire. Demandez-lui.

— Rentrons, j'en ai plein les bras.

Jeff déposa ses bûches près du poêle, puis alla en cuisine et rapporta deux verres et une bouteille.

— Asseyons-nous.

— Sauf pour l'ouverture, on vous a plus revu à la chasse.

— Non, j'aurai rien tiré cette année, pas envie. Et puis j'avais du monde.

— Je sais. Et tout le monde est parti ?

— Ben, ils allaient pas s'incruster. Les zazous en premier et Mme Valiev avec Arnaud.

— Il a fait un sacré travail, ce garçon, avec son groupe de résistants. Y faisait une belle paire avec Duchagrin. Dommage qu'il soit rouge. Je pense qu'il va prendre du galon politique. C'est pas copain-copain, mais je sais qu'il voit souvent un haut responsable. Enfin, on a bien eu besoin d'eux comme des autres. Comment ça tourne à Vlaniac ? Ils s'y font à cette libération ? C'est pas trop d'air d'un coup pour leurs petits poumons ?

Jeff rigola.

— Ça va aller, je vais peu au bourg, à part pour l'alimentation. Mais je traîne pas. Cela dit, j'ai mon espion de service.

— Qui donc ?

— Votre ramasseur de perdrix ou de bécasses, Octave. Il vient souvent, il m'explique ce qui se passe, ça lui donne de l'importance. C'est avec la chasse, quelques canons de rouge et verres de gnôle ses seuls plaisirs et y raconte pas de conneries. En 45, une fois la liesse passée, et jusqu'à la fin de l'année dernière, il fallait retrouver ses marques, les gens étaient déstabilisés. Ici, c'est trop petit, on est trop les uns sur les autres, pas physiquement bien sûr, vous comprenez. C'est là que ça se passe.

Jeff se frappa le front.

— Ils ne se souvenaient que du mauvais et de ce qui tournait autour. Les Boches, bien sûr, putain ce qu'y z'ont pu nous faire chier ceux-là. Personne n'avait pu faire de choses répréhensibles, ici à Vlaniac, mais la Libération a donné à certains des envies de redresseurs de torts et des petites canailles en ont profité. C'est plus facile après qu'avant. Oh ! Rien de grave, des trucs à la con. Pourquoi Untel avait ce qui manquait cruellement à un autre, qu'on avait un mal de chien à trouver ? Ça pouvait être un pneu pour sa bicyclette.

— Le syndrome du manque, fit le notaire. Un ensemble de choses qui forme un tout, crut il bon de traduire.

— Oui. J'ai compris, répondit Jeff en riant, j'ai fait ma seconde. Les envies étaient bizarres. Le même gars aurait pu marcher nu-pieds sans gueuler alors qu'un voisin aurait eu de bonnes groles. Mais pour le café, putain, alors là y devenaient tous fous, même ceux qui avant guerre n'en buvaient jamais.

— C'était vrai aussi en ville, mais avec plein d'autres choses : le beurre, l'huile, la viande, etc. Chez nous, on a moins souffert. Bon, je suis de passage, je vais à Grandieu, une ferme qui se vend, des Lyonnais sont dessus. Tiens, s'ils sont là encore à midi, peut-être qu'ils voudraient déjeuner. Je leur indique l'auberge.

— D'accord, mais appelez-moi du café Gisbert pour me le dire, j'ai rien prévu.

— Rien d'autre de notable, alors, à Vlaniac ?

— Ah si, justement l'autre jour Octave m'a apporté un billet que quelqu'un a glissé sous sa porte. Une connerie, y a bien des gens qu'ont rien à foutre. On était à table avec le curé, le maire, les zaz, Valiev, Arnaud, moi et Madeleine, plus Maguy et Lauzier. À part lui, tout le monde en a pris pour son grade, moi le premier, le planqué.

— C'était moi. Je vous donne la fin : « Cinq ans de guerre pour ça. Ah ! Elle est belle la France ! »

— Merde ! Qu'est-ce qui vous a pris ?

— Une rigolade, c'est tout. Histoire de vous faire râler. Y avait un peu de vrai, non ?

— Les zazous ont tiqué, hein ! Les dégénérés…

— C'était pas méchant, Jeff. Une rigolade.

Jeff recula sa chaise et, les mains sur le rebord de la table, il se balança sur les pieds arrière.

— Je garde ça pour moi ?

— Comme vous voulez. Mais le curé était au courant, j'ai glissé ça sous la porte de l'Octave car je montais à l'église, mais il était très tôt, y avait personne au bourg.

— Alors lui, il nous a joué la comédie. Ah, l'enfoiré !

Finalement, le fou rire les emporta.

— Et la dame Granget ? Le bras long, la dame. C'est elle qui a tiré la Valiev du pétrin.

— Quel pétrin ? Elle avait rien à se reprocher ?

— Que si, pas carrément de l'espionnage, non, disons un lien avec les Russes par feu son mari Alexis interposé.

— Oui, un lien conjugal mais pas plus, et il est mort.

— *Yes*, mais quand on est aux mains de certaines organisations subversives, dur de s'en dépêtrer. Elle pouvait se payer cinq ans de taule. Elle a connu Arnaud Lagier en clandestinité, à Paris, où il montait de temps à autre. En quelle circonstance, ça ? Je pense que ce fut fortuit, mais il est rouge et peut-être n'a-t-il pas été loin de certains services résistants en relation avec les Rouski. Pas de problème pour ce garçon, c'est un idéaliste. Pour vous, il n'y avait rien dans le dossier. Lauzier s'est planté, il y croyait. C'est le problème des bleds où y se passe rien, on saute sur tout ce qui bouge et les gendarmes en premier. C'est aussi leur boulot, alors... Ceci étant, la détermination de Mme Granget face à l'action désordonnée et injustifiée de Lauzier à ton sujet a indirectement favorisé la Valiev.

— Mais quels griefs sur cette femme ? Je la crois honnête.

— C'est très compliqué. Elle n'est pas coupable mais sa situation est complexe.

— Pour Madeleine Granget, son nom de fille, je suis au courant du cinéma qu'elle a fait au tribunal du Puy. Un sacré culot, chapeau madame ! Mais la lettre a fait son effet, j'en ai la copie. Son ami n'est pas n'importe qui. La situation dans l'administration est encore confuse et, à mon avis, reste un peu de temps avant que tout se remette en place, que les scories opportunistes, voire collabo, soient éliminées. La trouille a fait des dégâts sous la pression administrative chleuhe. Dans cette situation de merde, quelques brebis galeuses, c'est inévitable.

— En ce moment, l'administration est encore sur les dents, et là bonjour les conneries dans un sens ou dans l'autre.

— Oui. Alors, pour en revenir à Granget, personne n'étant sûr de personne, on se garde de faire des vagues et tout le monde se planque derrière sa hiérarchie la plus proche. C'est humain, les agents, de tous les services, ont trinqué, moralement s'entend. Naturellement, nous parlons de convulsions administratives, mais ça a rejailli sur la faune des voyous de tout poil : collabos, délateurs, miliciens, profiteurs du marché noir, ceux qui ont voulu l'estampille « aryen » et fait les demandes dans ce sens. Ce n'est pas dans le petit peuple.

— Ouf ! Tant mieux, notre postier Motus est blanc comme neige alors.

— Ah ! Jeff, on peut en plaisanter mais c'est une guerre interne, Jeff, une vraie guerre. Celle du mont Mouchet était presque plus simple.

— Comme vous y allez !

— Oui, mais nous avions un ennemi à détruire. Point. Un coup de balai et c'est propre. Enfin, on y a laissé des poils.

Sagnal se leva en prenant appui sur le haut de ses jambes.

— Bon, j'attends votre coup de fil pour le repas.

— Oui, je vous appelle dans une heure. Au fait, ça vous intéresserait une auto ?

— Non.

— J'ai la 202 sur les bras, si on peut dire, je pourrais la fourguer cent fois, mais ça me ferait plaisir de vous l'offrir.

— Hé, ho ! Vous déconnez, Gérard ?

— J'ai régularisé. L'auto servait pour la Résistance. Je m'étais arrangé avec un secrétaire du préfet, un des nôtres. On avait magouillé les papiers au nom d'un quidam inconnu pour que je ne sois pas inquiété. Maintenant, elle m'appartient bien et je vous la donne, on a des réunions avec les résistants. Ils disent : « Faut marquer le coup pour André Sagnal, mine de rien il nous a sacrément aidés avec son infirmerie de campagne. » La 202, croyez-moi, c'est mieux qu'une médaille. Réfléchissez-y, Jeff. Allez, j'y vais, les Lyonnais doivent m'attendre.

— Mais, Gérard, j'en ai déjà une dans la cour. C'est Arnaud qui l'a laissée, un type doit venir la chercher, un dénommé… oh, je sais plus… Frédo !

— Je le connais. Ben, y viendra pas.

— Pourquoi ?

— Parce que c'est la même et que Frédo c'est moi.

*

* *

Donc Madeleine Granget n'était pas n'importe qui, enfin ça Jeff s'en doutait. Elle devait l'appeler dès son arrivée à Paris, elle ne l'avait pas fait. Quelque chose se serra dans sa poitrine. Était-il déjà relégué dans les limbes de sa mémoire ? Il faudrait qu'il parle à Octave pour le chauffage du moulin, mais il était déjà un peu tard pour commander le bois. Il doit être refendu dès les premiers beaux jours pour qu'il ait le temps de sécher à cœur avant l'hiver. Il connaissait un forestier de Gaillac qui en livrait. Il irait le voir à vélo.

Gérard Provost rappela, il était furieux, les Lyonnais n'étaient pas venus.

— Je m'arrêterai pas, je rentre direct.

Jeff sentait qu'une période difficile s'annonçait pour lui. Il regrettait autant Madeleine que les zaz. Rien à voir cependant avec la prestation furieuse de Lucienne. Il regrettait pourtant d'être resté passif, presque inerte. Il y avait de la sauvagerie chez cette fille. Elle l'avait mordu dans le cou à la première attaque, pareille aux loups qui ravagent un troupeau de brebis en les prenant à la gorge. Il en avait conservé les marques plusieurs jours qu'il masquait à l'aide d'un pull à col roulé, un peu trop chaud. Puis elle l'avait adroitement ranimé, ensuite... ce qu'elle avait désiré s'accomplit, toujours dans la violence. Cela fait, encore à l'instar les loups qui déguerpissent après le carnage, elle s'était enfuie. Quelle séance ! Une louve, Lucienne ? Il en traînait des histoires sur les femmes-louves, les dévoreuses d'hommes, mais il s'agissait peut-être d'un fantasme masculin. Être dévoré durant la jouissance ? Peu de rescapés pour en parler. Il eut un sourire fatigué et s'aperçut que le poêle s'était éteint. Il le rallumerait plus tard. Il était presque midi. Il traîna sa grande carcasse jusqu'à la cuisine qui lui parut d'une tristesse infinie. Il n'avait pas faim, mais se coupa une tranche de jambon épaisse. Il n'aimait pas, comme tous ici, les tranches ultrafines à l'italienne, ce qui avait pourtant un sérieux intérêt gustatif. Il la mangea avec les doigts, sans pain, et se servit un verre de rouge. Le comportement du vieux garçon reprenait ses droits. Au contact de ces quatre femmes, il avait poli son vernis d'homme bien élevé, tel que lui avait inculqué sa mère : « André, mange correctement, enlève tes coudes de la table et ferme ta bouche en mastiquant. »

*
* *

Le verre de vin bu, Jeff chercha qui il pourrait bien aller voir pour se changer les idées. Curieusement, il pensa à Lauzier mais laissa tomber. Non, peut-être Marguerite Cheminot, ou le curé ? Sylvestre ? Il quitta l'auberge et descendit vers le bourg. Dans la légère descente qui y arrivait, le cimetière était là, sur la gauche. Depuis combien de temps n'était-il pas venu sur la tombe de ses père et mère ? Deux ans, trois ? Certes, Germaine lui avait dit : « Ne viens pas me voir au cimetière, je n'y serai pas, tu sais, je ne quitterai pas la maison. »

Il entra par le grand portail de bois toujours entrebâillé. Il n'était grand ouvert que pour les enterrements, le reste du temps, comme Duchagrin avait dit, sérieux : « On le ferme pas, faut pas qu'ils se croient prisonniers, ce serait trop triste. » Il ne le poussa pas, se faufila entre les deux vantaux.

Deux caveaux récents étaient dans le nouveau petit carré acheté par la mairie aux héritiers de l'ancien maréchal-ferrant Raymond Cournil. Ils possédaient encore cette terre bien qu'ayant tous émigré vers la ville. Leurs rectangles de marbre nus s'opposaient aux vieilles sépultures ouvragées en pierre de pays ourlées de lichen, bourrelés de mousse dans les angles formés par les pierres tombales. Les plus anciennes n'étaient que de terre, entourées de grilles basses rouillées avec, accrochées sur l'un des petits côtés, des plaques émaillées, souvent des cœurs avec le nom du défunt et deux dates, la naissance et la mort. Sa mémoire s'évada. Il se souvint qu'il harassait sa mère de questions lorsqu'il l'y accompagnait pour voir son père. « Dis m'am, et lui, là, pourquoi il est mort ? Oh ! là, là ! Et lui, regarde comme il était vieux. » Et pourquoi et pourquoi ? La mort, une chose insaisissable pour un enfant. Il arriva devant la dernière résidence de ses vieux, l'herbe avait tout recouvert, mais ici et là des primevères, des violettes timides et deux jacinthes aux fleurs fermées, encore vertes. D'une des tombes voisines du lierre rampait et s'entrelaçait entre les grilles. Jeff avait horreur de cette plante capable d'éclater les murs les plus robustes en infiltrant les jeunes pousses dans le moindre fendard. Il l'arracha soigneusement, empiétant un peu sur les limites. Il s'assit, posa ses mains à plat sur la pierre, comme s'il eût voulu qu'un peu de sa chaleur humaine allât réchauffer les chères dépouilles. Mais il comprit qu'effectivement sa mère n'était pas là, le père peut-être. C'était une impression bizarre, stupide, mais il ne s'insurgea pas. Ça aurait changé quoi ? C'était aussi bien qu'elle fût dans sa cuisine. Rien de morbide, juste un petit clin d'œil narquois à la camarde.

Il quitta le cimetière sans honte de n'être pas resté plus. Il se sentait bien. Il en était toujours ainsi lorsqu'il se sentait vivant. Et comment mieux se sentir vivant qu'en quittant un tel lieu, sauf que le drame fût récent.

Il était venu un peu voûté, non par le malheur, mais par l'ennui. Là, il se redressa, jeta ses épaules en arrière, développa sa poitrine en une profonde respiration et à grandes enjambées monta chez Sylvestre, soudainement optimiste.

Prémonition ou acuité auditive particulièrement fine ? Sylvestre sortit de l'étable une fourche à la main. Il se campa en s'appuyant sur le long manche, le regard tendu vers lui.

— Ah ! C'est toi ? J'finissais de nettoyer les vaches. J'aurais dû y faire plus tôt.

— Tu veux que je t'aide.

— Bon Dieu, oui ! J'suis cassé. T'as une autre fourche derrière le portail. On charge la brouette et t'emmènes le fumier vers le jardin, ça c'est le plus dur pour moi. Tu verras, y en a d'jà un tas. Tu risques de te saloper. R'garde dans l'appentis, y a une salopette, les jambes seront un peu courtes, mais avec les bottes ça ira.

Ils travaillèrent en silence. Les bêtes secouaient leurs chaînes et meuglaient en de longs appels, presque un brame, enfin moins rauques.

— Elles râlent, j'les ai pas beaucoup affouragées ce matin. Tu finis ça, moi j'monte au fenil pour leur en balancer quelques fourchées.

Les animaux tournèrent leur tête vers lui et le suivirent jusqu'à ce qu'il monte à l'échelle. Il passa la tête dans la trappe puis se ravisa, la ressortit et lança :

— Dis Jeff, si d'main t'as pas de clients, j'ai la bergerie à attaquer, si ça te va. Ça tomberait bien, j'ai mon neveu qui vient, on s'ra trois.

Sagnal se dit que si c'était celui qui marchait à la cartagène, mélange vin-gnôle presque mortel, ils ne seraient vite plus que deux.

— Écoute, si j'peux pas le matin, c'est d'accord pour l'après-midi.

Avec de légers craquements caractéristiques de l'herbe sèche, le foin tomba en éparpillant sa poussière impalpable et tourbillonnante. Les bêtes en happèrent en étirant le cou avant qu'il n'atteigne la mangeoire. Cela fit de longs rais mouvants dans le soleil, comme des milliards d'êtres unicellulaires sous un microscope.

Le patron de *L'Éventre-Loup* récupéra ses fringues et ses godasses et rentra. L'exercice lui avait fait du bien, mais il avait les épaules douloureuses. En fait, il n'avait pas une activité nécessitant la mobilisation totale de ses muscles au quotidien. La vigne, ses arbres, oui. L'auberge ne demandait pas d'efforts démesurés.

De loin, il vit une auto arrêtée devant le grand portail. Il chercha à deviner la marque. C'était une grosse berline. Il pencha pour une Hotchkiss, mais en fait c'était une Panhard & Levassor. Sûrement un modèle rare. Une femme était appuyée sur l'une des ailes rebondies de l'auto. Pose hiératique, un peu étudiée. Elle fumait. Elle semblait être seule.

— Bonjour madame.

— Cette auberge est fermée ? demanda-t-elle sans préambule.

— Elle l'était, dans dix secondes elle ne le sera plus. Je suis le patron.

— Ah ! Une chambre, c'est possible ?

— Naturellement. Venez, je vous montre ça.

Jeff nota la tenue particulière : pantalon beige près du corps, le bas des jambes s'évasant légèrement, ceinture fine, chemisier strict en popeline, petit col légèrement ouvert sous un blouson ne descendant pas sous la taille. Ici, en campagne, les femmes en pantalon n'existaient pas. Sa coupe de cheveux était résolument masculine.

— Vous pourriez m'héberger quelques jours ?

— Si vous n'êtes pas trop difficile, oui. Les lits sont rustiques mais bons.

— Ne vous fiez pas aux apparences, je ne suis pas compliquée.

Il plaisanta, rieur :

— Vous êtes perdue ?

— Peut-être. Je peux entrer ?

Jeff s'effaça.

— Je peux prendre vos bagages ?

— Rien ne presse.

Elle était hautaine, mais Sagnal pensa à un jeu.

— C'est bien chez vous, mais diable, pourquoi toutes ces armes blanches, ces fusils ?

— Jadis, c'était nécessaire, madame.

— Je prendrai la chambre plus tard. Auriez-vous un alcool fort ? Gin, vodka ou à la rigueur whisky.

— Je n'ai pas ça, mais ma production de marc de pays.

— Voyons !

Jeff tira la bouteille et deux verres.

— Je vous accompagne, cette tournée sera pour moi.

Elle écrasa ce qui restait de sa cigarette sur le poêle. S'assit avec une désinvolture de salon. Passa une jambe sur l'autre et laissa son pied se balancer. Elle était chaussée de sortes de ballerines, sa cheville se découvrit, très blanche.

— C'est la France profonde, ici.

— C'est une façon élégante de dire « un trou ».

— Bien… Je ne pensais pas trouver un homme avec cet humour.

— Nous avons de tout chez nous. À la vôtre.

— Tchin !

Elle se dérida, étira ses lèvres carmin sur un soupçon de sourire.

— Exigez-vous une carte d'identité ?

— Moi non, mais la gendarmerie oui.

— Je ne dirais pas que votre « production » est délicate, mais puissante. Ça me plaît. Je peux partir demain matin ou rester quinze jours.

— Pas de problème. Allez, je vous montre la chambre. Ne soyez pas surprise, il n'y a pas de pression d'eau au robinet, je suis alimenté par une source. L'eau arrive par déclivité, mais il y en a. Inutile de l'économiser, je la paie pas.

— Je suis Denise Bérenger.

— Très bien.

Jeff l'abandonna après avoir monté sa valise. « Décidément, se dit-il, c'est la série. Depuis la Valiev, j'ai que du gratin. » Il regretta qu'Hortense soit partie, car elles étaient dans la même couche sociale, avec une élégance affectée, bien que très différentes. La sœur de Madeleine était encore imprégnée du siècle dernier, alors que cette Denise était résolument avant-gardiste. Il n'aimait pas sa coupe « garçon » mais son visage était gracieux et sa silhouette fluide. Visiblement, elle manquait de formes, pour ne pas dire qu'elle était plate comme une planche. Il l'avait apprécié, alors qu'elle avait entrouvert son blouson, un buste de fillette.

Un cri le fit sursauter.

— Monsieur, monsieur !…

Il monta quatre à quatre.

— Que se passe-t-il ?

— Là, une araignée et elle est énorme.

Il ne lui dit pas qu'il en existait de plus grosses. Il l'en débarrassa.

— Je vous rassure, au printemps elles se réveillent mais entrent peu dans les maisons, à l'automne, oui. Mais fermez votre fenêtre.

Il fallut une demi-minute pour que Jeff remarque qu'elle était en toute petite tenue, avec une serviette de bain autour de la taille. Elle avait cependant ramené ses bras croisés sur son torse, sans paraître désemparée pour autant qu'elle fût quasiment nue.

Jeff recula vers la porte qu'il heurta, repères perturbés. Il s'éclipsa en bredouillant une excuse.

Denise cria alors qu'il regagnait le rez-de-chaussée :

— Je dîne ici ce soir, monsieur !

Jeff ne releva pas. Il était temps qu'il prépare quelque chose.

Lorsqu'elle le rejoignit une heure plus tard, elle dit en s'arrêtant sur les dernières marches :

— J'espère ne pas vous avoir choqué. Vous savez, je suis mannequin, alors pour nous la nudité fait partie du métier. Si vous saviez à quelle vitesse nous devons changer de vêtements pour les défilés de mode ! Alors nous sommes toujours nues sous les robes. La première fois, des filles gardent leur culotte, mais se font enguirlander. La plus légère laisse une marque et ils n'en veulent pas, et puis ça va plus vite et les couturiers sont blasés, encore faudrait-il qu'ils aiment les femmes !

Jeff ne sut pas trop quoi répondre, puis opta pour un compliment :

— Il n'y a pas de gêne devant la beauté.

Denise resta interdite. Elle avait devant elle un homme d'apparence plutôt rustique, pratiquant un humour juste et une flatterie délicate. Elle ajouta :

— Dans ce milieu, les femmes sont sexuellement tranquilles, mais nous avons toutes un petit ami ou une petite amie à l'extérieur. Le mien s'appelle Roland Dechenal, il est écrivain, mais ne vend rien, enfin pas encore. Il vit à mes crochets, mais j'ai quelques compensations, son attribut est d'une insolence.

Elle eut un sourire délicat qui réduisit l'inconvenance de la précision.

Attribut ? Jeff chercha à faire tomber la pression. Ce n'était pas très approprié, mais c'est ce qui lui vint à l'esprit :

— Nous ne sommes que deux, voulez-vous dîner à ma table ? proposa-t-il. Ce sera plus gai, sauf si vous souhaitez votre tranquillité ?

Ils dîneraient ensemble sobrement, car il n'avait pas eu envie de cuisiner, ce serait jambon et œufs à la coque, et des cerises à l'alcool.

— Je ne sais même pas votre nom. Ce n'est pas indispensable, mais vous savez le mien.

— Jeff, Jeff Sagnal, mais mon vrai prénom est André.

— Vous êtes très discret, monsieur Sagnal. Pas de questions ?

— Vous savez, c'est mieux ainsi. Je sors à peine d'histoires compliquées.

— Ah ! Les femmes, bien sûr. Ça vous apprendra à être beau, monsieur… André. Il est juste que les hommes dans votre catégorie paient un peu pour ça.

— Ce n'est pas ce que vous pensez.

— Pas d'histoires de cul ? De jolis petits culs, ça ne laisse pas indifférent, non ?

Sagnal regarda ses pieds. Il n'avait pas vu exactement les choses sous… cet angle. Même avec Lucienne, ça n'avait pas été une affaire de cul, mais une agression. Pour lui, le mot cru dissimulait le désir inassouvi, une forme de luxure. Denise mélangeait l'impudeur, la provocation hardie et la réserve calculée. Était-ce une forme de piège à l'instar de ceux que les paysans plaçaient, de petites nasses pour capturer la fouine. Leurs terriers avaient parfois deux entrées et par force deux sorties, il fallait les trouver. Denise enfumait-elle l'une d'elles pour l'attendre à l'autre.

Cette fille qui n'était là que depuis quelques heures prenait des libertés incroyables. Ce devait être le mode d'expression dans son monde.

— Je me suis fâchée avec Roland. Je suis partie en piquant sa voiture. Il doit être fou de rage, mais je m'en moque. Si je ne reviens pas, il va crever de faim. D'ailleurs, un petit jeûne ne lui fera pas de mal.

— Il a de quoi s'offrir une telle auto ?

— Non ! Mais ça ne me regarde pas. Je m'en fiche !

— Vous avez là des vêtements de luxe. Ceux avec lesquels vous êtes arrivée, et puis maintenant cette robe extraordinaire.

— L'ensemble pantalon-blouson est une reprise de la mode « garçon » qui a sévi entre 19 et 29, d'où ma coiffure. Ça peut reprendre. C'est de l'emprunt, faudra que je les rende. Mais j'en profite, c'est bien. Mais il n'y a que moi qui peux les porter, les autres filles ont trop de poitrine, moi je n'en ai pas. Le bout de mes seins entre dans un dé à coudre et c'est le seul relief. Vous avez un dé à coudre ?

Elle eut un rire très frais, sans coquetterie. Pris de court, Jeff haussa les épaules. Ce genre de licence avec la morale, d'audace dite négligemment par des femmes classe, désarçonne souvent les hommes. Ce n'était pas plus compliqué pour elle que d'avouer avoir de trop grands pieds. Mais l'image qui se forme dans l'esprit n'est pas du même ordre, avec d'autres conséquences possibles. Il la regarda saucer sa mouillette de pain dans l'œuf à la coque avec un petit air gourmand et des coups d'œil rieurs furtifs. C'était finalement ce qu'elle avait demandé, craignant que le beurre ne la fît grossir. Était-elle davantage qu'une petite fille grandie trop vite ? Un instant, Jeff fut captivé par sa façon d'entrouvrir ses lèvres, laissant deviner un petit bout de langue interrogateur. À quoi songeait-elle ?

Madeleine et Régine, qui jouaient de l'ambiguïté, eurent des phrases pouvant aussi bien porter à confusion qu'à passer pour parfaitement honnêtes. Là, c'était légèrement différent, mais il fallait relativiser. Entre le rude monde paysan et celui frivole de la haute couture, l'écart étant gigantesque, des codes d'existence à cent lieues les uns des autres.

La période qu'il passa entre le décès de sa mère et l'arrivée de Charlotte Valiev lui apparut comme dénuée de sens. Qu'avait-il fait durant tout ce temps ? Certes, il avait vécu, mais contrairement à ce qu'il croyait, sans pour autant y avoir beaucoup réfléchi, il y avait plusieurs possibilités de vie. Très difficile d'être vivant mais seul, sauf tendance irrépressible. Un concours de circonstances pas ordinaire lui avait fait rencontrer en peu de temps pas moins de cinq femmes avec des profils divers. C'était la sixième. Toutes d'une autre classe sociale que celle que l'on rencontrait non seulement à Vlaniac, mais dans bien d'autres communes alentour. Ce n'était pas un problème intellectuel, il ne manquait pas d'intelligence en Margeride et ailleurs, mais le style était autre, ne bénéficiant pas d'un environnement culturel évolué, de plus d'argent, côtoyant des milieux de pouvoir artistique ou politique.

D'où sortait-elle, cette Denise ? Qu'elle fût mannequin ne signifiait pas une naissance la cuillère d'argent dans la bouche. Dans ce cas, comment avait-elle gravi les échelons de cette société sûrement cloisonnée ? Quel avenir pouvait avoir une telle fille une fois la jeunesse consommée ? Bagage essentiel, la beauté, et après ?

Les hommes qui accompagnaient les zazous femelles n'avaient pas compté vraiment. Il les avait regardés vivre durant leur séjour, que ce soit le Zouzou, Jérôme ou Henri, mais ils n'avaient pas ouvert d'espace dans lequel il eût pu se faufiler. Même sur la musique, ils étaient restés cois. Pensaient-ils à l'inaccessibilité des rythmes américains par cette population pétrie de mélodie d'arrière-garde, ou tout a une incompatibilité avec une forme de culture supérieure ? Soudain, il se sentit très, très loin de Vlaniac.

XII

Quelle sera la dernière ?

IL ESPÉRAIT UN APPEL TÉLÉPHONIQUE, ne reçut le lendemain qu'une carte postale de Paris. Madeleine, en quelques lignes d'une écriture serrée, sévère, expliquait qu'Hortense renonçait à s'installer au moulin Richaud et que ça créait des complications dans son couple. Elle se lamentait de l'instabilité et de la frivolité de sa sœur. Elle renouvelait ses remerciements. Rien d'autre, des banalités, pas de perspective d'un retour à Vlaniac. Le seul point positif, il fallait que Sagnal se contentât de peu, fut l'insistance qu'elle mit à ce que le moulin fût chauffé. Pour qui, pour rien, pour elle ou aurait-elle eu l'intention de trouver des locataires ?

Jeff avait son numéro de téléphone, mais ne céda pas à son envie.

Avec l'arrivée inopinée du mannequin, il avait laissé tomber Sylvestre pour la bergerie, ça lui était totalement sorti de l'esprit. Il irait s'excuser avec une bouteille.

Denise ne restait pas en place. Elle le prévint avoir l'intention de faire de longues marches chaque jour. À l'interrogation muette de Jeff qui ne voyait pas comment dans de tels accoutrements elle pourrait courir la campagne, elle sortit du coffre de la Panhard & Levassor une valise qu'elle ouvrit sur l'une des tables de la salle à manger.

— Voyez, monsieur André, des *knickerbockers* pied-de-poule, superbe ! Un lainage, une chemisette de coton, des chaussettes et cette bonne paire de chaussures sportives. Croyez-vous que je puisse affronter la région ?

— Certainement, mais n'allez pas trop loin. Imaginez que vous vous laissiez surprendre par la nuit. Dormir dans une doline[1] ou un creux de rocher, c'est pas ce qu'il y a de mieux, nous ne sommes pas en août.

— Aucun danger. Je serai là à 18 heures. J'emporterai… du pain… du fromage et une petite bouteille de vin, j'ai ce sac.

— Bien. Ne vous approchez pas trop des fermes si vous voyez un chien qui se montre agressif. Si vous voulez vraiment voir quelqu'un, attendez

1. Doline : caractéristique affaissement de terrain circulaire de vingt à trente mètres de diamètre dans le relief du Massif central, essentiellement dans les Causses.

qu'il sorte. Tenez, mettez ce gros châle dans votre sac, il appartenait à ma mère, on ne sait jamais.

— Oui, maman. Bien, maman. Mais quelle mère poule vous faites, monsieur André ! Il est vrai que je pourrais être votre fille, non ? Je me lèverai de bonne heure, sauf si vous m'en empêchez.

Jeff leva les yeux au ciel. Toutes les jeunes femmes des villes étaient-elles comme elle, comme les zaz, comme Charlotte ou Hortense ? Madeleine était plus posée.

Au matin, il se leva bien avant elle pour lui préparer un petit déjeuner.

— Dites-moi où vous allez.

— J'irai tout droit.

— Excusez-moi, ce n'est pas une indication. D'ailleurs, ici on ne peut pas aller tout droit, ça monte, ça descend, et ça tourne tout le temps. Je vous ai préparé un itinéraire. En prenant le premier chemin à droite au-dessus de l'auberge, vous arriverez en marchant normalement à la chapelle Sainte-Mathilde, deux petites heures. Avant, c'était balisé, mais depuis la guerre il ne reste plus rien. Qu'importe, vous ne pouvez pas vous tromper. Et puis vous revenez en suivant la même voie, d'accord ?

— Et si je rencontre le loup, monsieur André ?

— Pas de danger, y en a plus, même chez nos voisins du Gévaudan.

— Dommage, dommage… fit-elle, primesautière.

— Écoutez Denise, ne m'appelez plus monsieur André, ça fait proxénète.

— Quelle idée ! Dédé alors ? Mais ça fait gros bras déménageur.

— Disons simplement Jeff. J'y suis habitué.

— Ah oui, Jeff. Ça fait quoi, Jeff ? Un peu gangster, un peu aventurier, non ?

— Ne soyez pas irrespectueuse, n'oubliez pas que je pourrais être votre père et qu'à l'occasion une bonne fessée…

Là, Jeff posait sans le vouloir le pied dans des sables mouvants.

— Oh oui, Jeff, une fessée, une fessée, une fessée ! Vous savez que la marche stimule la libido ? C'est mécanique.

— Mécanique ?

— Oui, réfléchissez, une jambe qui passe devant l'autre des heures durant crée… disons… crée une sorte de friction douce à un endroit… délicat. Dans le milieu de la couture, on sait ça.

— Vous êtes intenable et… et pourquoi ?

— Les jeunes femmes aux machines à coudre du début du siècle y prenaient souvent leur jouissance.

— Comment ça ?

— Ces machines avaient deux pédales, donc alternance, une infime friction justement qui finissait par les exciter, enfin certaines plus particulièrement disposées. Quelquefois, elles pouvaient être surprises par l'extase quelques secondes. C'est pour cela que fut mise au point la pédale unique par de sales machos qui ne voulaient pas que l'on puisse se passer de leur truc...

— C'est n'importe quoi, Denise. Je peux vous croire si des dispositions d'esprit particulières accompagnent le... le mouvement que vous décrivez.

— Comme vous voulez, Jeff. Sachez que l'ovulation y participe. Hélas, je n'aurai pas le temps de faire votre éducation.

Elle s'approcha. Dans ce déguisement juvénile plus ou moins sportif, elle avait plutôt l'air d'une écolière que d'une maîtresse d'école. Jeff s'attendit au pire, dans sa tête tournaient des chiffres. « Bon Dieu, quel âge a-t-elle ? Elle est peut-être mineure et a piqué cette bagnole quelque part. Elle est autant mannequin que je suis évêque, pourtant les vêtements... » Elle mit ses deux mains sur ses épaules et, en se dressant sur la pointe des pieds, posa ses lèvres sur les siennes dans un très léger baiser, mais une de ses mains redescendit pour un frôlement involontaire qui eût pu passer pour une impertinence.

— Vous sentez le bois brûlé.

Avait-elle compris le tourment de Jeff ?

— Au fait, il faudra que je vous donne mes papiers. Vous savez, j'ai vingt-trois ans, mais j'en montre à peine dix-huit. C'est ce qu'exige le maître dans mon contrat pour porter ses créations « garçon ». « Fluidité androgyne », répète-t-il de peur que je prenne trois grammes sur les hanches. Il est très dur avec les filles pour leur silhouette. Moi, je suis dans une case « spéciale », mais si demain je reviens avec des gros nichons, il me rejettera dans le troupeau à mamelles.

Puis elle s'envola en riant :

— La fessée pour ce soir, Jeff.

Sagnal n'était pas de bois et il sortit de l'intermède épuisé tant ses nerfs étaient tendus. Qui avait jeté un tel sortilège sur *L'Éventre-Loup* ? Toutes ces femmes ? Sa mère peut-être, une punition. Elle lui reprochait sans cesse de ne pas chercher l'âme sœur, l'espoir d'un petit enfant.

Pourquoi, vaste question, ici à Vlaniac n'avait-il jamais eu ce genre de rapport avec les filles du village en âge ? Mais c'était sa faute. Une belle gueule ne suffit pas si elle reste hermétique. Il devait faire aussi envie qu'il faisait peur. Ajouté à cela le manque d'assurance des femmes. La chasteté imparable pour que d'une façon inopportune un ventre ne prît trop de relief. Laduche tolérait les entorses en deçà d'une certaine limite avec perspectives de mariage, qui permît d'accepter un simple embonpoint. Le curé savait qu'à chaque sacrement la population féminine lorgnait les possibles rondeurs honteuses des demoiselles, surtout si les fiançailles avaient un peu traîné. Elles connaissaient ça. Au-delà du cinquième mois, en serrant bien la taille à l'aide d'un bandage, on pouvait encore se présenter à la table sainte. Après, ça devenait indécent.

Sauf à trois exceptions – la petite qui s'était un peu dénudée, jolis petits appas, sa logeuse du Puy, la femme du fromager, et la marchande de légumes –, rien ne s'était réellement présenté qui eût pu le faire vaciller. Les filles qui avaient défilé à *L'Éventre-Loup* depuis la Valiev, les zaz, étaient pétries d'une autre chair. Débandade morale, principes insuffisamment accrochés qui s'envolent au moindre souffle. Madeleine avait relevé le niveau. Hortense avait flanché… un peu.

Les subtilités du sexe lui échappaient.

Pour parler vulgairement, Denise voulait-elle « se faire » un vieux ? Pour voir s'il pouvait encore présenter un intérêt ? Quel genre de sentiment pouvait s'y raccorder ? Affection ? Non, amour encore moins. Le cœur n'avait pas sa place. Seuls les sens ? Il balaya tout ça d'un revers de main virtuel, comme on envoie valdinguer un jeu de table inintéressant.

Alors que Madeleine était bien accrochée, cette petite peste de Denise le déstabilisait. Il n'avait pas d'envie pédophile, encore que le mot ne fût pas juste, mais, pour lui, coucher avec une fille d'au moins quinze ans sa cadette était exclu. Il n'avait pas recherché l'épisode Lucienne. Il n'avait jamais fantasmé sur ce point, cela dit le corps et le cerveau en prennent à leur aise, se liguent contre la volonté la plus ferme. Il est vrai que Denise présentait des caractéristiques particulières et empêcher que ne se formât dans son esprit l'image sugestive de ce relief inexistant avec deux pointes juvéniles coiffées de petits dés à coudre… Tout le contraire de ses consœurs qui mettent en évidence des appas avantageux. Son art de sa séduction résidait-il dans ce manque de chair ?

Elle revint à l'heure dite. S'écroula dans le fauteuil qu'aimait Madeleine en laissant choir son sac.

— Je suis vannée, Jeff, mais cet état provoque en moi la volonté de pousser encore davantage cet épuisement.

Jeff se garda de demander jusqu'où, mais posa une question maladroite :

— Je ne vois pas ce que vous pourriez faire maintenant pour vous épuiser.

— Vous êtes un homme complexe, Jeff, c'est bien et mal à la fois. Votre âme est japonaise. Je dis ça sans réel savoir sur l'âme japonaise et me ferais sûrement moquer par eux-mêmes, mais j'eus récemment un amant du pays du Soleil levant. C'était un client de la maison de couture. Il m'avait remarqué dans le défilé, m'invita. J'ai su après que je représentais à ses yeux la quintessence du meilleur de la femme japonaise, dont ici, en Europe, il était privé. Ma ligne un peu anorexique, alors que je ne le suis pas, j'adore manger, mais mon métabolisme fait que je ne retiens pas la graisse, une faible pilosité, me faisant plus nue que nue, ma poitrine le captivaient. Toute ma séduction était là, dans la quasi-absence de preuves que je fusse femme. Curieux, n'est-ce pas ?

— Ça s'explique, il était peut-être un homosexuel en devenir. Paraît qu'il n'y a pas d'âge pour virer sa cuti.

Denise le regarda intensément.

— Avec vous, Jeff, on ne sait pas où on habite. Vous connaissez la formule. Je vous ai pris pour un bon paysan, peut-être plein de sagesse, mais un peu fruste. Or vous êtes à l'aise dans la conversation et votre humour est délicat.

— Je n'ai aucun bagage, ai quitté le lycée en seconde, mais j'ai beaucoup lu et lis encore, mais moins. Une femme m'a déjà fait cette réflexion. Je lui ai répondu qu'avec les paysans et les forestiers je suis paysan et forestier, je parle comme eux, sinon ils ne me reconnaîtraient plus comme étant des leurs.

Elle reprit en délaçant ses chaussures :

— Il me faisait l'amour comme il buvait son thé, suivait, semblait-il, un rite dans les préliminaires et puis devenait furieux. Et je vous garantis qu'un Jap furieux c'est quelque chose, leur sauvagerie dans la guerre est connue. Qu'importe, j'y trouvais beaucoup de félicité. Je ne sais pas s'il y avait de la perversité, qu'elle vienne de lui ou de moi. Si ces confidences vous gênent, j'arrête.

— Je ne suis pas voyeur, mais ça ne me gêne pas. Restez dans la décence.

— Oh, quel cliché, Jeff ! La décence est l'indécence. C'est tout ce que l'on cache. Au contraire, l'indécence c'est dévoiler et accomplir nos envies. Bien, je vais faire une toilette complète, à tout à l'heure. N'entrez pas sans frapper, je serai nue.

Une invite ? Jeff fit comme s'il n'avait pas entendu et se réfugia dans la cuisine. Il était heureux qu'elle n'ait pas remis la fessée sur la table, si l'on peut dire. Une heure plus tard, il entendit sa porte s'ouvrir. Elle cria :

— Je vais vous faire une surprise, Jeff ! Je vais descendre, mais je veux que vous me promettiez de fermer les yeux jusqu'à ce que je vous dise de les rouvrir.

Jeff haussa les épaules.

— Si vous y tenez.

Il entendit les marches du haut craquer très faiblement. « En quoi s'est-elle déguisée ? » songea-t-il. Il soupira.

— Ouvrez-les ! cria-t-elle.

Incrédule, Jeff la vit totalement dénudée. C'était le contraire d'un déguisement censé dissimuler, tromper sur sa vraie nature. Il avait ouvert la bouche sur rien. Elle mit son index sur ses lèvres. Denise était ce qu'il pouvait en attendre. Un corps de fillette. Heureux que la puberté fût visible, une légère ombre ne trompait pas. Elle s'approcha, Jeff était boulonné sur place.

— Une relation horizontale vous plairait-elle, Jeff ? Moi, oui.

D'où sortait-elle cette expression un peu leste, un brin triviale, évocation on ne peut plus suggestive, encore ? Elle franchit les dernières marches.

Sa démarche était bien celle d'un mannequin professionnel. Sa nudité n'imposait aucune lascivité. Elle fut là, devant lui.

— Donnez-moi vos mains, Jeff.

Il ne le fit pas. Alors elle les prit et les posa sur sa poitrine de garçon. Les pointes turgescentes le griffèrent tendrement. Ses yeux ne le lâchaient pas, guettant les modifications de sa physionomie. Puis elle détacha une de ses énormes paluches et la guida sur son ventre, elle pressa ses doigts avec un ordre impérieux en lui murmurant à l'oreille des mots inintelligibles. C'était trop. La bouche presque sèche, Jeff tenta d'avaler un peu de salive, puis, passant un bras sous ses jambes, un autre sous le haut du corps, il l'emporta.

*

* *

Avec tout ça, où en étaient les sangliers ? Ils avaient disparu de son esprit bien qu'ils rôdassent toujours sous ses murs. Certes, dès le printemps, les beaux jours apportant profusion de nourriture, il n'était plus besoin que les groins fouissent en profondeur ou écrêtent les murs en recherche de vers, d'insectes, de larves, qu'ils ravagent le pied des pommiers. S'ils venaient encore par habitude, ils étaient moins nombreux et qu'ils soient moins affamés réduisait les dégâts.

Les sangliers n'étaient plus la préoccupation de Sagnal, pas davantage les soucis des Vlaniacois après la libération du territoire qui paradoxalement les opposait parfois pour des bêtises. Si l'on ne scrutait plus vraiment ce qu'avait le voisin dont on était privé, la question était : qui va le mieux tirer son épingle du jeu dans cet espace de liberté retrouvée ? Comment en profiter ? Le commerce allait reprendre. Fallait-il, avec quelques sous épargnés, profiter des bons prix avant que tout ne flambe, se débrouiller pour acheter des terres plus ou moins délaissées durant la guerre qui prendraient de la valeur avec des *prends-l'air*[1] qui voudraient faire construire une maisonnette ? Et, pour les paysans encore actifs, renforcer son troupeau, ses pâtures, ses champs ? Bientôt,

1. Prends l'air : *gens des villes qui viennent passer le week-end ou des vacances à la campagne.*

les *chevillards*[1] allaient ratisser les campagnes, le besoin de viande allait exploser. Passer de la pénurie à l'abondance, pas si simple.

L'existence de Jeff avait basculé depuis la Valiev. Il le ressassait, comparant sans cesse l'avant et l'après. Ça devenait pénible, ne sachant quel agrément ou désagrément en retirer vraiment.

Curieusement, Sagnal avait en tête la vision d'une balance avec ses deux plateaux. D'un côté le mannequin qui saccageait tout, de l'autre les sangliers qui faisaient pareil, mais ce n'était pas du même ordre. Lequel allait s'incliner ? La nouveauté qui affronte la tradition. Confrontation *a priori* stupide ? Les *Sus crofa*, c'était une part de sa vie, dans les pas de sa mère, de son père et de ses aïeuls. Suite immuable dans les habitudes.

Denise et, dans une moindre mesure, les autres femmes côtoyées depuis quelques mois, c'était la rupture. Sa volonté de profiter de la vie lui avait fait vider les étriers du vieux canasson qu'il chevauchait depuis trop longtemps. Là, il se retrouvait sur le dos d'un fringant destrier. Métaphore équestre qui ne manquait pas de « sel ». Le jeu de mots possible le fit sourire. Ne lui faudrait-il pas une monture plus calme ? Il n'était plus un jeune homme téméraire. Il n'était pas amoureux de cette

1. Chevillards : *marchands spécialisés dans la viande qui vont acheter du bétail sur pied dans les fermes.*

nymphette, ni elle de lui. Nymphette, ce mot lui allait comme un gant. Mais ce qu'elle exigeait de lui était plutôt agréable.

Il ignorait toujours la durée de son séjour. Qu'il fût de courte durée eût été le mieux. Quant à provoquer son départ, c'eût été désobligeant, et quel prétexte invoquer ? Le repas pour la communion de la petite nièce du notaire lui revint en tête. Il ne faudrait pas attendre la dernière minute pour trouver du personnel. Pour la fille de salle, il pensa à la Marguerite Cheminot, autant donner du travail au village. À la rigueur, elle pourrait fermer le café. Pour la cuisine, c'était une autre paire de manches.

Il songea au garçon qui, avec sa Chenard & Walcker, les avait ramenés de nuit à Vlaniac après le cinéma de Madeleine auprès du juge Poutrasse. Le frère de Marcelle, restaurant du même nom, faisait un peu de cuisine, avait-il dit. Pour l'aider, Jeff pensa que son expérience serait suffisante. Il espéra que cette Marcelle ait le téléphone.

À l'*Auberge de l'Éventre-Loup*, il y eut huit jours d'intimité intense, bouleversante, puis un matin, sans voir encore quoi que ce soit, il comprit qu'elle était partie. Un œil à la fenêtre, la Panhard & Levassor n'était plus là.

De l'argent sur le comptoir, assez. Lorsqu'il monta voir sa chambre, il trouva une note écrite sur une feuille de carnet à spirale : *C'était bien, Jeff.* Il avait imaginé ce type de départ, la liberté, l'indépendance de cette fille ne pouvaient la faire agir autrement. Cependant, il en fut contrarié. Son ressenti fut celui du pêcheur dans la Vierre, au pied du moulin, qui relève une nasse vide, constate qu'une déchirure, un trou a laissé toutes leurs chances aux poissons. Les femmes s'échappaient l'une après l'autre. Comme des anguilles, elles entraient dans la cage d'osier, goûtaient l'appât et s'enfuyaient. *L'Éventre-Loup* était un panier percé. Cette fois, l'éventualité de la vente de l'auberge ne fit pas que l'effleurer.

Se changer les idées. Il irait voir Sergio, son copain sétois. Trois ans qu'il n'y était pas retourné. Ils s'écrivaient et Sergio finissait toujours par : *On t'attend, Jeff.* Il faut dire qu'aller à Sète en train n'était pas une mince affaire. Il adorait, avec sa barcasse, aller jeter les filets en mer, bercé par le tom-tom-tom du moteur qu'il démarrait avec une cordelette. La simple sortie du port était un enchantement, la proue fendait aimablement l'eau étale. Pas question de la brutaliser. « On n'est pas des sauvages », aurait pu dire son pote. C'était un calme qui vivait de peu, semblait parfaitement heureux, sans que ce fût de façon ostensible, il le montrait. Personne à Vlaniac ni même dans la région n'avait cette faconde. Que le bonheur débordât de sa « marmite » et que, telle une bourride, il fît saliver était naturel. Dans le Massif central, on étale moins ses peines et ses joies.

Dans sa marmite, il y avait Mireille, joli poisson, plutôt belle sirène avec une générosité de corsage émouvante, donnant des envies de pétrir. Elle avait du sang andalou. À peine fut-il arrivé que comme à chaque rencontre elle se lamenta avec ce délicieux accent de miel, d'olive, de safran mêlés :

— Hou… mon tout beau, encore seul ? Quand vas-tu nous ramener une belle ? Si t'en trouves pas dans tes montagnes, moi je peux.

Alors elle se tournait en riant vers Sergio :

— Dis, l'Antoniette elle lui irait bien, non ?

Un soir, elle avait dit à son amie :

— Écoute, ma jolie, tu vas te balader sur le port vers les barques de joute, on y passera après le repas. C'est comme si on se rencontrait par hasard, hein ! Tu sais, ces gens du Nord ils sont pas comme les hommes d'ici, toujours avec les mains où il faut pas. Mais je te le dis, c'est un bel étalon qui est sûrement bien monté.

Elles avaient éclaté de rire. Ils s'étaient effectivement rencontrés. Jeff ne comprenait pas pourquoi une femme pareille était seule. De haut en bas, tout était là, comme un bel étal de fruits qui ne peut que faire succomber. Ici, à Sète, dire que toutes les filles étaient belles serait mentir, mais tout de même le soleil y aidait. S'il n'avait pas eu à remonter le lendemain, que se serait-il passé ?

L'échancrure de son décolleté eût-elle été comme les mâchoires des pièges à loup qui une fois refermées ne s'ouvrent plus quoi que la bête fît ? Le séjour le requinqua mais il n'en profita pas… et Vlaniac le reprit.

Il alla voir le forestier pour le bois de chauffe et fit l'accord avec Octave. Dès fin octobre, le poêle serait allumé. Encore eût-il fallu qu'il existât ? C'est ce que fit remarquer le chemineau. Mais ce qu'avait prévu Madeleine fut respecté. Une entreprise le livra et l'installa. C'était un petit monument. Il fallut une semaine pour qu'il fût terminé. Jeff ne comprit pas pourquoi Madeleine faisait de tels frais ? Un gros poêle de fonte, de tôle à la rigueur, eût fait l'affaire. Avait-elle voulu faire plaisir à Frantz, son beau-frère alsacien ? L'entreprise indiqua que le séchage total était impératif, faute de quoi la maçonnerie et le carrelage dont il était revêtu risquaient de craquer.

L'installation provoqua un appel de Madeleine. Jeff n'y croyait plus.

— Comment allez-vous, Jeff ? Le chauffage est bien installé ?

— Oui, je suppose, je ne suis pas spécialiste dans ce genre d'appareils.

— Suivez bien les consignes.

— Et vous, ça va ?

Il avait lancé la question un peu comme une bouée, espérant égoïstement que rien n'allât très fort, que *L'Éventre-Loup* lui manquât, lui, peut-être. Réponse laconique :

— Je travaille énormément, Jeff, je ne vois pas le temps passer, c'est horrible ! Hortense vous embrasse.

Le courage lui fit défaut pour demander si elle comptait revenir et quand ? Il osa tout de même un « à bientôt » enroué. Elle le remarqua :

— Quelle voix, Jeff ! Ne me dites pas que vous avez pris froid. Vous n'êtes pas malade au moins ?

— Non, non, rassurez-vous.

— Tenez-moi au courant si quelque chose va de travers au moulin.

Elle raccrocha. Il contint sa déception. Quel travail si important pouvait-elle avoir entrepris ? Sagnal se perdit en conjectures. Mais il ne voulut pas sombrer, resta à la surface même sans bouée, se disant que ces travaux signifiaient bien qu'elle avait l'intention de revenir.

Il se rendit compte qu'il ne voyait plus le maire très souvent, ni le curé, ni Lauzier non plus, depuis le civet de sanglier. Les Vlaniacois les ignoraient-ils aussi ? Encore une des conséquences de cette nouvelle ère de liberté ? La guerre rapproche par la crainte du lendemain, la peur pour ceux que l'on aime s'ils peuvent être dans une situation dangereuse. Le maire, dans ces conditions, devient, sauf qu'il fût détesté, ce n'était pas le cas de Lebreton, le pivot du village, une autorité presque factice comparée au poids des occupants, mais qui compte. Le curé avait joué un rôle en s'engageant au-delà de ce à quoi le prédisposait son sacerdoce. Il fut un refuge spirituel ne pouvant être envahi par quelque ennemi que ce soit. Un sanctuaire, qui pourtant fut parfois bafoué. Une fois toutes ces angoisses évacuées, on n'en a moins besoin. Ils deviennent des quidams presque ordinaires, responsables certes, mais auxquels sa vie n'est plus liée. Mais, au bout du compte, n'était-ce pas mieux ainsi ? Oui, bien que la période fût encore troublée, c'était mieux. Beaucoup de ceux que l'on remarquait étaient rentrés dans leur coquille, même les combattants les plus braves, l'héroïsme est éphémère. Il n'y avait plus rien à prouver, on entrait dans la banalité de la vie, pourquoi chercher à faire des exploits ? Le Paul Rigoulet, le fayot, n'avait plus cette connivence avec les bleus. Lauzier ne venait presque plus à Vlaniac en patrouille. Son adjoint s'en chargeait, c'était moins valorisant pour le Dingue. Ça payait pas le vin qu'il leur offrait. Quant à Gustave Maréchal, le fier-à-bras, il était éteint. La réouverture du café Besle lui avait été fatale. Sa force était connue et il la monnayait. C'était de moins en moins le cas et, souvent gris, faisait redouter que le travail donné fût mal fait, qu'il laissât s'évader des lapins en nettoyant les cages, et bien pire. Ça avait été le cas avec les moutons de Sylvestre qui s'étaient carapatés, alors qu'il réparait un bout de clôture. Sylvestre avait mis des heures pour les récupérer sur le plateau. Et il avait gueulé : « Ah, bon Dieu de bon Dieu de salopard ! Fichu bon à rien, bandit, coquin, abruti ! » Il avait été bon en charpente, mais là aussi on hésitait à le prendre craignant qu'il se foute en l'air en remplaçant un arbalétrier ou un chevron d'arêtier et se rompît les os. Laduche l'accepta pour nettoyer l'église et ramoner le tuyau de poêle avant l'hiver.

Il n'y avait pas de *bredin*[1], de ravi de la crèche à Vlaniac. C'était dommage. Ces êtres rallient tous les suffrages, positifs ou non. On ne peut se liguer contre eux sans risque, le fou du roi était inexpugnable de la cour, on pouvait se moquer, mais avec prudence, car il pouvait renvoyer la balle. Le monarque acceptait de lui ce qu'aucun membre de son entourage ne se serait permis. Il y fallait de l'intelligence et de la finesse, enfin les deux combinés excellaient. On pouvait y ajouter « rouerie ».

*

* *

1. Bredin : *simple d'esprit.*

Quelle sera la dernière ?

Lorsque Frantz entra à *L'Éventre-Loup*, Jeff rallumait son poêle. Depuis la veille, la température avait chuté, des courants venus du nord. Mais, si à ce moment de l'année ça ne dure pas, une petite flambée ce n'est jamais désagréable. Il crut à la visite inopinée d'Octave.

— Entre, camarade, fit-il, enjoué. Tiens, tu me remplaces, j'ai le café qui passe en cuisine, ça se débloque, j'ai pu en avoir deux livres, du vrai. T'rends compte ?

Il alla en cuisine sans regarder derrière lui.

— Tu sais que j'ai commandé le bois pour le moulin. Dès qu'il est livré, on ira le ranger sous l'auvent.

— D'accord, fit Frantz.

L'accent terrible du mari d'Hortense fit que Jeff sortit la tête.

— Mais que faites-vous là, qui êtes-vous ?

— Frantz Junkers, le mari d'Hortense, salut.

L'Alsacien se redressa, un large sourire aux lèvres. Une sacrée carcasse une fois dépliée. Jeff le jaugea. Mieux valait l'avoir comme ami.

— J'étais pas prévenu.

— Pas grave, j'vous dérangerai pas, j'irai au moulin, mais j'sais pas où il se trouve.

— Vous êtes venu comment ?

— J'ai arrêté une voiture et enfin une bétaillère. Il m'a laissé à Goulliac.

— Gaillac, rectifia Jeff en lui tendant la main. Bienvenue. Et votre femme ?

Frantz laissa tomber son sac à dos et posa une petite valise.

— Elle reste à Strasbourg, en fait elle est très souvent à Paris. Moi, c'est pas mon truc. Elle m'a beaucoup parlé de vous et de l'auberge. Au début, le nom lui avait fait peur. *L'Éventre-Loup*, c'est pas courant. Moi, j'aime ces vieux trucs.

— Tant mieux. Comment allez-vous investir le moulin Richaud ? Il est vide de meubles. Heureusement, le poêle vient d'être installé.

— Je vais rester ici en pension jusqu'à ce que les meubles arrivent.

— *All right*. Vous allez faire quoi tout seul, là-dedans ?

— Je connais bien cette mécanique et Hortense, sans que vous le sachiez, a fait des photos avec sa petite boîte Kodak. Les vues sont très petites, mais j'en ai assez. Je vais remettre ça en marche. Si j'en crois Madeleine, vous en êtes amoureux.

— De Madeleine ?

— Ça, je ne sais pas, peut-être. Non, du moulin.

— J'aurais aimé l'acheter. Pas les sous.

— On pourrait bosser à deux ?

— J'ai l'auberge.

— Bien sûr, mais si vous n'avez personne à dormir vous pourriez descendre. Quelques heures par-ci par-là, ça m'aiderait. Pour les aubes, les remplacer sera plus simple.

— Je m'attendais à ça. Heureusement, la roue est bonne.

— Oui, sauf la partie qui est restée dans l'eau.

Frantz se mit à travailler comme un forcené en empruntant l'outillage de Jeff. En une semaine, il termina la dépose de soixante pour cent des aubes de bois. En attendant un indispensable chalumeau pour parvenir à défaire les derniers boulons récalcitrants. Il commença à vérifier l'axe de transmission de la roue au mécanisme entraînant les pierres à broyer le grain. Qu'il eût été bloqué aurait gravement compromis la réhabilitation de l'ensemble. Les sangles de transmission en cuir à changer furent récupérées sur une ancienne moissonneuse-batteuse. Les trémies, les dégueuloirs pour les divers degrés de mouture, la farine blanche, la bise, le son et la fleur, furent nettoyés et réglés.

Jeff n'y alla pas. Il avait le déjeuner de communion à préparer. Le neveu de la femme tenant le restaurant *Chez Marcelle* au Puy fut d'accord pour l'aider.

Le dernier dimanche de mai, à 11 h 30, les premiers invités du notaire Provost arrivèrent à *L'Éventre-Loup*. À midi, ils étaient tous là, visiblement affamés, et s'installèrent bruyamment autour de plusieurs tables. La jeune fille était superbe dans sa longue robe blanche, tulle et dentelle, intimidée par cette nouvelle responsabilité spirituelle. Elle serrait contre sa poitrine le missel qui était offert pour la circonstance aussi bien pour les filles que les garçons. Elle le faisait admirer et il finit par passer de main en main sous son œil inquiet. Cuir repoussé et médaillon central en cuivre émaillé représentant le visage de la Vierge. Elle finit par ôter la petite coiffe de dentelle qui lui conférait une allure de nonne. Elle distribua de petites images pieuses imprimées à l'effigie du Christ, de la Vierge, des saints patrons. Quelques anciens glissèrent une petite pièce dans le creux de sa main gantée de résille.

Mais dans les agapes, bien que trônant en bout de table, elle fut vite oubliée, sauf quelques sourires bienveillants des femmes signifiant, par de légers hochements du chef et une petite crispation des lèvres, qu'elle venait de franchir un pas dans sa jeune vie et que la prochaine robe blanche n'était pas si lointaine que ça, des années pouvant tenir dans une seule main.

Les hommes d'un âge n'en finissaient pas de quitter la table pour évacuer une vessie incontinente. Ils sortaient lourdement, quelquefois sans enlever la serviette dont ils avaient enfoncé un bout sous leur col. Ils essayaient de conserver un précaire équilibre. Dans cette famille, comme dans toutes celles de la Margeride, le mélange des genres était physique, social, culturel et moral. La souche paysanne était dominante, quelques bourgeois qui tentaient de se distinguer par une réserve de bon aloi, sans mépris. Ils écoutaient en se penchant obligeamment vers un voisin ou allongeant le col vers celui qui leur faisait face. La diatribe d'un gros paysan rougeaud rudoyant l'administration portait le ton assez haut. Il tenait couteau et fourchette droit dans ses poings. Une façon au caractère médiéval.

Les femmes se congestionnaient peu à peu. Elles faisaient sauter discrètement deux ou trois boutons de nacre du haut de leur col, desserraient une ceinture tortionnaire, n'hésitant pas à ôter sous la table une chaussure comprimant par trop leurs orteils. Les gosses étaient sortis jouer, entraînant la petite mariée réticente, puis consentante.

Jeff ne s'assit pratiquement jamais et Marguerite Cheminot non plus. Ils s'éclipsèrent une fois les restes des plateaux de fromages évacués. Ils empruntèrent la belle Peugeot 402 du notaire pour récupérer l'énorme omelette norvégienne confectionnée par le boulanger Bachelard. Vu sa longueur, il fallait bien être deux pour qu'elle ne se brisât point. Des cris saluèrent leur retour et ce furent des hurlements lorsque Jeff versa sur la meringue, d'un petit poêlon de cuivre, l'alcool brûlant et l'enflamma. Frantz lui avait dit qu'il viendrait pour le dessert. Il fut là juste pour la distribution des parts. Il avait une main ensanglantée.

— Un manque d'attention, fit-il, fataliste.

Présentation rapide par Jeff.

Marguerite l'emmena en cuisine pour désinfecter la plaie et le panser.

L'Alsacien capta vite l'attention de l'assemblée. Un vieux de la vieille rigola :

— Dites, vous allez pas nous r'faire de la farine ?

— Pourquoi pas ? répondit Frantz.

Alors le moulin reprit toute sa place. Tous, dans les hommes présents, avaient quelque chose à dire, qu'ils sachent ou non. Mais, finalement, il fallait que ce type qui osait ça comprenne qu'ils étaient d'accord. Le vieux reprit :

— Nous, on vous en prendra, hein Josy ?

Toutes les têtes approuvèrent.

— Eh bien, fit Frantz, c'est pas les clients qui manqueront.

Jeff apporta la gnôle et les petits verres *ad hoc*. La bouteille circula, la chaleur monta. Frantz remarqua que le goût était différent, mais que l'alcool de Jeff valait bien le schnaps.

Dans les vapeurs d'eau-de-vie, des hommes levèrent la main pour proposer leur aide dans le curage du bassin qui était empli de vase et de boue pour un bon tiers. Un ancien maçon offrit du matériel : des planches, des pelles et brouettes pour l'évacuation.

L'Alsacien avait apporté une documentation sur les moulins à pierre horizontale. Les femmes débarrassèrent la table et se réfugièrent dans le petit salon. On étala les plans. Un type qui n'avait pas desserré les dents depuis le début, était resté sobre, démontra ses connaissances. C'était un oncle du notaire. Frantz approuva ses conseils et lui dit qu'il serait le bienvenu sur le chantier.

À 19 heures, les femmes donnèrent le signal du départ. Congratulations. Trois anciens paysans dirent qu'ils viendraient le lendemain pour essayer de fermer le bief et diriger l'eau sur le cours de la rivière en contrebas.

La mobilisation pour réhabiliter le moulin Richaud était en marche. Ils se casèrent tous avec difficulté dans les autos, à croire qu'ils avaient forci. La dernière voiture partie, Jeff mit une main sur l'épaule de Frantz.

— Alors, t'en penses quoi ?

— Ils sont bien ces gars. Bon sang, on va gagner du temps. Un truc est curieux…

— Ah ! Lequel ?

— Personne n'a parlé de la guerre. Je m'attendais au contraire, c'est pour ça que je suis pas venu manger. Nous autres, Alsaciens, on a eu notre dose.

Marguerite termina le rangement et Jeff lui fit un panier avec charcuterie et fromage.

— Je passerai au bistrot te payer.

Juin. La Vierre commença à réduire son débit. Le curage était terminé, un très dur travail. Vingt-cinq mètres cubes de boue enlevés à bras. Il était temps de rouvrir le bief. Frantz avait renoncé aux aubes métalliques envisagées. Il les fit refaire en châtaignier et commença leur montage.

L'oncle de Provost surveillait le mécanisme : rouages, poulies, engrenages, embrayage, courroies. Heureux que les pierres de meulage fussent en parfait état. Il y eut une réunion avec repas à la clé et tous furent d'accord, sauf problème, pour que tout ça puisse parfaitement fonctionner. S'il n'y avait pas eu à changer deux grosses pièces de bois, madriers soutenant une partie de la mécanique, Frantz aurait pu manœuvrer le gros levier d'embrayage en août, Ce n'eût été qu'un bref essai, car il restait à faire.

Ce serait pour septembre.

*

* *

Madeleine n'avait plus donné de ses nouvelles depuis l'installation du poêle dans le moulin

Richaud. Jeff essayait d'y songer le moins possible. Or, ce matin-là, il reçut un appel.

— Ah ! Bonjour Jeff. Vous allez bien ? Que pensez-vous de Frantz ?

— Très bien. Nous nous entendons et les travaux vont bon train. Des fermiers l'ont beaucoup aidé.

— J'en suis ravie. Voilà, je vous appelle car je quitte Paris. Si vous en aviez besoin, ne téléphonez pas, je ne serai pas là pour un bout de temps.

Jeff n'osa demander où elle pouvait bien aller. Il évita de montrer son désappointement.

— Eh bien, bon voyage Madeleine. Appelez-moi de temps à autre si vous le pouvez.

— Promis. Au revoir.

Elle raccrocha et Sagnal resta stupidement le combiné à l'oreille quelques secondes. Il eut l'impression que son cerveau se liquéfiait avant de reprendre la bonne consistance. La reverrait-il ? Quand ? Le lendemain, il confia à l'Alsacien qu'il fermerait l'auberge pour une quinzaine et qu'il pourrait naturellement continuer d'y loger, à sa charge de faire les repas.

Il appela le notaire :

— Salut Gérard. C'est toujours d'accord pour la 202 ?

— Bien sûr. La carte grise à ton nom n'est pas établie, mais il me faudra quarante-huit heures.

— Merci. Je dois partir en voyage dans le Midi.

— Bien. Nous sommes mardi, passe vendredi pour être tranquille. Tout sera prêt.

Le samedi, Jeff quitta *L'Éventre-Loup* pour Sète sans permis de conduire. Il ne risquait pas grand-chose. Il l'aurait oublié. On ne le mettrait pas en taule pour ça, et puis il s'en foutait. Il avait un furieux besoin de changer d'atmosphère. Il était très déçu. Cette fois, c'était fini. Il s'était fait des idées. Durant son séjour, cette femme lui avait laissé espérer un rapprochement sentimental, du moins l'avait-il cru. Il était certain de ne pas s'être trompé, décidé à lui laisser le temps. Elle était partie la dernière de toute la troupe, après sa sœur Hortense, les zaz, Charlotte et Arnaud. Il pensait même qu'elle ne partirait pas. Il n'y connaissait rien en femmes.

Le séjour à Sète lui permit de chasser la tristesse. Ses amis remarquèrent qu'il n'était pas aussi joyeux que d'ordinaire. Il mit ça sur le compte d'un coup de fatigue et plaisanta :

— J'me fais vieux.

Ils comprirent que reparler d'Antoniette eût été inopportun. Il n'était pas venu pour ça.

Il ne resta pas quinze jours. Il remonta au bout d'une dizaine. Il arriva à l'auberge vers 19 heures, entra. Une odeur de cuisine l'assaillit.

— C'est toi, Frantz, qui popote ? Dis, ça sent rudement bon. Tu restes meunier ou tu vires cuisinier ? C'est Hortense qui t'a appris ? cria-t-il en lançant son sac à dos sur un fauteuil.

— Non, c'est moi, Jeff. Mais Frantz m'aide, heureux qu'il soit là.

Il se retourna d'un bloc.

— Madeleine ? Mais, mais… tu devais…

— Quoi ? J'ai quitté Paris pour venir ici, et alors ?

— Mais vous ne m'avez rien dit.

— Je comptais vous faire une surprise, mais monsieur est allé courir les routes. Je suis là depuis une semaine.

— J'étais à Sète.

Madeleine s'approcha.

— Vous êtes infernal, Jeff, on veut vous faire plaisir et on se casse le nez.

Elle noua ses bras autour de son cou.

— Vous êtes content de me voir au moins ?

Elle l'embrassa.

— J'ai changé les draps de notre chambre, Jeff, ce n'était pas du luxe pour dire vrai.

Il l'enlaça à son tour.

— Sentez-vous quelque chose, Jeff ? J'ai perdu dix kilos pour vous. Allez toucher, là et là. Non ?

— Ben, à dire vrai, Mado, je ne crois pas que c'était indispensable.

— Vous n'y connaissez rien, venez, montons, je vais vous montrer ça.

Elle cria de l'étage :

— Mon Dieu, Frantz, surveillez le four, voyons ! Accordez-nous quelques minutes, enfin… un moment.

Table des matières

Imprimé en Espagne par Novoprint
Dépôt légal : mai 2023
ISBN : 978-2-8129-3912-9
ISSN : 1627-6779

www.deboree.com
livres@centrefrance.com